1

«*Stella, stellina, Orbán si avvicina,*» cantava Angela al bebè che portava a spasso «*Macron traballa, Draghi è nella stalla.*»

Il piccolo chiuse finalmente gli occhietti, e Angela fu ben lieta di poter fare a meno di cantare mentre spingeva la carrozzina a fiori sul selciato rilucente della piazza del mercato di Freudenstadt. Bastavano il blazer annodato in vita e la camicetta ombrata di sudore sotto le ascelle ad attirare sguardi curiosi, ci mancava solo che gli abitanti del paesino sentissero quanto era stonata. Angela era fin troppo consapevole dei suoi punti deboli. Sapeva di non avere in dote un'eloquenza trascinante e aveva quindi sempre evitato di tenere discorsi infuocati. Sapeva anche che i capelli lunghi sulle spalle non le donavano, andava quindi regolarmente ogni sei settimane a farli tagliare (anche se doveva ancora abituarsi al nuovo parrucchiere, Silvio, e al suo vizio di spettegolare: a confronto il tabloid "Bild" era un campione di discrezione). Ma soprattutto Angela sapeva di essere stonata già dalla prima media, quando la signora Pühn, l'insegnante di musica, l'aveva invitata a non cantare nel coro: «Per favore, Angela, lascia perdere, confondi gli altri». Il marito, Achim, aveva sempre cortesemente definito "originale" il suo modo di cantare, ma qualche giorno prima si era accorta che, sentendola cimentarsi sotto la doccia in un brano di Nina Hagen, aveva chiuso la porta dello studio. Ora però Angela aveva davanti a sé l'unico essere di questo mondo globalizzato che pareva apprezzasse il suo canto: il piccolo Adrian Ángel. Marie, la madre, lo aveva chiamato così in suo onore, per ringraziarla di esserle stata accanto al momento del parto e di aver risolto il caso dell'omicidio del padre del bambino, il barone Philipp von Baugenwitz. E per questo angioletto Angela aveva un debole: ma quella era una debolezza meravigliosa! Guardarlo le scaldava il cuore. Anzi, l'anima intera. La sua presenza la gratificava quanto i massimi trionfi ottenuti in politica. Solo in maniera diversa. Era la sensazione che si provava a diventare nonna?

Mai avrebbe immaginato che la sua vita a Freudenstadt sarebbe stata così ricca di felicità quanto di noia. Angela aveva tempo di portare a spasso il bambino perché, diversamente, non aveva nient'altro da fare. Con la politica aveva chiuso, il terreno attorno alla sua casetta a graticcio lo aveva dissodato già più di una volta negli ultimi mesi, e aveva dovuto smettere di fare torte, il suo nuovo hobby, perché i due senzatetto di Freudenstadt a cui dava sempre gli avanzi ormai si lamentavano: «Per favore, oggi no, non mi si chiudono i pantaloni», oppure: «Ma un hamburger ogni tanto per cambiare, no eh?».

A pensarci bene, dopo essere andata in pensione, Angela si era sentita davvero viva solo quando aveva indagato sull'omicidio del barone. Ma quante volte poteva capitare che un paesino fosse la scena di un crimine? Freudenstadt nell'Uckermark non era mica Cabot Cove della serie tv *La signora in giallo.* Nel villaggio del Maine, ogni settimana venivano massacrate da una a tre persone, peraltro un sistema originale per tagliare le emissioni di CO_2 riducendo la popolazione. Pur sapendo che era sconveniente augurarsi altri omicidi a Freudenstadt, Angela constatò sorpresa che trovarsi alle prese con un nuovo caso le sarebbe piaciuto moltissimo.

Sorrise appena al pensiero, mentre passava per il mercato spingendo la carrozzina. Sul banco dei formaggi troneggiava una toma dalla crosta rossa talmente puzzolente che persino gli svizzeri l'avrebbero trovata buona per anestetizzare le mucche. Angela si vergognò di aver desiderato altri cadaveri. «È disdicevole» si disse in tono di rimprovero.

«Be',» tuonò una voce «adesso parliamo da sole?»

Angela trasalì. Evidentemente aveva dato fiato ai suoi pensieri. Le era successo solo in un'altra occasione, la prima volta che aveva incontrato Donald Trump e si era lasciata scappare: «È ancora più arancione che in tv». Meno male che l'interprete aveva avuto la presenza di spirito di tradurre «*Orange is her favorite colour*». Non avrebbe dovuto più succederle. Men che meno davanti alla donna in salopette che le aveva appena rivolto la parola, la fruttivendola, nonché rappresentante locale di AfD, il partito nazionalista. Con lei Angela non aveva proprio nulla in comune, a parte l'antipatia reciproca e il nome di battesimo. Voleva quindi andarsene in fretta, ma, a sorpresa, la donna aggiunse: «Volevo chiederle scusa!».

Angela, incredula, si voltò pensando che dicesse a qualcun altro.

«Dico a lei.»

«E perché vuole scusarsi?» Angela si avvicinò con la carrozzina.

«Di sicuro non perché la sua politica mi fa cagare» sogghignò la donna.

«Mi stupirebbe, infatti.»

«O perché mi diverto a far battute sulla sua pettinatura.»

«Che battute?» Angela era indignata. Le piaceva la sua pettinatura. E anche tanto!

«Assieme a Silvio.»

«A Silvio?»

«Il parrucchiere.»

«Lo so bene chi è» disse Angela, mascherando a fatica la collera che provava. In particolare nei confronti del gestore del salone L'arte dei capelli. Come gli veniva in mente di canzonarla? Solo perché lei bocciava sempre le sue proposte di un nuovo look, «più fresco», «più attuale», «più fashion». Era arrivato a dire «seducente». Ma che stupidaggine. Come se una donna sposata della sua età fosse alla ricerca di un uomo da sedurre! E adesso le sparlava persino alle spalle, come i presidenti dei Länder quando era alle prese con la gestione della pandemia. Ma doveva stare attento, perché la prossima volta, al salone, gliela avrebbe data lei una bella lavata di capo.

«E se sa chi è Silvio allora cosa lo chiede a fare?» ribatté beffarda la fruttivendola.

«Quello che mi chiedo è perché sto ancora qui a parlare con lei.»

«Perché davvero voglio domandarle scusa.»

«Allora avanti, prego.»

«Mi riesce difficile» nicchiò Fruttangela.

«Non mi sorprende.»

«Lei mi ha salvata. Se non avesse risolto l'omicidio di Philipp, il castello sarebbe stato venduto all'investitore americano e non avrei più avuto in affitto i terreni da coltivare. Grazie a lei, invece, posso portare avanti la mia attività.»

«Deve ringraziare Marie.» La proprietà era infatti andata in eredità al piccolo Adrian Ángel e ad amministrarla fino alla sua maggiore età era Marie, la madre, che fino a qualche mese prima viveva col sussidio sociale e non mostrava alcun interesse a vendere il maniero. Angela sapeva che alla fruttivendola ringraziare Marie risultava ancora più difficile, perché la giovane madre era nera, e la rappresentante di AfD non era certo una paladina dei diritti delle minoranze.

«Lo farò» disse Fruttangela in tono sorprendentemente sincero. «Ma prima voglio ringraziare lei di aver risolto l'omicidio. E mi scuso per averla considerata una detective da strapazzo. In realtà è una investigatrice coi fiocchi.»

Angela lottò per trattenere un sorriso lusingato, e perse la partita.

«Al prossimo omicidio le farò da assistente, promesso!»

«Non credo proprio che nel prossimo futuro si presenterà un altro caso» rispose Angela, ma sentì una vocina dentro che diceva: "Mai dire mai".

«Certo che no» sorrise la fruttivendola. E Angela pensò che era solo per quello che si era offerta di aiutarla. «Com'è che porta a spasso il bambino tutta sola? Dove ha lasciato suo marito, il cane e il gorilla?»

Con "gorilla" intendeva Mike, il bodyguard. Angela lo aveva convinto che poteva anche andare in giro da sola. Le probabilità che un terrorista finisse per sbaglio a Freudenstadt erano minime. Invece di seguirla, Mike stava montando il lettino nuovo per il piccolo Adrian Ángel. E si occupava anche del cane. Il carlino si chiamava in origine Putin ma, dopo gli ultimi sviluppi internazionali, Angela non lo trovava più adatto come nome per un cagnolino irreprensibile. Si sarebbe sentita a disagio a dargli ordini tipo «Putin, a cuccia!» o «Putin, lascia!». E per evitare che passassero giorni o settimane prima che il carlino rispondesse al nuovo nome, ne scelse uno dal suono molto simile, Puzzy, tra l'altro con un ironico rimando alle frequenti flatulenze della bestiola.

Angela non lo aveva portato con sé perché il cane gradiva le passeggiate nella calura estiva quanto Peter Altmaier, col suo dolce peso, fare le scale. Inoltre Puzzy era geloso se Angela dedicava troppe attenzioni al bebè. Una volta che la sua padrona non smetteva più di cantare la ninna nanna a Adrian il carlino, per ripicca, aveva fatto la cacca in un angolo del soggiorno. In quel momento Angela aveva capito fino a che punto fosse geloso, anche se Mike aveva bisbigliato tra sé e sé: «Non è gelosia, è per come canta». Da allora Angela faceva al suo "coniglietto" un sacco di coccole, per non farlo sentire trascurato.

E il marito? Lui era andato, come tutti gli anni, sui Pirenei con il vecchio compagno di studi Tommy, per tre settimane di escursioni. Angela cominciava a sentire la mancanza del suo Achim. Anche questa era una sensazione nuova: prima, quando era sempre in giro per il mondo, il marito non si era mai lamentato di essere lasciato solo a casa a Berlino. A dire il vero avrebbe anche potuto protestare un po', per educazione, così a lei non sarebbe venuto il sospetto che in fondo fosse contento di potersi dedicare in santa pace alle sue grandi passioni, la chimica quantistica, il rock anni Sessanta e Scarabeo. In ogni caso Angela decise di non lagnarsi, anche se si sentiva un po' sola la sera dentro il letto. Non vedeva l'ora che Achim tornasse, ma purtroppo mancava ancora una settimana.

«Tutto bene?» chiese Fruttangela, stranamente senza alcuna malignità.

Ma Angela non aveva intenzione di aprirsi con lei. Per questo rispose: «Niente, niente, è solo il caldo».

«In una giornata come oggi sarebbe più furbo stare all'ombra. Meglio ancora a casa, con le finestre chiuse e un bel Gin Tonic col ghiaccio.»

«Ma il piccolo si addormenta sempre a passeggio.»

«E la mamma ha bisogno di riposare, vero?» chiese la donna, anche stavolta senza ombra di veleno.

«Esatto.»

«Vada al cimitero a passeggiare. Gli alberi là fanno una bella ombra.»

«Grazie per il consiglio.»

«Si figuri.»

Le due donne si scambiarono un sorriso incerto. Naturalmente non provavano ancora simpatia l'una per l'altra, ma si sopportavano già un pochino di più. Angela si accomiatò con un «A presto» aspettandosi in risposta un «Anche no», invece la fruttivendola le rivolse l'identico saluto.

Il cimitero era dietro la chiesa, e Angela si avviò in quella direzione. Anche se il percorso era all'ombra, tirò su per precauzione la cappotta della carrozzina. Contemplò il bimbo addormentato, quel miracolo della vita, osservò il piccolo torace alzarsi e abbassarsi ritmicamente. Che tenero, così fragile. Adorabile nel vero senso della parola.

Nel momento in cui imboccò la stradina accanto alla chiesa di San Pietro, Angela non sapeva di essere sul punto di incontrare una persona che la mattina seguente avrebbe trovato morta proprio in quel cimitero. Ed era altrettanto ignara che, prima, avrebbe fatto la conoscenza di un uomo attraente al punto da farle riconsiderare la proposta di Silvio per un look "seducente". Ma soprattutto non immaginava che l'adorabile bebè addormentato presto si sarebbe trovato in grave pericolo.

2

Come è ovvio, Angela era già stata al cimitero, Freudenstadt si girava tutta in mezz'ora, e quello era un posto ideale per passeggiare, perché sorprendentemente grande. Se c'era una cosa che non mancava nell'Uckermark era lo spazio, per cui, invece di procedere a esumazioni, si scavavano nuove tombe. All'ombra degli alberi ad alto fusto Angela tirò un sospiro di sollievo. Era un posto davvero bellissimo. Forse, almeno da morti, Freudenstadt non era poi così male.

Il cimitero era percorso da due viali principali e tredici vialetti, ospitava un migliaio di tombe, tre cappelle monumentali, e una chiesetta ricoperta di edera, con splendide vetrate colorate. C'era anche uno stagno, attorniato da tombe di epoca imperiale. Ovunque crescevano rododendri, azalee e cespugli di rose, sovrastati dalle ampie chiome dei vecchi castagni. Angela ebbe la sensazione che sotto gli alberi ci fossero come minimo cinque gradi in meno, anche se erano comunque più di 32. Passeggiando, osservava le sepolture. Quelle vicino all'ingresso risalivano ai secoli precedenti, e Angela notò che all'epoca si moriva molto giovani. Passò accanto alla tomba di una bimba di nome Juliana Blume, nata l'11.12.1712 e morta il 3.3.1719. Era rimasta al mondo molto meno che Angela al governo. Deglutì e sospirò. Quanti bambini morti anzitempo. Nascere in una certa epoca e in una certa parte del mondo faceva la differenza. Che ingiustizia.

Per distrarsi, Angela si mise a guardare le chiome degli alberi che filtravano i raggi scintillanti del sole e gli uccellini appollaiati sui rami. Erano pettirossi o tordi? Achim avrebbe saputo dirlo subito. Uff, adesso non le mancava più solo di notte, ma anche durante il giorno.

Continuò a pensare con nostalgia al suo Achim, almeno finché, sul vialetto accanto, non vide un uomo su una panchina. Stava seduto in pieno relax, con le gambe accavallate, e non si era accorto di lei. Era immerso in un libro. Angela strizzò gli occhi per vedere cosa leggesse, ma era troppo lontana per distinguere la copertina. Doveva essere un bel libro però, se l'uomo stava lì dimentico di tutto. Angela svoltò poco oltre per avvicinarsi allo sconosciuto senza farsi notare. Da quello che riusciva a vedere il libro le sembrava uno dei suoi preferiti: *Shakespeare esumato*, un saggio su Emilia Bassano, la donna che, a detta di alcuni esperti, sarebbe la vera autrice delle opere del Bardo. Angela amava i misteri della storia quasi quanto i casi di omicidio ed era affascinata dall'ipotesi che non fosse il figlio illetterato di un guantaio di nome William Shakespeare l'autore di tante opere geniali, bensì che avesse fatto da prestanome a una persona che preferiva mantenere l'anonimato. Su questo tema esistevano svariate scuole di pensiero, e ciascuna indicava come "vero autore" un personaggio diverso: il conte di Oxford, il conte di Rutland, il conte di Southampton, Francis Bacon, che non era conte, bensì visconte, e così via. Ciascuna scuola considerava ovviamente del tutto assurde le teorie delle altre. Per Angela, l'ipotesi più affascinante era che Emilia Bassano avesse composto le opere e le avesse consegnate a William Shakespeare perché apparissero sotto il suo nome. Aveva varie ragioni per farlo. Per una donna, per di più una giovane dama di corte, era sconveniente scrivere opere teatrali. Inoltre, Emilia era nera ed ebrea, ulteriori motivi all'epoca per veder rifiutate le sue opere. E proprio perché Angela sapeva a quali difficoltà andava incontro una donna anche secoli dopo per imporsi sugli uomini, l'idea che quella giovane avesse potuto scrivere testi come *Amleto, La dodicesima notte* e la commedia che Angela preferiva in assoluto, *Sogno di una notte di mezza estate*, la colpiva particolarmente.

Con Achim, suo marito, Angela poteva sì parlare della sua piccola ossessione shakespeariana, ma dopo tre minuti lui aveva lo sguardo vitreo e perso di chi fa solo finta di ascoltare. Non poteva del resto biasimarlo, perché quando lui le parlava delle sue passioni, per esempio quella per Scarabeo, lei non reggeva nemmeno quei tre minuti. Però, al contrario suo, Achim aveva l'ex compagno di studi Tommy con cui discutere per ore della migliore tattica di gioco. Come per esempio ora, mentre erano a fare trekking sui Pirenei. Angela invece non aveva proprio nessuno con cui parlare di Emilia Bassano. Per questo era così incuriosita. Doveva assolutamente scoprire se l'uomo stesse davvero leggendo *Shakespeare esumato*!

Così svoltò ancora, adesso direttamente sul vialetto che costeggiava la panchina. Si avvicinò pian piano all'uomo, sempre tutto assorto nella lettura. Doveva essere più o meno suo coetaneo, aveva un fisico asciutto, capelli argentei, indossava jeans sbiaditi e una T-shirt nera che lasciava scoperte le braccia abbronzate e muscolose. In breve, sembrava un protagonista dei film d'azione francesi anni Settanta, che in età matura interpreta il bel tenebroso che fa girare la testa alle vedove. E sì, in effetti il libro che aveva in mano era proprio *Shakespeare esumato*!

Angela era agitatissima. Cosa doveva fare? Attaccare discorso prendendo spunto dal libro? Le sarebbe tanto piaciuto parlare con qualcuno di Emilia Bassano. Non si era mai trovata in una situazione del genere: approcciare un perfetto sconosciuto. Non sapeva proprio come fare; anche Achim le era stato presentato, a una festa di laurea. Magari l'uomo avrebbe alzato gli occhi e le avrebbe rivolto la parola. Una ex cancelliera mica si incontra tutti i giorni. Esatto, si sarebbe limitata a passargli davanti lentamente spingendo la carrozzina e lui avrebbe ben detto qualcosa!

Era ormai arrivata all'altezza della panchina e...

...l'uomo restò in silenzio. Non disse nulla neppure quando rallentò ulteriormente il passo per dargli l'opportunità di accorgersi di lei. Nemmeno quando Angela si fermò a meno di due metri dalla panchina, a regolare il parasole della carrozzina, lui alzò gli occhi dal libro.

Non osando prendere l'iniziativa, Angela continuò a camminare. E, possedendo una volontà di ferro, riuscì anche a non voltarsi... per almeno venti metri. Poi lanciò uno sguardo da sopra la spalla e vide che l'uomo era ancora concentrato nella lettura. Si sentiva stupida. Di cosa mai aveva paura? Perché non gli rivolgeva semplicemente la parola? Non c'era niente di male!

Decisa, girò la carrozzina e la spinse di nuovo in direzione del lettore.

Le serviva un piano. Bastava dire "Salve" o era meglio "Buongiorno"? In un attimo di pazzia immaginò di passargli con le ruote sui piedi. Così poteva dire "Oh, mi scusi", sperando che da lì iniziasse un discorso. Alla fine decise di prendere spunto da quello che evidentemente avevano in comune. Perciò, tornata accanto alla panchina, disse semplicemente: «Emilia Bassano?».

L'uomo alzò gli occhi dal libro.

«Sta leggendo il libro su Emilia Bassano» osservò Angela con un sorriso e l'uomo...

...sorrise a sua volta.

Mio Dio, che sorriso! Era il sorriso dell'ex protagonista dei film d'azione che in età matura regalava alle vedove la terza primavera della vita. Meno male che Angela non era vedova. Tuttavia quel sorriso le metteva addosso un'inquietudine che non aveva provato neppure quando aveva conosciuto Achim. Il sorriso di Achim era stato solo incredibilmente dolce.

«Conosce Emilia Bassano?» disse l'uomo con un sorriso ancor più grande e gli occhi blu scintillanti.

«Sì» rispose Angela, e si meravigliò di non riuscire a dire altro. Era colpa del sorriso? No, doveva essere per via del caldo! Probabilmente era solo un po' disidratata.

«A me» disse allora l'uomo «affascina incredibilmente la tesi che possa aver scritto lei le opere di Shakespeare. Esistono indizi illuminanti a questo proposito. Una donna istruita come Emilia, con la sua formazione musicale, era ben più in grado di produrre opere di quel genere rispetto a Shakespeare, un sempliciotto di campagna. Emilia aveva vissuto in molti dei luoghi in cui sono ambientate, persino per un anno in un castello danese, che viene descritto come quello di *Amleto*. Shakespeare invece non era mai stato in Danimarca. E poi, in seguito, fu la prima donna in assoluto a veder stampate le proprie opere...»

Più l'uomo parlava, meno Angela lo seguiva. Ma non per disinteresse, come quando Achim dissertava di Scarabeo, bensì perché era conquistata dal suo entusiasmo. Parlava dell'argomento con una passione che veniva dritta dal cuore. E poi la voce! Come se avesse fumato Gauloises per decenni ma, paradossalmente, gli avessero fatto bene. Se fosse stata in grado di concepire la categoria "erotica", Angela avrebbe di sicuro percepito quella voce come tale.

L'uomo si accorse che Angela era altrove col pensiero, si interruppe e si alzò in piedi: «Mi perdoni, non mi sono neanche presentato. Mi chiamo...» Angela si aspettava un nome tipo Jean-Paul Aramis «...Kurt Kunkel».

Aramis suonava meglio.

«E io sono...»

«Lo so chi è» la interruppe l'uomo di nome Kurt Kunkel con un sorrisetto. Che simpatico! «Una patita di Shakespeare anche lei?»

«Eccome» rispose Angela.

«Come tutte le donne che amano l'arte» disse l'uomo senza un briciolo di adulazione.

Angela rispose con una risatina imbarazzata. Subito si meravigliò: da quando in qua si comportava come una scolaretta? Neppure ai tempi della scuola rideva in quel modo.

«Io» proseguì l'uomo «sarei felicissimo di poter continuare la nostra conversazione su Shakespeare. Magari davanti a un bicchiere di vino rosso?»

«Co... come?» esclamò Angela meravigliata.

«Non conosco nessuno con cui poter parlare di Emilia.»

«Ehm, potremmo farci una chiacchierata anche adesso» propose Angela. Il pensiero di andare a bere qualcosa con quell'uomo le pareva temerario quanto saltare il Grand Canyon con la moto.

«Purtroppo la mia pausa termina tra poco» rispose Kurt Kunkel; Jean-Paul Aramis sarebbe stato davvero un nome più adatto a lui.

«Che lavoro fa?» chiese Angela.

«Diciamo che mi auguro che lei non abbia presto bisogno dei miei servizi.»

«Impresario di pompe funebri» sorrise Angela che aveva subito fatto due più due.

«Quindi, signora Merkel, avrebbe tempo domani sera di scambiare con me qualche parola su Shakespeare?»

Angela aveva sia voglia che tempo di dedicarsi al suo cavallo di battaglia. Achim era ancora sui Pirenei. Quindi cosa la tratteneva?

«Purtroppo domani non posso.» Non voleva uscire con un uomo che conosceva appena all'insaputa di Achim. Non era una cosa da fare.

«Cosa ha in programma?» chiese cordiale Aramis, spiazzandola. Per decenni era stata la sua assistente a declinare le richieste di appuntamenti, per esempio quando era Viktor Orbán a chiamare. Angela non aveva mai dovuto ricorrere personalmente a una bugia pietosa. Adesso però non aveva a disposizione né una segretaria che raccontasse balle per lei né una scusa credibile, tipo "Ho da preparare il vertice UE". Così rispose: «Un po' di tutto».

«Un po' di tutto?»

«Sì.»

«E che cosa vuol dire?»

«Be'...» Angela cercava le parole.

«Allora?»

«Di tutto un po'.»

«Un po' di tutto significa di tutto un po'?»

«Esatto» confermò Angela sperando di non sembrare idiota come si sentiva.

«Ah, ho capito!»

«Cosa?» Angela era a disagio. Perché faceva la figura dell'imbecille?

«Anche da ex cancelliera deve continuare a occuparsi di affari di stato e ovviamente non vuole né può parlarmene.»

Meno male che l'uomo non aveva capito niente!

«Ma in caso le avanzasse tempo, domani o un'altra volta, la prego, mi telefoni.»

Aramis tirò fuori il portafoglio deformato di pelle nera dalla tasca dei jeans e ne estrasse un sobrio biglietto da visita listato di nero con la scritta AGENZIA FUNEBRE KUNKEL, DAL 1812. Lo tese ad Angela, che lo guardò e disse: «Impresa di famiglia?».

«Di padre in figlio da sei generazioni.»

«Ce ne sarà una settima?»

«Vedremo.» Per un istante l'uomo si incupì. A quanto pare, dedusse Angela, esistevano dei problemi con il primogenito, che, ovviamente, non erano affar suo. La curiosità era un attributo importante per una detective, ma non per un comune individuo. Angela si sentì un po' in colpa per aver messo Aramis di cattivo umore, anche se non intenzionalmente. Per rimediare disse: «Quando ci sarà occasione, le porterò un libro di James Shapiro sulle varie teorie circa il vero autore delle opere di Shakespeare».

«Sarà un piacere.» Aramis tornò a sorridere.

Mamma mia che sorriso!

«Kunkel!» esclamò minacciosa una voce. Anche il proprietario di questa sembrava che fumasse Gauloises da una vita, ma a lui avevano fatto male, aiutate da una gran quantità di superalcolici.

Il sorriso svanì di nuovo dal volto di Aramis, che parve irritato. Si voltò, assieme ad Angela, in direzione del viale principale. Da lì proveniva un tizio con lunghi capelli madidi di sudore, la barba incolta e una tuta verde da giardiniere che riusciva nell'impresa di stargli troppo stretta in certi punti e larga in altri. Si avvicinò a passi incerti, preceduto dal sentore dell'alcol. Era difficile dargli un'età, ma Angela pensò che gli rimanessero da vivere ben pochi anni. Non poteva immaginare che proprio quello sarebbe stato l'ultimo giorno di esistenza dell'uomo.

«Kunkel» tornò a sbraitare il giardiniere, anche se ormai era a soli tre metri di distanza.

«Presumo» disse Angela ad Aramis «che adesso abbia da fare.»

«Già. A volte il mio mestiere è sgradevole.»

«A volte?» si lasciò scappare Angela, che non riusciva a immaginare cosa potesse esserci di gradevole nel mestiere di impresario di pompe funebri.

«Può anche essere gratificante organizzare l'ultimo saluto dei parenti a un loro caro.»

«Certo» rispose Angela, vergognandosi un po' di non esserci arrivata da sola. Al contempo, le piaceva che Aramis prendesse così seriamente il suo compito di consolare il prossimo in un momento difficile. Esistevano molte occupazioni ben più inutili di quella – capo dell'opposizione, per esempio –, e poche più utili.

«Ehi, Kunkel, dico a te!» Il giardiniere si piazzò davanti ad Aramis, del tutto incurante di avere accanto una ex cancelliera. Era talmente furioso che non avrebbe fatto una piega neppure di fronte a una foca che reggeva sul muso un porcellino d'india. «Quand'è che paghi il conto?»

«Mai!» esclamò Aramis adirato, fulminando l'uomo con lo sguardo. Somigliava sempre al protagonista di un film d'azione francese, ma adesso sembrava intenzionato a buttare un terrorista giù da un grattacielo.

«Se non paghi,» bisbigliò il giardiniere «ti ficco nella terra a testa in giù.»

«Fai sempre il gradasso» disse Aramis, ora calmissimo.

Il giardiniere non replicò, ma tremava di rabbia.

«Forse così riesci a intimidire qualcun altro» proseguì Aramis in tono gelido. A dispetto dell'afa, Angela sentì un brivido percorrerle la schiena. Lo stesso dovette accadere al giardiniere, perché si voltò e si allontanò in silenzio. Quando l'uomo fu di nuovo sul viale principale, Aramis sospirò, accasciandosi su se stesso. Per un attimo non parve più una ex star del cinema, ma un vecchio col peso degli anni sulle spalle. Angela, ancora sconvolta dalla sua furia di prima, provò all'improvviso pena per lui. Avrebbe voluto chiedergli se andava tutto bene e magari posargli addirittura una mano sulla spalla per consolarlo. Ma sarebbe stato sconveniente. Rimase in silenzio accanto ad Aramis e fu quasi grata quando il piccolo Adrian si mise a piangere. Allora prese a cullarlo in carrozzina cantando: «*Stella stellina, il giardiniere si avvicina...*».

Aramis non poté trattenere un sorriso. E Angela fu lieta di essere riuscita a rasserenarlo, quasi quanto di aver calmato il bebè. Così continuò a cantare: «*...la fiamma traballa, Angela torna nella stalla...*».

«Peccato» sorrise Aramis, mentre il piccolo richiudeva gli occhi.

«*...Emilia Bassano prende il bimbo per la mano...*»

«Non mi pare che la ninna nanna faccia proprio così.»

«*...lo porta alla sua mamma e tutti fan la nanna.*»

Aramis a quel punto rise proprio.

Mio Dio, quando rideva era ancora più bello!

Angela si spaventò. Non era facile alle infatuazioni. Quel genere di pensieri non le apparteneva, e neppure quella strana sensazione nello stomaco. Anche Achim per lei era bellissimo quando rideva, ma in maniera più tenera, non così prepotentemente virile.

«Mi spiace» disse Aramis «che sia stata costretta ad ascoltare la conversazione di prima.»

«Anche lei è stato costretto ad ascoltarmi cantare.»

L'uomo tornò a ridere. E di nuovo Angela sentì le farfalle nello stomaco.

«È difficile spiegare di cosa si tratta.»

Da investigatrice, Angela gli avrebbe subito chiesto di fare un tentativo, ma non voleva apparire indiscreta. Si capiva chiaramente che Aramis non aveva voglia di parlarne. Le cadde lo sguardo sull'orologio che l'uomo portava al polso e, quando vide che ore erano, si spaventò: avrebbe dovuto essere a casa di Marie già da quindici minuti. Di certo la mamma stava in pena per il suo bambino.

«Va bene» tagliò corto. E aggiunse: «Adesso purtroppo devo proprio andare».

«Ha detto "purtroppo"» sorrise Aramis, questa volta in tono intenzionalmente fascinoso.

«Davvero?» balbettò Angela.

«Sì, davvero.»

Angela gli restituì il sorriso, ma non riuscì a dire altro. Per cui afferrò la carrozzina e si allontanò.

«Mi porterà presto il libro?» le gridò dietro Aramis.

«Sì... certo» rispose Angela senza voltarsi.

«Non vedo l'ora.»

Angela spinse la carrozzina in direzione dell'uscita senza dire più una parola. Si sorprese a sorridere tra sé e sé, pensando che anche lei non vedeva l'ora di portare il libro ad Aramis.

3

Ma subito si sentì in colpa: era opportuno andare a casa di un uomo che conosceva appena mentre il marito era in vacanza? Anche se solo per portargli un libro? Almeno doveva dirlo ad Achim nella loro videochiamata serale.

Presa quella decisione, subito si bloccò meravigliata: sul viale che portava allo stagno vide una tomba simile a una piramide nera. Sulla finestra al centro dell'improbabile mausoleo era dipinto il ritratto di un uomo imparruccato. A sconcertare Angela furono però soprattutto le fiaccole consumate conficcate nel terreno. Ne contò tredici, dodici allineate a formare un corridoio, la tredicesima alla sommità dei sei scalini che conducevano al mausoleo. Una scenografia sorprendente. Guardando meglio, individuò delle impronte. Più persone si erano radunate lì di recente. Non per un funerale, però, perché stando alla scritta bianca un po' sbiadita, il mercante Bengt Jakob Hachert era sepolto in quel luogo già da secoli. Chi mai va ad accendere delle fiaccole in un cimitero? E soprattutto: perché?

Un enigma. Non un omicidio, ma pur sempre un enigma! Incuriosita, Angela si ripropose di risolverlo, per passare il tempo. Per un attimo cullò il pensiero di tornare da Aramis e chiedergli lumi, ma quando si voltò l'uomo non era più seduto sulla panchina.

Era a qualche metro di distanza assieme a...

...una donna molto più giovane!

Avrà avuto trentacinque anni, indossava un tailleur pantalone nero e portava i capelli biondi raccolti in una coda di cavallo. Aramis la stava abbracciando come per consolarla. Quei due stavano assieme? Angela se lo chiese, pur sapendo che non la riguardava se la giovane fosse la parente di un defunto, l'amante di Aramis oppure sua moglie.

L'uomo asciugò le lacrime sulle guance della ragazza, che si sciolse dall'abbraccio e si allontanò in fretta. Aramis le gridò dietro: «Niente paura, lei non lo saprà mai». E in quel momento si passò la mano sugli occhi. Anche lui aveva pianto?

Angela si richiamò all'ordine: non erano affari suoi. Se non stava attenta, rischiava di diventare una di quelle pensionate che per noia ricamavano sulle vicende altrui.

Nel frattempo era quasi arrivata all'ingresso e decise di concentrarsi sull'enigma del mausoleo nero. Le venne in mente che avrebbe potuto benissimo essere il titolo di un giallo della sua autrice preferita, Dorothy L. Sayers.

Chi faceva uso di fiaccole? I nazionalisti! Le amavano quanto il passo dell'oca, le bandiere e le uniformi ridicole. E se il mercante morto da secoli avesse avuto un significato per quella gente?

Giunta al parcheggio sul retro del cimitero, Angela fu nuovamente distolta dal suo enigma. Perché lì vide il giardiniere assieme a un uomo più anziano, che sotto molti aspetti sembrava l'esatto opposto di Aramis. Indossava un gessato nero, portava al polso un Rolex ed era appoggiato a una Porsche cabrio. Con i capelli pettinati all'indietro col gel e il viso lampadato, poteva quasi sembrare uscito da un vecchio film sulla mafia di Martin Scorsese. Al contrario di Aramis, non era invecchiato bene. Evidentemente però li univa l'avversione per il giardiniere. Quest'ultimo stava porgendo all'uomo una polaroid; Angela era troppo distante per vedere di cosa si trattasse.

Non riusciva nemmeno a capire cosa dicessero i due uomini, per via del rumore del motore della Porsche, ma era chiaro che il proprietario avrebbe tanto voluto...

...ficcare il giardiniere nella terra a testa in giù.

Poi il giardiniere salì su un lurido maggiolino Volkswagen, che partì scoppiettando. L'altro uomo lasciò a sua volta il parcheggio sfrecciando sulla Porsche. E Angela pensò: sembra proprio che questo cimitero abbia qualche cadavere nell'armadio.

4

A passo veloce, Angela varcò il cancello del castello dei Baugenwitz ed entrò nella corte interna con la magnifica fontana. Aveva la fronte madida di sudore, ma non voleva assolutamente tardare oltre. Marie era di sicuro molto in pensiero per Adrian e Mike per la sua protetta. Senza dubbio entrambi le avrebbero domandato il motivo di tanto ritardo. E lei avrebbe dovuto dire: «È perché mi sono piacevolmente intrattenuta con uno sconosciuto e ho perso il senso del tempo». Allora Marie le avrebbe chiesto maliziosa: «Uno sconosciuto? Era un bel tipo?». E Angela avrebbe cercato di fare la vaga, come alle conferenze stampa quando i giornalisti sottolineavano le imbarazzanti topiche dei suoi ministri. Però Marie era un'amica, e con lei non poteva chiudere il *question time* con la scusa di un impegno successivo. Poteva solo sperare che Mike intervenisse rimproverandola di essersi intrattenuta con un uomo non sottoposto alle necessarie previe verifiche. La sua guardia del corpo le avrebbe fatto una ramanzina dicendo che non poteva lasciarla andare in giro da sola e che in futuro l'avrebbe seguita passo passo.

Angela sarebbe volentieri tornata indietro.

L'atrio la accolse con una piacevole frescura e si sentì meglio. Durante il tragitto il sole cocente l'aveva provata. Dentro c'era odore di muffa, e chissà quante spore vagavano nell'aria, come nel palazzone prefabbricato in cui abitava da studentessa nella DDR. Staccò la navicella dal telaio della carrozzina high-tech, che sembrava progettata da Elon Musk. Era fiera di cavarsela ormai bene con quell'aggeggio complicato. Poi drizzò la schiena e attraversò l'atrio del castello decisa a presentare la conversazione con Aramis per quello che era: un normalissimo incontro casuale tra persone normali. E se qualcuno avesse obiettato che lei non era una persona normale, si sarebbe forse aperto un meraviglioso dibattito filosofico sulla possibile normalità delle ex cancelliere che risolvono casi di omicidio. Il dibattito sarebbe stato meraviglioso solo per il fatto che l'avrebbe sottratta a ulteriori domande circa lo sconosciuto.

Marie si era installata nell'ala ovest del castello. La giovane madre non voleva utilizzare gli spazi abitati dai coniugi Baugenwitz, assassinati di recente. Come darle torto? Inoltre non la attiravano i grandi vani dai soffitti alti nei quali – come amava dire – si potevano tenere dei tornei di basket. Aveva scelto invece come propria camera da letto una mansardina, riservata in precedenza alla servitù, e aveva allestito il soggiorno nella stanza adiacente. L'unico lusso che Marie si era concessa, oltre alla modernissima carrozzina, era un gigantesco televisore a schermo piatto. Le sarebbe servito per aprire al figlio, quando fosse stato più grandicello, il mondo della cultura: da *Frozen* a *Toy Story*, fino a *Star Wars*. Angela aveva molto a cuore la giovane madre, ma il suo concetto di cultura era ben diverso. La settimana prima aveva fatto il tentativo di avvicinare Marie all'opera lirica con *Elektra*, ma già dopo pochi minuti, indicando la formosa soprano, la giovane aveva esclamato: «E questa qui va avanti altre quattro ore con 'sta lagna?».

Angela affrontò l'ultima rampa di scale scricchiolanti, si fermò davanti alla porta antica, fece un bel respiro, la aprì e... sorpresa! Né Marie né Mike badarono a lei. La giovane donna era addormentata su un vecchio divano, sdrucito probabilmente già dal 1963. Dormiva come una madre che aveva da recuperare circa 217 ore di sonno perse solo nell'ultimo mese. Davanti a lei, sul pavimento, russava beato il carlino di Angela, e Mike si era tolto la giacca, aveva arrotolato le maniche della camicia bianca ed era tutto preso ad avvitare le componenti di una culla che aveva abilmente assemblato. Era dotato di una manualità invidiabile. Il giorno dopo l'arrivo a Freudenstadt, Angela e il marito avevano tentato di montare una libreria di Ikea di nome Snorre per il nuovo studio di Achim. Ne era venuta fuori una struttura che avrebbe potuto apprezzare un appassionato di arte astratta. Erano avanzate sette viti, due ripiani e un affare di gomma non chiaramente identificabile, ma dall'aspetto vagamente sconcio.

Angela adagiò con cautela il bimbo addormentato sul ventre della madre. C'era ancora tempo prima della poppata. Mike si alzò e le fece cenno di uscire in corridoio. Adesso si sarebbe beccata la ramanzina per il ritardo. Il suo bodyguard era sì un suo sottoposto, ma sembrava che fosse lui a comandare.

Dopo essersi chiuso con delicatezza la porta alle spalle, il gigante le chiese: «Le spiace se resto qui ancora un pochino?».

Angela fu colta di sorpresa, si aspettava altro.

«Vorrei finire di montare la culla e ho anche da sistemare un radiatore sopra il fasciatoio.»

«Un radiatore? Con questo caldo?»

«Verranno temperature diverse.»

Evidentemente a Mike, padre di una bambina che viveva a Kiel assieme alla madre, era presa la smania di costruire un nido. Era un bodyguard dal cuore tenero.

«Per i bimbi piccoli è molto utile uno scaldino del genere» aggiunse, per poi subito correggersi: «Mi scusi, lei non può saperlo».

Angela lo guardò indignata.

«Cioè, perché non ha figli» balbettò nervoso Mike.

«Immaginavo.»

«Ma non c'è niente di male...» proseguì la guardia del corpo sempre più nervosa.

«Grazie mille» rispose Angela piccata.

«Meglio se non parlo più, vero?»

«Ottima idea.»

«Allora mi taccio.»

«Perfetto.»

«Non volevo essere indiscreto.»

«Bene.»

«Non sono affari miei.»

«Esatto.»

«E non mi interessa sapere perché lei non ha avuto figli.»

«Mike?»

«Sì.»

«Sta parlando un po' troppo per essere uno che vuole tacere.»

«È vero.» Mike arrossì violentemente. «Non dirò più nulla.»

«Lo ripeto: perfetto.»

«E giuro che non toccherò più l'argomento con nessuno.»

«Perché? Con chi ne ha parlato?» Angela era sbalordita.

«Be'» rispose Mike a disagio. «Di certo conosce Silvio, de L'arte dei capelli.»

«Sì, purtroppo...»

«È stato lui a chiedermi come mai lei non ha avuto figli, io gli ho detto che non lo so e che non sono affari miei, ma lui ha cominciato a fare ipotesi. A suo avviso, lei...»

«MIKE!»

Il bodyguard strinse le labbra e la fissò spaventato.

Ma Angela disse solo «Ci vediamo dopo. Mi raccomando porti Puzzy a casa», e se ne andò.

Giù per le scale scricchiolanti Angela pensò alla sua scelta di non avere figli. Di certo qualche volta le era venuto il dubbio che fosse stata una decisione saggia, ma negli ultimi decenni turbolenti da cancelliera non si era più posta il problema. Grazie a Mike e a Silvio il parrucchiere, dopo tanto si chiedeva se nella vita aveva davvero fatto tutto giusto. Il brutto della pensione è che all'improvviso si ha tempo, troppo, per pensare a cose che altrimenti non ti verrebbero mai in mente. Dio mio, quanto desiderava che un omicidio la distogliesse dalla noia e da questi pensieri. Magari l'omicidio di Silvio, pensò sorridendo.

5

Poggiata all'alto schienale della poltrona nel soggiorno della sua casetta a graticcio, Angela fissava lo schermo dell'iPad in attesa della videochiamata serale di suo marito, posticipata di cinque minuti. Achim le aveva appena mandato un messaggio sul cellulare, dicendo che era stato punto da un insetto e doveva spalmarsi la pomata. Angela pensò di prendere un libro nel frattempo, magari quello su Emilia Bassano che Aramis stava leggendo sulla panchina del cimitero. Ne aveva una copia nella sua biblioteca.

Aramis.

Già che aveva l'iPad in mano poteva dare un'occhiata a quello che c'era in rete su di lui. Fare un giro su internet non si configurava come cyberstalking, giusto? Certo che no!

Angela digitò il vero nome dell'uomo, Kurt Kunkel, sul motore di ricerca e aggiunse Freudenstadt. Ottenne solo tre risultati. Per primo apparve il sito dell'agenzia funebre. Angela cliccò sul link. La homepage sembrava ferma agli anni Novanta. Una polaroid mostrava Aramis, più giovane di una venticinquina d'anni, assieme a una donna con i riccioli biondi e una giacca rossa dalle spalle esageratamente imbottite, che Angela, con la sua passione per i blazer, avrebbe volentieri indossato all'epoca, ma non ne aveva mai avuto il coraggio. I due sembravano una coppia felice. La didascalia recitava: *I coniugi Kunkel sempre a vostra disposizione!*

Aramis era quindi un uomo sposato. E lei lo aveva visto tenere tra le braccia una donna molto più giovane.

Angela sospirò. E subito si preoccupò: perché quel sospiro? Preferiva non porsi nemmeno lontanamente il problema, per cui cliccò sul risultato seguente. Era l'articolo di un giornaletto locale risalente a tre mesi prima. La foto ritraeva Aramis assieme all'azzimato pilota della Porsche. Sembrava che i due stessero per staccarsi le orecchie a morsi. Dall'articolo emergeva che erano stati a lungo soci finché Ralf Borscht, così si chiamava il damerino, si era messo in proprio offrendo funerali a prezzi scontati.

La testata li aveva invitati a confrontarsi sul tema "Funerale: tradizionale o a basso costo?". Aramis si presentava come l'impresario vecchia maniera che organizzava le esequie nello stile di cinquant'anni prima, mente Ralf Borscht si sforzava di apparire un imprenditore moderno, orientato al futuro. Aramis gli rimproverava di voler risparmiare sulle bare, a rischio che fossero contaminate da sostanze nocive, lui invece dichiarava che quando la figlia avrebbe preso le redini dell'azienda, l'anno seguente, la sua sarebbe stata l'unica impresa funebre di Freudenstadt, essendo Aramis ormai prossimo al fallimento.

Angela era dispiaciuta per Aramis, irriso dall'ex socio per i suoi valori ed evidentemente in difficoltà finanziarie. E poi c'era la questione del primogenito, come aveva lasciato trapelare durante la loro conversazione.

Prima di cliccare sul terzo risultato, Angela andò a curiosare sul sito dell'Agenzia funebre Borscht. Lo stile era moderno e le proposte davvero convenienti, offrivano addirittura dei pacchetti famiglia per funerali futuri. Avevano bare personalizzabili, di ogni forma e colore. Volendo si poteva scegliere quella della squadra del cuore o il modello Principessa Diana. Per qualche misterioso motivo c'era anche la bara ispirata al duo musicale dei Modern Talking. Nel complesso non c'era spazio per la dignità e il buon gusto, ma confrontando i due siti era chiaro il motivo per cui Aramis era rimasto indietro rispetto al suo ex socio. L'economia di mercato si basa sulla domanda, senza porsi troppe domande.

Angela continuò a navigare il sito e sotto la voce "Team" trovò la foto della trentenne bionda che aveva visto tra le braccia di Aramis al cimitero. Si chiamava Merle Borscht ed era la responsabile finanziaria dell'agenzia. Aramis aveva una storia con lei? La figlia del suo rivale? E da uomo sposato?

Era una cosa che ad Angela non andava giù. Non per motivi morali. Il mondo è bello perché è vario; se avesse condannato un comportamento del genere, avrebbe dovuto bollare più del 90 per cento dei membri dell'establishment politico berlinese come depravati. No, la disturbava perché... perché... non lo sapeva neanche lei perché. Era confusa.

La confusione non le piaceva.

Non le apparteneva.

Perciò continuò a curiosare sul sito dei Borscht e trovò un link... a un centro yoga?

Era diretto da una certa Charu Benisha Borscht. Si trattava evidentemente della moglie del proprietario della Porsche. Sembrava sotto i trent'anni, per cui non poteva essere la madre di Merle Borscht, l'amministratrice nonché presunta amante di Aramis.

A giudicare dalle foto, l'insegnante di yoga aveva assunto uno pseudonimo perché di aspetto era indiana quanto Olaf Scholz. Abbronzata, i capelli tinti biondo platino, si presentava coperta il minimo indispensabile, avvitata in posizioni che avrebbero lasciato a bocca aperta anche un fachiro. Angela ne lesse il curriculum: prima di scoprire lo yoga la giovane aveva fatto la parrucchiera. Ovviamente da Silvio de L'arte dei capelli.

Dopo aver appreso sulla giovane signora Borscht più di quanto avesse desiderato, Angela uscì dal sito e cliccò sul terzo risultato della ricerca su Kurt Kunkel. Le apparve un articolo del quotidiano locale, pubblicato sempre quell'anno. Il nome Kunkel era presente, ma stavolta si trattava di Peter, il figlio di Aramis. Un trentacinquenne pallido, che a vederlo ricordava un vampiro. Mantello nero, capelli e sopracciglia tinti di nero, era stretto tra due poliziotti. Lo avevano beccato a posare per un servizio fotografico su una tomba assieme a tre modelle in latex ed era stato incriminato per atti osceni in luogo pubblico. Non c'era da stupirsi se Aramis dubitava che il primogenito avesse i numeri per guidare l'impresa di famiglia.

Angela continuò a leggere e per poco non le prese un colpo. La fotografa era nientepopodimeno che Pia von Baugenwitz, la giovane che aveva incastrato poche settimane prima come autrice dell'omicidio del patrigno e della seconda moglie di lui.

Prima di poter anche solo lontanamente fare delle ipotesi sul legame tra Kunkel Jr. e l'assassina, Angela udì il suono di videochiamata in entrata su FaceTime.

6

In genere le telefonate tra Angela e il marito duravano in media una decina di minuti, in cui lei gli parlava del piccolo Adrian, perché la sua vita da pensionata a Freudenstadt era altrimenti piuttosto piatta. Achim invece le raccontava delle escursioni che faceva con Tommy sui Pirenei e chiudeva ogni volta proponendo a lei e Claudia, la moglie di Tommy, di unirsi a loro l'anno successivo. Naturalmente Achim non diceva sul serio, perché i maschi non vogliono portarsi dietro le mogli nelle loro vacanze da maschi, e inoltre sapeva che Angela non ci pensava nemmeno. Non sarebbe mai riuscita a reggere per tutta la vacanza il ritmo degli uomini, né la parlantina di Claudia. In confronto a quella donna, David Letterman era un monaco votato al silenzio.

Ma quel giorno sarebbe stato diverso. Angela aveva qualcosa in più da raccontare, anche l'incontro con Aramis, perché no? Solo magari avrebbe omesso che l'uomo somigliava a un attore francese. (Achim invece, obiettivamente, non sembrava un attore, nemmeno tedesco, bensì quello che era: un adorabile chimico quantistico.) Avrebbe anche omesso che, in realtà, l'uomo si chiamava Kurt Kunkel, ma lei lo aveva ribattezzato Aramis. Non poteva raccontare nemmeno che aveva fatto delle ricerche su di lui in rete, perché Achim avrebbe aggrottato la fronte pensando che lo stesse stalkerando, mentre invece voleva semplicemente informarsi. E di sicuro non avrebbe lasciato intendere al marito che con quell'uomo si trovava meglio che con lui a parlare di Shakespeare e di Emilia Bassano. Ma allora, si chiese, cosa restava da dire?

Il suono di FaceTime sembrò farsi più insistente. Angela accettò la chiamata e le arrivò un'immagine molto mossa di Achim. Accidenti, quando era in carica avrebbe dovuto occuparsi di più dell'espansione della rete mobile.

Comunque lo conosceva talmente bene che riusciva a immaginarselo lo stesso perfettamente, con indosso il parka verde ereditato dal padre.

«Come va, Ciccina mia?» disse Achim. La voce arrivava un po' rotta. Ciccina era il nomignolo affettuoso che aveva per lei, che a sua volta lo chiamava Cicci. Cicci e Ciccina: per Angela era romantico, le ricordava il loro film preferito *La leggenda di Paul e Paula*.

«Qui fa piuttosto caldo» rispose.

«Anche qui. Ci fumano i piedi!»

Ecco un ulteriore motivo per non andare in gita con Achim e Tommy. Entrambi erano dell'opinione che i calzini di ricambio fossero zavorra inutile.

«Come va la puntura d'insetto?»

«Tutto ok. Non era un insetto, poi. Quel burlone di Tommy si è costruito a mia insaputa una cerbottana.»

L'idea di non partecipare alle loro escursioni era quanto mai giustificata.

«Oggi ci chiedevamo» proseguì Achim, sempre più sfocato sullo schermo «se la parola Pireneidi fosse ammessa a Scarabeo. È vero che nei classici non c'è traccia di giochi sacri tenuti sui Pirenei, ma nulla impedisce di pensare che se li valicarono persino gli elefanti di Annibale forse la tradizione olimpica in qualche modo vi giunse e quindi...»

Angela era ben lieta che la connessione fosse scarsa, almeno Achim non poteva accorgersi dal suo sguardo assente che era con la testa altrove. Ovviamente pensava ad Aramis, a che rapporto poteva avere con la donna che teneva tra le braccia al cimitero. E il giardiniere? Perché ce l'aveva con lui? E cosa c'era tra Peter Kunkel e l'assassina dei baroni von Baugenwitz?

«...Tommy non è d'accordo. Tu che pensi?»

...Ed era opportuno portare il libro su Shakespeare ad Aramis il giorno dopo?

«Angela?»

«Sì?» rispose strappata ai suoi pensieri.

«Cosa dici, Pireneidi è una parola valida o no?»

Secondo i suoi calcoli, Angela aveva il 50% delle possibilità di dare la risposta giusta e decise per il no.

«Allora la pensi come Tommy?» si meravigliò Achim, anche perché fino a quel momento la moglie gli aveva fondamentalmente sempre dato ragione sulle diatribe riguardanti Scarabeo. Quando una cosa non le interessava granché, concordava semplicemente con lui.

«No» si corresse Angela.

«No?»

«Volevo dire sì.»

«Volevi dire sì adesso, o prima?»

«Cosa?»

«Hai detto due volte "No". La prima quando ti ho chiesto se ho ragione io, e poi quando ti ho chiesto se la pensi come Tommy.»

«Certo che hai ragione tu, Cicci.»

«E perché allora prima hai detto no?»

In verità avrebbe dovuto rispondere: "Perché non ti ascoltavo proprio e stavo pensando a un altro uomo". Angela provò una stretta allo stomaco: pensava a un altro uomo mentre parlava con suo marito?

«Ciccina?» insistette Achim.

«Non avevo capito bene.»

Lo stomaco le si strinse ancor di più. Adesso aveva addirittura mentito al marito. Non lo faceva mai! La bugia le apparteneva ancora meno della confusione.

Achim non si accorse di nulla, a volte la cattiva qualità

dell'immagine era una benedizione. Tutto allegro le chiese: «E tu cosa hai fatto oggi?».

Di colpo, Angela si ritrovò sotto schiaffo. Adesso doveva per forza dire ad Achim di Aramis. Perché no? Non c'era niente di male. Assolutamente niente! Così iniziò: «Oggi al cimitero ho conosciuto...».

«Scusa ti sento male, la voce va e viene.»

«Ho conosciuto un uomo,» disse Angela a voce più alta «si chiama Kurt Kunkel...»

«Hai un foruncolo?» chiese Achim preoccupato.

«Ma che ti viene in mente?»

«Sul mento?»

L'immagine si bloccò. La linea era definitivamente caduta. Angela sospirò, posò l'iPad e chiuse gli occhi. Ma solo per una frazione di secondo, poi udì la voce di Mike: «Ehm, se ha un foruncolo sul mento dovrebbe curarlo».

Angela si voltò verso la guardia del corpo che aveva appena fatto il suo ingresso e rispose: «Non ho nessun foruncolo».

«Allora che dice suo marito?»

Angela non aveva voglia di riassumere la conversazione e tanto meno di raccontare a Mike del suo incontro. Così fece ricorso alla strategia preferita dei politici: rispondere a una domanda con un'altra domanda. «Lei doveva essere qui già da un pezzo. Dove è stato tutto questo tempo?»

Mike arrossì lievemente e cercò di giustificarsi: «Ho montato la culla e il radiatore, e poi Marie si è accorta che non aveva quasi più pannolini, a quel punto sono andato a fare la spesa e poi ho appeso sulla culla di Adrian una giostrina. Con i personaggi Disney: Topolino, Pippo, Paperino, Paperina e Clarabella...».

«Sì, me lo immagino» lo interruppe Angela. Altri ex politici si sarebbero probabilmente seccati se il loro bodyguard li avesse trascurati per occuparsi di una neomamma. Le guardie del corpo erano uno dei pochi status symbol che restavano a memoria del passato prestigio. Gerhard Schröder si era lamentato per anni di non poter più inserire il suo amato Currywurst tra le spese detraibili. Angela invece era contenta che Mike desse a Marie tutto il sostegno di cui una madre single necessitava, e poi si sentiva più al sicuro senza guardia del corpo. La presenza di Mike le ricordava tutti i potenziali, anche se improbabili, rischi che correva.

«Il mio compito però è stare al suo fianco, non succederà più che mi assenti» disse Mike.

«Non c'è problema.»

«Davvero?» sorrise Mike sollevato.

«Davvero» disse Angela sorridendo a sua volta.

«Il piccolo Adrian è così dolce» disse Mike intenerito. «Sono contento di fare qualcosa per lui.»

«Lo fa anche per Marie.»

«Già...» rispose Mike arrossendo di nuovo un po'. Allora Angela pensò per la prima volta che il bodyguard potesse provare qualcosa per la giovane madre. «Le piace Marie, vero?»

«Be'... è normale... è carina...»

Angela avrebbe potuto chiedergli se con "carina" intendeva "una bella donna", ma non era sicura di come l'avrebbe presa se Mike si fosse davvero innamorato di Marie. E se la giovane non lo avesse ricambiato? Poteva essere imbarazzante per lei trovarsi nella condizione di non poter più stare nella stessa stanza con la sua nuova amica e il suo bodyguard.

Era uno di quei problemi di cui preoccuparsi nel momento in cui si presentavano. Purtroppo i politici inseriscono in questa categoria quasi tutte le questioni che riguardano il futuro. Così Angela chiuse il discorso: «Buonanotte Mike».

«Grazie» rispose il bodyguard e attraversò il soggiorno diretto alla porta che dava sulla terrazza per raggiungere il capanno in giardino in cui era alloggiato. Prima di uscire si voltò ancora: «Buonanotte anche a lei».

Ma Angela non riusciva a dormire.

Dentro il letto rimuginava su quel poco che sapeva dell'impresario funebre e ancor di più su quello che non sapeva. Come mai l'uomo si era mostrato a tratti così angosciato? Era per via della sua situazione finanziaria? Per le strane tendenze del figlio? O perché probabilmente aveva una relazione con la figlia del suo ex socio e attuale rivale? E sua moglie? Di lei non sapeva niente. Perché Angela si interessava tanto alla vita sentimentale di quell'uomo? Perché aveva mentito ad Achim sul suo conto? Perché continuava a pensare a lui? Perché non riusciva a concentrarsi sul libro su Emilia Bassano che aveva in mano? Tanto da dover leggere tre volte un paragrafo per capire cosa diceva? Era una investigatrice in fondo, perché non rifletteva invece sui legami tra il figlio di Aramis e Pia von Baugenwitz, l'assassina?

A forza di porsi tutti questi interrogativi, infine Angela si addormentò e sognò di giocare a Scarabeo con Achim e Aramis. Achim era in testa con parole come Pireneoforuncolosi. Lei non riusciva nemmeno a creare una parola con le lettere C N A C L E L I R E A. Alla fine del sogno, Achim compose una parola di sei lettere e vinse la partita. Non era soddisfatto però, anzi, guardava la moglie con aria di rimprovero. Angela abbassò gli occhi sulla scacchiera. La parola di sei lettere era A R A M I S.

7

La mattina dopo, Angela aprì gli occhi prima dell'alba. Si sentiva ancora il canto del gufo. Inquieta, si rivoltò nel letto senza più riuscire a prendere sonno. Così decise di alzarsi, nonostante l'ora antelucana. Come prima cosa, al solito, scelse di ignorare la raccomandazione del suo chiropratico di fare qualche esercizio di stretching appena sveglia. Era del tutto irrealistico che arrivasse a toccarsi con le mani le dita dei piedi a gambe tese. E perché poi? Se Dio o l'evoluzione l'avessero previsto, gli uomini avrebbero avuto braccia più lunghe o gambe più corte.

Angela si infilò l'amato accappatoio di spugna bianco, le comode pantofole di feltro e andò ciabattando in cucina. Riempì il bollitore per farsi un tè, che versò in una tazza con la scritta ormai sbiadita CONGRESSO CDU 1998 e guardò fuori dalla finestra. Cosa fare di quella giornata appena iniziata? Decise, come prima cosa, di lasciare il libro davanti alla porta dell'agenzia funebre di Aramis. A quell'ora di certo non lo avrebbe incrociato. Dopo il sogno non aveva più voglia di vederlo.

Angela si vestì, infilò il libro nella capiente borsa blu di Longchamp e mise il guinzaglio a Puzzy, per nulla entusiasta di uscire a passeggio pressoché a notte fonda. Angela lo convinse con una dose extra di biscotti. In realtà avrebbe dovuto svegliare anche Mike, perché la accompagnasse. Era il suo lavoro. Ma era proprio necessario così presto? Probabilmente a quell'ora a Freudenstadt, oltre a lei, era sveglio solo il fornaio del Panificio Wurst.

Spuntava il giorno mentre il carlino e la sua padrona uscivano di casa e si dirigevano, per la strada deserta, verso la piazza del mercato. Angela, che non si aspettava di vedere anima viva, fu sorpresa incrociando una donna minuta con un taglio di capelli sbarazzino. Dimostrava una ventina d'anni, indossava scarpe da ginnastica rosse, un paio di jeans blu, un giubbotto di pelle rosso e una T-shirt bianca con la scritta FRIDAYS FOR FUTURE.

La giovane attraversava a passo svelto la piazza con la testa bassa e le braccia conserte, per cui non si accorse subito di Angela e del carlino. Solo quando fu a circa cinque metri da loro li vide, si bloccò un attimo e mormorò: «Buongiorno».

«Buongiorno» rispose Angela, sperando di non doversi fermare una mezz'ora a discutere con lei del cambiamento climatico. Era solidale con le istanze dei giovani ecologisti, ma voleva trascorrere il suo tempo da pensionata lontana dalla politica. Bastava e avanzava il sindaco di Freudenstadt, che cercava di coinvolgerla per ottenere più sovvenzioni a fini turistici. Angela però apprezzava quel paesino proprio perché erano pochi quelli che ci finivano per sbaglio.

La giovane non aveva intenzione di parlare, anzi, girò alla larga e accelerò ulteriormente il passo, fino a sparire in una viuzza laterale. L'istinto da detective di Angela si risvegliò all'improvviso: la donna sembrava preoccupata. Aveva qualcosa da nascondere? Una relazione, forse?

Angela guardò la chiesetta da cui la giovane proveniva. Che avesse una storia con il pastore era da escludere, perché quest'ultimo era partito per la Terra Santa per un viaggio parrocchiale, *Freudenstadt meets Jerusalem*. Era quindi praticamente certo che la ragazza veniva da dietro la chiesa. E là c'era il cimitero di San Pietro.

Curiosa, Angela girò attorno alla chiesa e raggiunse il cancello del camposanto, ignorò il cartello VIETATO L'INGRESSO AI CANI e si incamminò con il carlino: la luce del sole spioveva dolce sugli alberi e non c'era nessuno in giro. Incrociarono solo uno scoiattolo con una castagna tra le zampette. Puzzy abbaiò poco convinto, come a dire «Okay, devo mostrarti chi comanda, ma in realtà preferirei molto fare un sonnellino».

Dopo circa trecento metri e due incroci Angela strabuzzò gli occhi: aveva davanti una mucca, una mucca pezzata che fissava la lapide di una tomba come se fosse immersa in meditazione. Oppure dormiva in piedi? Puzzy si sentì nuovamente in dovere di abbaiare svogliatamente. La mucca si spaventò e guardò nella sua direzione. Anche il carlino era spaventato, evidentemente temeva che l'animale, scoprendo che lui aveva sì la bocca grande, ma ben poco altro da opporre, lo aggredisse. Ma la mucca si voltò dall'altra parte e trotterellò verso l'uscita posteriore del cimitero. Quando sparì dalla sua visuale, Angela si chiese se fosse passata dal cancello o attraverso un varco nella recinzione. Puzzy emise un rantolo che poteva sembrare un sospiro di sollievo: «Uff, anche stavolta è andata bene». Angela lo guardò, in dubbio se sgridarlo perché aveva abbaiato. Ma trovò ingiusto rimproverarlo per qualcosa che rientrava nella sua natura. Lei mica se la prendeva con il marito perché non riusciva ad accoppiare i calzini neri in base al grado di sbiadimento.

Assieme al carlino, visibilmente riluttante, Angela si avvicinò alla tomba su cui stava la mucca. Già a una certa distanza si distingueva una statua di donna. A differenza di altre presenti nel cimitero non si trattava di un angelo o di una santa, anche se, per chi l'aveva squisitamente scolpita, tale doveva essere stata. Ad Angela era in qualche modo familiare. Ma dove l'aveva vista? In qualche antica illustrazione? Oppure in uno nei tanti dipinti a olio del castello dei Baugenwitz?

Angela ora si trovava proprio davanti alla tomba, che era un vero incanto. Oltre alle rose selvatiche, ai gigli e alla lavanda c'era anche un salice a ornarla e completarne l'immagine idilliaca. Angela lesse l'iscrizione sulla base della statua e capì all'improvviso perché le risultava familiare: la donna che vi era sepolta era morta vent'anni prima e si chiamava Anja. Angela l'aveva vista una sola volta. In una foto su un sito web. Era la moglie di Aramis.

8

Un po' frastornata, Angela si scostò di qualche passo. Non pensava più alla ragazza incontrata sulla piazza del mercato. Aveva dimenticato tutte le altre cose che sapeva di Aramis. Provava compassione per lui. Quanto doveva aver sofferto per dedicare alla moglie una tomba del genere? Doveva essere stata dura crescere da solo un figlio adolescente. Angela si sentì in colpa per aver giudicato male l'uomo per la sua presunta relazione con la figlia del rivale in affari. Dopo tanto dolore aveva ben diritto a un po' di felicità.

Angela vagava per il cimitero indifferente a tutto ciò che la circondava. Senza badare allo schiudersi dei boccioli, al cinguettio degli uccelli e ai latrati di Puzzy. Che continuava ad abbaiare. Tirava il guinzaglio come un pazzo. In genere non lo faceva mai. Men che meno così presto la mattina. Non amava andare a spasso. Preferiva dormire, mangiare e fare puzzette. Non aveva bisogno di nient'altro per essere felice.

Anche se il Carlino era insolitamente agitato, Angela lo ignorava, totalmente immersa nei suoi pensieri. Puzzy abbaiò ancor più forte, strattonando il guinzaglio. Alla fine Angela gli diede retta: aveva forse visto un gatto?

Vabbè, si calmerà, pensò e tornò alle sue riflessioni: in realtà Aramis e la figlia di Borscht non avevano l'aria proprio felice...

Puzzy tirò il guinzaglio con tanta forza da restare senza fiato e Angela temette di dover andare dal chiropratico per uno strappo muscolare al braccio.

«Ma che c'è?» esclamò rendendosi subito conto che era assurdo attendersi una risposta dal cane. Guardò nella direzione in cui Puzzy tirava e abbaiava e vide, in distanza, spuntare da terra qualcosa, sembravano due grossi rami piegati a mezza altezza, come se a un certo punto gli fosse mancata la forza per crescere verso l'alto.

Siccome Puzzy tirava come un pazzo e, nonostante le zampette corte, andava più veloce di lei, Angela fece una corsetta verso i "rami". A ogni passo l'immagine era più nitida. Non erano mica rami. Erano... gambe? Gambe umane?

No, impossibile! Come erano finite lì? Così, da sole, senza il resto del corpo. Doveva essere una lapide. Strana davvero, ma pur sempre una lapide.

Ma più Angela si avvicinava, più le era chiaro che non lo era. Erano proprio gambe umane. E il resto del corpo era... sotto terra.

Angela e Puzzy arrivarono sul luogo e il cane smise di abbaiare. Era talmente esausto che si sdraiò a terra ansante. E, mentre lui riprendeva fiato, Angela fissava le gambe che spuntavano dal terreno, divaricate e flesse all'altezza del ginocchio. Calzavano stivali di gomma verdi, ricoperti da uno spesso strato di terriccio. Dello stesso colore erano anche i pantaloni sudici.

A quel punto, Angela capì di chi era il cadavere.

Il classico detto "L'assassino è sempre il giardiniere" in questo caso non valeva. Meglio: il morto a volte è il giardiniere.

Qualcuno l'aveva ficcato nella terra a testa in giù in modo che spuntassero solo le gambe.

Cosa aveva detto il giardiniere ad Aramis?
«Se non paghi, ti ficco nella terra a testa in giù.»
E Aramis non si era lasciato intimidire.
Angela ebbe un pensiero terribile: l'assassino poteva anche essere l'impresario funebre.

9

«Direi che non si tratta di suicidio» sospirò il commissario Hannemann, col quale Angela aveva già avuto purtroppo a che fare per il primo caso di omicidio. Sapeva quindi che quel sessantenne con l'aria malaticcia e il riporto non rientrava tra i primi dieci investigatori tedeschi. E neppure tra i primi centomila. A essere sinceri, era difficile immaginare che in Germania esistesse un altro commissario stupido quanto quell'uomo con il soprabito estivo spiegazzato.

«È proprio un brutto spettacolo» deglutì il collega molto più giovane, con i capelli arruffati, che si era presentato come allievo commissario Martin. Indossava una camicia bianca fresca di stiro, una cravatta blu fresca di stiro e dei pantaloni blu scuro, freschi di stiro. Come se la mamma lo avesse voluto in ordine per il suo primo caso di omicidio. Saltavano però all'occhio i sottili guanti bianchi che portava quasi come bende. Probabilmente il poverino soffriva di dermatite atopica. Curioso, chiese lumi al suo superiore, neanche fosse un maestro di deduzione: «Secondo lei come è successo, commissario?».

Dall'espressione del viso era facile intuire che Hannemann non ne aveva la più pallida idea. Provò a mascherare la sua ignoranza con una battuta di dubbio gusto: «Forse ha preso la fossa per una piscina e ci si è tuffato di testa».

«Capito, commissario. Non vuole farmi partecipe delle sue geniali teorie.»

«Geniali teorie?» esclamò Angela meravigliata.

«Non lo sapeva?» spiegò Martin pieno di entusiasmo. «Il commissario Hannemann ha risolto il caso dell'omicidio dei von Baugenwitz. Tutti pensavano che si trattasse di un duplice suicidio!»

Angela avrebbe tanto voluto rivelare all'allievo commissario che era stata lei a non credere alla tesi del suicidio, mentre Hannemann voleva archiviare rapidamente il caso. E che era stata sempre lei a dimostrare la colpevolezza di Pia von Baugenwitz, l'adolescente che, le tornò in mente, aveva avuto contatti anche con il figlio di Aramis. Però si trattenne. All'epoca aveva ceduto a Hannemann il merito della soluzione del caso per restare nell'ombra. Ci mancava solo che un branco di giornalisti venisse a Freudenstadt a testimoniare il suo successo come investigatrice. Anche quella mattina aveva pregato il commissario di non informare la stampa, cosa che comunque Hannemann avrebbe sicuramente preferito evitare. Con loro c'era quindi solo il giovane poliziotto, ignaro di quanto in realtà fosse incapace il suo idolo. Tutto eccitato, chiese al capo: «E adesso cosa facciamo?».

«Be', per prima cosa ordiniamo l'autopsia.»

«Geniale!» esclamò Martin, alimentando in Angela il sospetto che non fosse il più brillante degli allievi. «E poi?»

«Poi...»

Hannemann non sapeva come andare avanti.

«Poi?» tornò a chiedere Martin a occhi sbarrati.

«Prendiamo le impronte digitali del cadavere.»

«E poi?»

«Aspettiamo che sia identificato.»

«E quanto tempo ci vorrà?»

«Un giorno o due, direi.»

«E cosa facciamo nel frattempo?»

«Ci giriamo i pollici.»

«Ah... ok...» rispose Martin palesemente deluso.

Nel frattempo il commissario avrebbe potuto in effetti fare qualche domanda. In primis a lei. Che gli avrebbe saputo dire chi era il morto. Cioè non le generalità complete, nome e indirizzo, ma avrebbe potuto raccontargli dell'incontro tra la vittima e Aramis. Del litigio tra la vittima e Borscht al parcheggio, e della ragazza vista all'alba attraversare in tutta fretta la piazza del mercato. Ma Hannemann non le pose nessuna domanda.

Così fu lei a chiedergli: «Non vuole raccogliere la mia deposizione?».

«Ha intenzione di immischiarsi anche stavolta?» rispose Hannemann guadandola con sospetto.

«In che senso?» chiese Martin.

Entrambi gli lanciarono un'occhiata senza dir parola. Per motivi diversi non volevano aggiornarlo. Dopo una breve pausa Angela propose: «Posso rendere la mia deposizione anche in un secondo momento».

«Prima bisogna procedere all'autopsia» concordò Hannemann.

«Esatto.»

«Eccome!» confermò Hannemann stringendo il pugno con gesto teatrale.

Il povero Martin li fissava confuso.

«Bene, allora andiamo» disse il commissario, facendo cenno al giovane assistente di seguirlo. Poi prese il cellulare e diede ordine alla Scientifica di procedere all'esumazione del cadavere.

«Non sarebbe meglio assistere?» chiese il giovane allievo a portata d'orecchio di Angela.

«Ci tiene tanto a vedere degli occhi pieni di vermi?» scattò Hannemann.

«N... no» balbettò Martin.

«Immaginavo.»

Angela si chiese se non fosse suo dannato dovere civico andare il prima possibile alla stazione di polizia, prendere da parte Hannemann senza che il suo assistente se ne accorgesse e raccontargli tutto. Ma a cosa sarebbe servito? Quel poliziotto non avrebbe mai saputo risolvere il caso. Solo una persona in tutta Freudenstadt ne era in grado.

Era giunta l'ora di Miss Merkel.

10

«Un cadavere?» Mike, seduto al tavolino di compensato rosso del capanno con indosso solo una maglietta e i pantaloni da jogging, per poco non rovesciò il caffè. Nel caos che regnava nel suo alloggio da scapolo non avrebbe fatto molta differenza, però... Mike era sempre preciso sul lavoro, ma a casa era talmente disordinato che si sarebbe potuto immaginare che i servizi segreti di qualche paese estero gli avessero perquisito l'appartamento in cerca di documenti importanti.

«Proprio così» confermò Angela, che gli sedeva accanto.

«Come è possibile che lei ritrovi cadaveri in continuazione?» Mike non si capacitava.

«In continuazione non direi.»

«Già tre da quando siamo qui!»

«Sì, ma non di continuo.»

«Tre cadaveri in tre mesi, cos'altro dovrei dire?»

«Ogni tanto» propose Angela.

«OGNI TANTO?»

«Saltuariamente?»

«E io, cretino, che pensavo di aver trovato un posticino tranquillo» disse Mike scuotendo la testa.

«È tranquillo qui.»

«E QUANDO?»

«Di tanto in tanto» sorrise Angela.

«ARGGH» gemette Mike. Poi fece un respiro profondo e infine le pose una domanda, anche se conosceva già la risposta: «Non vorrà mica giocare di nuovo all'investigatrice?».

«Non crederà mica che il commissario scopra l'assassino?»

«Quello non trova nemmeno il suo didietro» fu costretto ad ammettere Mike. «Non vorrà mica mettersi di nuovo in pericolo?»

«Non mi succederà nulla.»

«Ah no?»

«C'è lei con me» sorrise Angela e gli diede un buffetto sulla mano.

Mike si arrese sospirando al suo destino e disse: «Allora riferirò a Marie che ci vorrà un po' prima che le tinteggi la stanza».

Angela capì quanto ne fosse dispiaciuto e si chiese se non fosse il caso di sentirsi in colpa. Ma forse era meglio se Mike non vedeva Marie di continuo. Se no si sarebbe di certo innamorato di lei e, in caso la giovane non avesse ricambiato i suoi sentimenti, gli si sarebbe spezzato quel grande cuore che aveva. A quanto poteva vedere Angela, non esistevano indizi di un coinvolgimento da parte di Marie; la giovane era tra l'altro troppo stanca per preoccuparsi di qualcosa al di là dell'allattamento e della digestione del bambino.

«Come vuole procedere?» chiese Mike.

«Andiamo ad assistere all'autopsia.»

Il bodyguard divenne cereo. Non c'era da sorprendersi, dato che l'ultima volta nel reparto di patologia forense dell'ospedale di Templin si era sentito male. Chiuse gli occhi e sospirò: «Era meglio se non lo chiedevo».

11

La dottoressa Radszinski aveva un aspetto imponente. Grande, grossa e baffuta, aveva il viso solcato come le Montagne rocciose. In sala settoria c'era puzza di disinfettante, di putrefazione e... di tabacco. Perché l'anatomopatologa stava fumando una sigaretta senza filtro. A Mike venne subito la nausea per gli odori e alla vista del cadavere del giardiniere steso sul tavolo, tutto sporco di terra. «Lei fuma qui dentro?» chiese meravigliato alla dottoressa.

«Ottima osservazione, tesoro» rispose lei con la voce di carta vetrata.

«Tesoro?» esclamò Mike irritato, e subito si fece verde in viso. Temeva le avance della dottoressa oppure gli faceva ribrezzo vederla fumare accanto al cadavere?

«Che carino che sei tutto pallido, scriccioletto.»

«Scriccioletto?»

Angela sapeva che la Radszinski si divertiva a mettere in difficoltà i machos, e Angela in linea di principio la capiva bene. Anche lei negli anni in cui era al governo si era presa volentieri gioco dei maschi prepotenti. Mike però le faceva tenerezza, per cui gli disse: «Può tranquillamente andare».

«Come sua guardia del corpo è mio dovere restarle accanto» rispose coraggiosamente Mike.

«Ha già visto in azione la mia Ellie?» gli chiese sorridendo la Radszinsky.

«La sua Ellie?»

«Eccola qui.» Il donnone prese da uno scaffale un'enorme sega elettrica e la tese a Mike con fare disinvolto e la cicca penzolante dalle labbra, stile Lucky Luke.

«Ma è... è... tutta arrugginita» deglutì Mike.

«Ah be',» rispose la patologa indicando il cadavere con un ghigno «quello lì ormai non si becca certo un'infezione.»

«Io... posso... anche benissimo aspettare fuori» balbettò Mike verde in faccia come una centrifuga di cetrioli.

«Non cambia molto, è pur sempre con me» disse Angela.

«Esatto!» disse Mike dirigendosi barcollando alla porta. E la Radszinski, potendo star certa che non si sarebbe più voltato indietro, ripose la sega sullo scaffale.

Quando la porta si fu richiusa, Angela le chiese: «Sono anni che non la usa, vero?».

«Cosa glielo fa pensare?» ridacchiò la patologa, e Angela non poté fare a meno di ricambiare il sorriso. Poi si avvicinò al cadavere e lo osservò con attenzione: era proprio il giardiniere, anche se aveva la faccia tutta sporca, come se l'avesse infilata in un dolce friabile al cioccolato. Con il ripieno di marmellata. Perché sul cranio aveva una brutta ferita.

«È stato colpito?»

«Eccome.»

«E con cosa?»

«Le sembro un'indovina?»

«No, ma una anatomopatologa esperta e competente» rispose Angela, che sapeva come motivare le persone solleticandone la vanità.

Proprio con un complimento, «Lei è un bel ragazzo che sa fare tutto», aveva convinto Jens Spahn ad accettare il più ingrato degli incarichi, quello di ministro della Salute, senza che lui si fosse minimamente reso conto che gli aveva scavato politicamente la fossa.

La Radszinski spense la sigaretta nella ciotola di metallo

deputata in realtà ad accogliere gli organi ed esaminò con più attenzione il cranio del cadavere: «La ferita è omogenea».

«E cosa significa?»

«Che il colpo è stato inferto con un oggetto contundente di una certa larghezza.»

«Una pala?»

«Potrebbe darsi. Ma non è morto per il colpo» spiegò la Radszinski accendendosi un'altra sigaretta.

«Ah no?»

«È morto soffocato.»

«Soffocato?»

«Perché è stato sepolto vivo.»

«Sepolto vivo...» Angela deglutì. «Ci vuole uno col sangue freddo.»

«Erano in due» proseguì la dottoressa lasciando cadere la cenere accanto al cadavere. «Una persona sola non riuscirebbe a sotterrare un corpo in quel modo.»

«Allora possono anche essere stati in tre o quattro.»

«No, erano solo due.»

«Come può esserne così certa?»

«Guardi un po' qui.» La patologa indicò le gambe del morto sotto la tuta da giardiniere. «Sulla sinistra vede le impronte di un paio di guanti da giardinaggio. E sulla destra quelle di un altro paio di guanti. Di misura diversa.»

Angela osservò le impronte sulle cosce. Gli assassini avevano retto una gamba ciascuno per infilare l'uomo a testa in giù nella fossa.

«Le mani sono in entrambi i casi di grandezza normale. Potrebbe trattarsi di uomini come di donne. O di un uomo e una donna.»

Per questo caso di omicidio, rifletté Angela, serviva un approccio completamente diverso rispetto al primo. Avrebbe dovuto cercare una coppia di assassini.

12

«Cosa devo fare di preciso adesso?» chiese Mike, che aveva ripreso un po' di colore in viso. Angela si diresse assieme a lui e al carlino, che nel frattempo erano andati a prendere a casa, verso un edificio a un piano, di nuova costruzione, con pacchiane colonne all'ingresso. Era la sede dell'Agenzia funebre Borscht.

Angela sapeva che sarebbe stato altrettanto logico iniziare le indagini partendo dall'agenzia di Aramis, lo aveva visto con i suoi occhi litigare con il giardiniere, proprio come il suo ex socio, ma una parte di lei si rifiutava assolutamente di credere che quell'uomo così colto e educato fosse capace di un omicidio. Inoltre Aramis le aveva lasciato intendere che il giardiniere usava spesso minacciare le persone di ficcarle nella terra a testa in giù. Quindi avrebbe anche potuto essere stato qualcun altro a seppellirlo a metà ancora vivo. Era ovvio allora andare a far visita a Borscht, l'uomo con la Porsche e i capelli imbrillantinati, che il giorno prima era sembrato in collera dopo aver ricevuto dalla vittima una fotografia.

«Lei ora farà finta di cercare una bara per sua zia.»

«Ma zia Aurelia è morta vent'anni fa.»

«Deve solo fare finta.»

«Se zia Aurelia viene a saperlo si rivolterà nella tomba» sospirò Mike.

«E mentre la zia si rivolta e lei parla con l'impresario io do un'occhiata in giro.»

«Cosa cerca?»

«Una pala.»

«Non sarebbe meglio andare in un vivaio?»

«Cerco la pala con cui il giardiniere è stato colpito e poi sepolto.» Angela sperava di chiudere velocemente le indagini con il ritrovamento dell'arma del delitto. Invece di chiedere a tutti i sospettati quali fossero i loro rapporti con la vittima e se avessero un alibi per l'ora del delitto, avrebbe potuto dichiarare come nel Cluedo: «È stato Borscht al cimitero con questa pala». E avrebbe aggiunto: «Assieme a un complice di cui devo ancora dimostrare la colpevolezza».

Angela aprì la porta ed entrò nell'agenzia assieme a Mike e al carlino. Invece del suono di una campanella, si levò la melodia di *Who wants to live forever.* Angela lo trovò di cattivo gusto, Mike invece esclamò felice: «I Queen! Il mio gruppo preferito. Assieme agli AC/DC. Ma *Highway to Hell* forse qui non andava bene».

Angela ignorò la riflessione e si guardò attorno: nello spazioso salone le bare erano esposte come le auto in una concessionaria. In maggioranza erano normali: nere, marroni, in legno di quercia, di tiglio. Spiccava solo una bara ispirata ai Modern Talking, un duo degli anni Ottanta. Mike guardò i volti aerografati di Dieter Bohlen e Thomas Anders e mormorò: «Mi sta tornando la nausea».

Angela sorvolò anche stavolta, perché Puzzy annusava con preoccupante fervore una piccola piramide composta da sei urne color vino. Prese in braccio il carlino e sentì aprirsi una porta dietro il bancone e qualcuno entrare in sala. Era l'azzimato autista della Porsche, indossava l'abito nero d'ordinanza, ma con dei revers in raso viola che lo facevano sembrare un anziano prestigiatore.

«Come posso aiutarvi?» chiese Borscht. Si sforzava di mostrarsi signorile ma aveva un aspetto trasandato. La barba lunga. Gli occhi segnati. E un sentore di alcol, se Angela non andava errata, malamente mascherato da una dose abbondante di acqua di colonia. Evidentemente il giardiniere defunto non era l'unico nell'ambiente cimiteriale di Freudenstadt ad avere problemi con l'alcol. Oppure si era ubriacato dopo aver compiuto il delitto?

«La mia guardia del corpo ha una necessità» rispose Angela indicando Mike.

L'impresario sfoderò un sorriso mellifluo che le ricordò un po' Markus Söder – avrebbe visto benissimo il leader della CSU a caccia di eredità – e chiese: «Cosa posso fare per accontentarla?».

«Cerco... una bara per mia zia Aurelia...»

«Benissimo, ha già un'idea?»

Mike non sapeva cosa rispondere.

«Stava guardando questa, vero?» disse Borscht indicando la bara dei Modern Talking. Era ormai entrato in pieno nel suo ruolo di venditore.

«Sì...»

«Sua zia era una fan del duo?»

«Già...» Così su due piedi, a Mike non venne altro da dire.

«Allora ho una bellissima notizia per lei. Questa bara è al momento in offerta!»

"Non c'è da meravigliarsi" pensò Angela.

«I nostri prezzi sono sempre bassi, ma questa è davvero un superaffarone.»

Angela non l'avrebbe presa neppure in regalo.

«Viene 1000 euro, e con altri 2000 euro può avere tutto il pacchetto Modern Talking.»

«Cioè?» esclamò Mike meravigliato.

«Le canzoni dei Modern Talking come sottofondo musicale alla cerimonia, la lapide con l'effigie dei due musicisti, e trenta catenine identiche a quella iconica di Thomas Anders come ricordo per i partecipanti. Ovviamente la scritta non deve essere per forza Nora, come nell'originale, il nome lo sceglie lei, può essere Dieter, o Thomas...»

«Anche quello di mia zia?» chiese Mike affascinato.

«Certo, bellissima idea» rispose l'impresario, che evidentemente non ci aveva ancora pensato. «Le preparo subito un preventivo, così si può rendere conto che sta facendo proprio un affare.»

Mentre Borscht si dirigeva con passo deciso al bancone, Angela ebbe la netta sensazione che fosse ben felice di liberarsi finalmente di quella bara. Gli chiese: «Scusi, dov'è la toilette?».

«Ah, anche le cancelliere fanno *plin plin*?» disse l'impresario ridendo alla battuta.

Angela gli sorrise. Stando in politica si era abituata a far credere agli uomini di essere divertenti quando le faceva comodo, in accordo al motto non ufficiale del suo cancellierato: «Chi ride ultimo è Angela».

«Entri da quella porta in magazzino, e in fondo, vicino all'ufficio, trova la toilette.»

«Grazie» rispose Angela. Mise Puzzy in braccio a Mike e disse: «Torno subito».

Prima che Mike, stressatissimo, potesse mormorare "La prego si sbrighi", Angela era già partita alla ricerca dell'arma del delitto.

13

Angela si sarebbe aspettata un magazzino pieno di bare e urne, invece era completamente vuoto, a parte un calendario appeso al muro con la scritta SEXY UNDERTAKERS 2002, al posto dei classici pompieri, muscolosi becchini. Angela lo ignorò e arrivò in fondo allo stanzone davanti a due porte. Una dava sul WC, quindi quella dell'ufficio doveva essere l'altra. E, visto che Borscht era occupato nello showroom, poteva buttare un occhio indisturbata.

Abbassò con cautela la maniglia, entrò e si guardò attorno. Sugli scaffali erano allineati dei raccoglitori con su scritto: FATTURE, BANCA, TASSE ecc. Per il resto, la stanza era spoglia e impersonale, niente foto o quadri. Sulla scrivania vide varie fatture relative alle cremazioni. Evidentemente Borscht mandava i cadaveri nei crematori polacchi per risparmiare. Le bare arrivavano dall'Ucraina. Anche dalla Cina. Persino dall'Indonesia. Mancava solo la Corea del Nord. Per seppellire i morti da noi, si sfruttano i vivi altrove. Angela frugò nelle vaschette portadocumenti e trovò molte fatture di un giardiniere di nome Fred Galka. Si trattava della vittima?

Si ripromise di verificarlo. A un tratto, scoprì qualcosa di interessante: da sotto le fatture spuntava uno strano foglio. Strano perché la scritta era composta da lettere colorate probabilmente ritagliate da varie riviste. Angela lo tirò fuori e lesse:

VOI DUE AMANTI SAPETE
COSA AVETE FATTO.
DATEMI CIASCUNO UN MILIONE DI EURO
SE NO LO SAPRANNO TUTTI.

"Voi due." Erano quindi due le persone ricattate. Coincideva con quello che aveva dedotto l'anatomopatologa: gli assassini erano due. Quantomeno se a mandare la lettera era stato il giardiniere ora defunto. Ed era molto probabile, visto che il foglio si trovava sotto tutte le fatture di Galka. Era inoltre ipotizzabile che Borscht fosse uno dei due destinatari della missiva. Dopotutto aveva litigato con la vittima al cimitero. Ma chi era la seconda persona ricattata? Chi era l'altro dei due amanti? La moglie yogini di Borscht? Tutta presa dalla questione, Angela non sentì il rumore dello sciacquone nel bagno accanto.

14

«Cosa ci fa nel mio ufficio?» chiese poco dopo una voce femminile irritata. Angela si voltò in fretta nascondendo dietro la schiena la lettera di ricatto e si ritrovò di fronte Merle Borscht. La donna, bionda e snella, indossava un tailleur pantalone nero e una sobria camicia blu. Aveva gli occhi gonfi. Non aveva pianto solo tra le braccia di Aramis, quindi, ma tutta la notte. C'entrava l'omicidio? Era forse lei la persona implicata, e non suo padre? Dopotutto quello era il suo ufficio, e la lettera di ricatto probabilmente era indirizzata a lei.

«Ma lei è... la cancelliera?» esclamò meravigliata Merle Borscht.

«Be'... ex cancelliera ormai» precisò Angela con un sorriso accattivante.

«In questo contesto non conta niente però.»

«Temo di no» disse Angela, continuando a sorridere senza sortire alcun effetto.

«Allora, vuole dirmi cosa ci fa qui?»

«Volevo andare in bagno e sono entrata qui.»

«Nel mio ufficio?»

«Ho sbagliato porta.» Angela non riusciva a sorridere in maniera più accattivante di così.

«Ed è dovuta arrivare fino alla mia scrivania per accorgersene?»

«Mi scusi, sono un po' confusa. Ho accompagnato il mio bodyguard a cercare una bara per sua zia Aurelia. Era una donna meravigliosa. Facevamo sempre le torte assieme» mentì Angela.

«Scusi, non avrei dovuto essere così dura. Tutti quelli che vengono da noi hanno il cuore gonfio. Può perdonarmi?»

«Ma certo» sorrise Angela mentre ripiegava il foglio dietro la schiena.

«Il suo bodyguard lo sta servendo mio papà?»

Angela si meravigliò che una donna adulta come Merle si riferisse al padre chiamandolo papà. «Sì, gli sta facendo un preventivo per il funerale a tema Modern Talking» rispose.

«Sul serio?»

«Sì.»

«Non avrei mai immaginato che riuscissimo a sbarazzarci di quell'obbrobrio» disse Merle, per poi subito correggersi: «Mi perdoni, non volevo ironizzare sui gusti del suo dipendente».

«Non si preoccupi. Quella bara è decisamente di cattivo gusto.»

«Esatto» sospirò sollevata Merle. «Solo che proposte del genere spaventano un altro genere di clienti. Negli anni Novanta potevano anche andare, ma adesso? Si potrebbe dare un volto diverso a questa attività, renderla più moderna, più redditizia!»

«Ma?»

«Mio padre è testardo, non mi dà retta. A volte mi pento di aver rinunciato al mio lavoro per l'azienda.»

«Cosa faceva prima?»

«Ero nell'esercito.»

«Dove era di stanza?»

«Una unità come la mia è necessaria ovunque. Particolarmente in Mali.»

«Quale unità?»

«Mi perdoni, stiamo divagando. Posso ancora esserle utile?» Era chiaro che Merle Borscht non aveva intenzione di raccontarle altro della sua vita.

«Senta, c'è un bravo giardiniere che potrebbe curare la tomba di Aurelia?»

Merle la guardò impietrita.

«Ha qualcuno da consigliarmi?»

«C'è un unico giardiniere qui al cimitero, si chiama Fred Galka.» La giovane sputò letteralmente fuori il nome.

Un unico giardiniere. Quindi il morto era proprio Galka.

«Suggerirei al suo bodyguard di prendersi cura personalmente della tomba.» Evidentemente Merle odiava la vittima quanto Aramis e Borscht. Se era davvero lei la destinataria della lettera, chi era allora l'altra persona ricattata da Galka? E che amava Merle, visto che nella lettera si parlava di "amanti"? Forse Aramis, che il giorno prima la consolava? I due venivano ricattati perché il padre di Merle non doveva venire a conoscenza della loro relazione, essendo Aramis il suo acerrimo rivale?

Per spostare la conversazione su Aramis, Angela chiese: «Sa se l'Agenzia funebre Kunkel offre un servizio di giardinaggio?».

«Credo di no, ma dovrebbe chiedere a loro.»

«Ma lei saprà di sicuro cosa offre la concorrenza.» Angela non mollava.

Merle abbassò lo sguardo, con le lacrime agli occhi.

«Tutto bene?» chiese Angela nella speranza di persuadere la giovane a rivelare qualcosa del suo rapporto con Aramis.

«Adesso ho da fare» tagliò corto Merle e si sedette alla scrivania.

«Sì, ma...»

«Per favore, esca dal mio ufficio» disse Merle con la voce rotta.

Angela si rese conto che non avrebbe cavato un ragno dal buco. Annuì, fece per andare, ma si ricordò all'ultimo momento che teneva in mano dietro la schiena la lettera di ricatto ripiegata, quindi la fece scivolare nella borsa. Poi uscì dall'ufficio e si diresse verso lo showroom.

«Scusi!» udì la voce di Merle alle sue spalle.

Angela trattenne il respiro: la giovane l'aveva beccata? Si voltò con cautela: «Dica?».

«Non voleva andare alla toilette?» chiese Merle, che nel frattempo si era ricomposta.

«Sì, certo,» rispose Angela con un sorriso tirato «anche le cancelliere fanno *plin plin*.»

«Ha il senso dell'umorismo di mio padre» sorrise Merle e fece per rientrare nel suo ufficio.

Ma Angela volle approfittare della nuova occasione di dialogo: «Vorrei chiederle ancora una cosa».

«Cioè?»

«Come mai il magazzino è vuoto?»

«Abbiamo dovuto affittarne uno più grande. Anche i cadaveri li teniamo altrove.»

«Ma quello è rimasto qui?» chiese Angela indicando il calendario dei sexybecchini del 2002.

«Un ricordo dell'anno in cui mia madre ci ha lasciati, per trasferirsi in Florida con il suo *toy boy*.»

«Oh.»

«Io avevo quindici anni, non è stata granché come mamma» aggiunse Merle con amarezza.

«Mi dispiace.»

«Anche a me. Soprattutto per papà.»

Angela osservò la ragazza: doveva essere molto legata al padre.

«Non ha mai avuto fortuna con le donne» sospirò la giovane rientrando in ufficio. E Angela pensò: "Merle si riferisce senz'altro anche alla sua matrigna, l'istruttrice di yoga Charu Benisha".

15

Angela rimase per un po' davanti al lavandino della toilette per non insospettire ulteriormente Merle. Intanto pensava a Borscht, che aveva cresciuto la figlia da solo, un destino evidentemente condiviso con Aramis. E se i due, quando erano ancora soci in affari, si fossero sostenuti a vicenda?

Per completare la finzione Angela tirò l'acqua, poi, attraversato il magazzino, tornò nello showroom. Borscht stava dicendo: «Ora metta una firma qui e per sua zia Aurelia si realizzerà un sogno. Sarà per sempre unita a Dieter e Thomas».

Borscht, da dietro il banco, mise in mano a Mike la penna. La guardia del corpo di Angela era in piena confusione. Ci stava che firmasse davvero per non far saltare la copertura. Angela doveva intervenire con urgenza. Ma come?

Le vennero in mente i film d'azione americani che Marie le faceva vedere per mostrarle cos'era «la vera cultura». Aveva trovato infantili *21 Jump Street* e *22 Jump Street* al punto da augurarsi che quella benedetta strada non avesse altri civici. Ma pian piano si era ritrovata ad apprezzare quel genere di umorismo. Marie aveva una risata contagiosa e, a dire la verità, Angela si divertiva alle battute prive di riferimenti culturali. Quelle di Achim erano deliziose, ma per capirle bisognava avere dimestichezza con la fisica quantistica, la filosofia di Schopenhauer o la pittura del primo barocco italiano.

Se Angela fosse stata la protagonista di un film come quelli spesso interpretati da Sandra Bullock, adesso avrebbe attraversato la stanza in slow motion col viso deformato nell'urlo "Noooooo", spintonando i presenti e schivando con eleganza coltelli e pallottole per gettare a terra Mike un attimo prima che firmasse. Ma Angela non recitava in un film del genere, non c'erano comparse tra cui farsi largo, né coltelli e pallottole da evitare, e non aveva certo il fisico allenato di Sandra Bullock. Dovette quindi concentrarsi sui suoi punti di forza, che rientravano nell'ambito della politica, dove per rimandare un accordo a data indefinita si costituisce un gruppo di lavoro o si mette sul tavolo all'ultimo momento una nuova proposta in controtendenza con quanto già negoziato. Il gruppo di lavoro in questo caso era da escludere ma una proposta dell'ultimo momento Angela ce l'aveva: «La zia Aurelia però amava un altro musicista ancor di più dei Modern Talking».

Mike fu sollevato di vedere la sua capa. A Borscht però la proposta di Angela, così a ridosso della firma del contratto, non piacque affatto. «E chi sarebbe il musicista?»

Angela disse il primo nome che le venne in mente: «Roberto Blanco».

Borscht si rivolse stupefatto a Mike: «E lei preferirebbe davvero una bara di Roberto Blanco per sua zia?».

Il bodyguard adesso era in totale confusione. Non c'era da stupirsi del resto, perché una domanda del genere non era mai stata posta a nessuno in passato e, con quasi assoluta certezza, mai lo sarebbe stata in futuro. «Ci pensa un attimo» intervenne pronta Angela.

«Una bara di Roberto Blanco però verrà a costare molto di più» disse l'impresario nel tentativo di salvare il salvabile. «Se decide adesso per il modello dei Modern Talking le aggiungo tre corone gratis.»

«Ci facciamo risentire» tagliò corto Angela. Stava guidando Mike all'uscita, quando vide sul bancone una polaroid sbiadita. Era di sicuro la foto che il giardiniere aveva dato a Borscht il giorno prima. Ritraeva una donna sorridente seduta sul cofano di una Volvo arancione. Le era familiare. L'aveva vista su un sito web. E scolpita nella pietra al cimitero. Si trattava di Anja Kunkel.

Mentre Angela sbirciava la foto risuonarono le note di *Who wants to live forever.* Una donna sui trent'anni, con il tappetino da yoga sotto il braccio entrò nello showroom. Angela la riconobbe immediatamente: era Charu Benisha, la biondissima, abbronzatissima moglie di Borscht. Portava una fascia blu argento sulla fronte e una tutina aderente in tinta. A Mike per poco non schizzarono gli occhi fuori dalle orbite. Charu, profumata di crema solare, andò dritta dal marito e gli disse: «Mi serve la tua Porsche, mio eroe».

«Come mai?» chiese gelido lui. «E la Tesla?»

«È in carica.»

«Ma non hai dormito dalla tua amica al lago di Oberucke? La carica doveva bastare.»

«Siamo passate a prendere la Michi a Prenzlau.»

A giudicare dall'espressione seria e beffarda, Borscht non credeva a una parola. «Sei stata di nuovo da lui?» chiese.

«Quante volte te lo devo dire, non c'è nessun amante misterioso. Non ti ho tradito, né mai lo farò.»

Borscht non era convinto.

«Lo sai che amo solo te» sussurrò Charu Benisha avvicinandosi per dargli un bacio, che parve sorprendentemente appassionato. La donna amava davvero il marito? Erano loro due gli amanti della lettera?

Riluttante, Borscht diede alla moglie le chiavi dell'auto, lei disse «Grazie mio eroe» e se ne andò. Mike parve ipnotizzato dal suo lato B.

Lo sguardo di Angela cadde invece sulle sneaker di Charu. Erano tutte sporche di terra, che poteva venire dal lago di Oberucke dove la donna diceva di aver pernottato, ma anche da un altro luogo: per esempio il cimitero.

«Tornate a trovarmi se poi decidete per la bara dei Modern Talking» disse Borscht a Mike. Angela guardò l'uomo stupefatta: all'improvviso non gli importava più di chiudere la vendita. Guardava invece la moglie che saliva sulla Porsche e partiva a tutta velocità. Angela ebbe l'impressione che si stesse chiedendo perché mai si era messo con una donna tanto più giovane di lui. La figlia evidentemente aveva ragione: quel poveraccio non aveva fortuna in amore.

Angela si stupì di provare all'improvviso compassione per un uomo che si lisciava i capelli col gel, comprava bare dei Modern Talking in estremo oriente e si era scelto una moglie trofeo. Quel poveraccio era entrato nell'autunno della vita senza mai aver conosciuto l'amore vero.

Ma cosa andava a pensare? Non aveva mai usato l'espressione autunno della vita. Ci era dentro anche lei ormai.

«Perché sta tremando?» le chiese Mike.

«Io... non importa, andiamo, su» rispose Angela, subito sollevata di non essere più in mezzo alle bare, che le ricordavano il suo essere mortale.

Il sole estivo non aveva ancora raggiunto la massima potenza. Tirando fuori dalla borsa una caramella al destrosio, Angela sfiorò con le dita il foglio ripiegato. Il ricatto era rivolto a due persone che si amavano. Una era con tutta probabilità Merle Borscht, perché la lettera era nel suo ufficio.

Aramis era credibile come partner e quindi complice del delitto. Era quindi giunto il momento di andare all'Agenzia funebre Kunkel per cercarvi prove a suffragio di questa tesi.

16

Angela, Mike e Puzzy si diressero all'Agenzia Kunkel, che si trovava nei pressi del cimitero e che, vista dall'esterno, non poteva essere più diversa da quella concorrente di Borscht. Era alloggiata in un edificio ultracentenario, che necessitava di ristrutturazione e che avrebbe avuto un aspetto desolato se non fosse stato circondato da un giardino ricco di arbusti e fiori di campo che lo rendevano un luogo pittoresco e incantato. Come la tomba di Anja Kunkel. Evidentemente Aramis amava lasciare libero spazio alla natura, chiaro indice di un animo poetico. Un animo, si augurava Angela, incapace di violenza.

«Mike, le spiace aspettare qui?» disse al bodyguard.

«Non posso lasciarla sola con un sospettato di omicidio!»

«Non mi ucciderà» rispose Angela sorridendo, perché non riusciva a immaginare che Aramis potesse commettere un'azione simile.

«Le ultime parole famose» mormorò la guardia del corpo. Era uno dei suoi motti preferiti.

«Se si mette male, cosa che non credo, le telefono.»

«Se si mette male, non potrà usare il cellulare!»

«Macché,» sorrise ironica Angela «sono bravissima a digitare messaggi di nascosto.»

«Già, sui banchi del governo!»

Angela allargò il sorriso al ricordo. Si divertiva tantissimo a scambiarsi messaggini con il capogruppo della CDU ironizzando sul politico che aveva la parola.

«Vengo anch'io!» insistette Mike.

«Quante volte è riuscito a fare come voleva lei?» chiese Angela.

«Be'... ehm...»

«Appunto.»

«Allora concordiamo almeno un segnale.»

«Cioè?»

«Se lei mi dà il segnale, so che è in pericolo e faccio irruzione.»

«D'accordo.»

«Bene.»

«A cosa pensava come segnale?»

«Faccia il verso del cuculo.»

«Cucù?»

«Esatto.»

«Non sono capace.»

«Ma è facilissimo» disse Mike. «Cu-cù... cu-cù... cu-cù.»

«Sembra il verso di una gallina moribonda.»

«Allora faccia il verso di una gallina moribonda.»

«Ma non ci penso nemmeno!»

«Un cigno?»

«Lancio un urlo e basta.»

«Semplice ma efficace.»

Angela si avvicinò all'agenzia, mentre Mike si fermò con Puzzy. Il carlino si sdraiò subito a terra ansante. Da tempo non faceva una passeggiata così lunga e si vedeva che la considerava una violenza passibile di denuncia alla protezione animali.

Quando Angela fu a circa cinque metri dall'edificio, la porta si aprì e, con sua sorpresa, il cuore accelerò i battiti. Probabilmente perché Aramis era sospettato di omicidio e stava per sottoporlo a una sorta di interrogatorio. Per quale motivo altrimenti doveva batterle il cuore così forte?

Ma non fu Aramis a uscire, bensì la ragazza esile con i capelli a caschetto che Angela aveva incontrato all'alba sulla piazza del mercato. Nonostante il caldo, indossava il giubbotto rosso di pelle ed era concentrata su un bloc-notes. Anche questa volta non si accorse subito di Angela, si sedette invece sulla panca del giardino e continuò a scrivere. Avvicinandosi, Angela la osservò. A cosa stava lavorando con tanto zelo? Abbassò lo sguardo sulle scarpe da ginnastica rosse. Erano sporche di terra come quelle di Charu Benisha. E anche nel suo caso la terra poteva venire dal cimitero. Ma non significava molto. La ragazza lavorava certo per l'impresa funebre. Forse per quello la mattina veniva dalla direzione del cimitero. Altrimenti cosa ci va a fare uno a quell'ora? Il fantasma?

All'idea che qualcuno vestito da spettro si aggirasse tra le tombe Angela non riuscì a trattenere l'ilarità.

La ragazza la sentì ridere, alzò gli occhi e la riconobbe immediatamente. Sorpresa, le chiese: «Signora Merkel, che cosa ci fa qui?».

«Vorrei vedere Aramis.»

«E chi è Aramis?»

«Oh... ehm, volevo dire Kurt Kunkel.»

«E perché invece ha detto Aramis?»

Angela non poteva spiegare alla ragazza che l'impresario a suo avviso aveva l'aspetto di un attore francese e che il nome Kurt Kunkel non gli si addiceva affatto. C'era un motivo se le star del cinema francesi e belghe non si chiamavano Jean-Kurt Belmondo o Jean-Claude van Kunkel.

«Stavo pensando a un'altra persona» disse Angela sperando di cavarsela così.

«Ma chi è che si chiama Aramis di questi tempi?» domandò la ragazza.

«Ehm.» Ad Angela non venne in mente nulla così su due piedi. Per cui disse «La mia guardia del corpo», e indicò Mike che da una certa distanza osservava la scena.

«È più tipo da chiamarsi Bruce.»

«È francese» continuò a mentire Angela.

«E come si chiama il cane? Bijou?»

«No. Puzzy.»

«Non sembra francese.»

«Infatti è il mio cane, non il suo» disse Angela sollevata di aver corretto il lapsus. Non proprio elegantemente, ma comunque. Poi si ricordò di essere lì nel ruolo di investigatrice e di dover porre delle domande alla ragazza per chiarire le dinamiche di quella mattina.

Mentre rifletteva sul modo migliore di farlo, fu nuovamente distratta: «Cosa desidera da mio padre?».

«Suo padre?»

«Sì. Io sono Jessica Anja Kunkel» disse sorridendo. A quel punto Angela si rese conto della somiglianza: la ragazza aveva gli stessi occhi blu di Aramis e con quel taglio di capelli sbarazzino avrebbe potuto essere anche lei la protagonista di un film francese.

Angela cercò di venire velocemente a capo dei rapporti familiari esistenti all'interno dell'Agenzia funebre Kunkel. Aramis quindi non aveva avuto dalla moglie Anja solo un figlio degenere ora trentacinquenne, ma anche una figlia apparentemente di dieci anni più giovane. La sua mamma doveva essere morta poco dopo averla data alla luce. O forse proprio di parto? Per questo la ragazza portava come secondo nome quello della madre? Aramis l'aveva chiamata così tenendola tra le braccia per la prima volta?

«Perché mi guarda con l'aria così dispiaciuta?» chiese Jessica.

«Mi è venuta in mente una cosa triste» rispose Angela evasiva.

«Succede a tutti» sorrise Jessica con l'aria di chi di tristezza ne sa qualcosa.

«Allora, come possiamo aiutarla?»

«Ho qui un libro per Aramis» disse Angela indicando la borsa di Longchamp.

«E perché non lo dà alla sua guardia del corpo?»

«Cioè per suo padre» si corresse in fretta Angela. Doveva assolutamente smettere di pronunciare quel nome.

«Okaaay...» La ragazza la guardò irritata.

«Noi due» aggiunse Angela cercando di prendere infine il controllo della conversazione «ci siamo già viste stamattina.»

«Sì» rispose Jessica con un sorriso stentato. «Non avrei mai pensato di imbattermi per due volte nella stessa giornata in una come lei.»

«Era in giro molto presto stamattina» disse Angela.

«Ho dormito dalla mia amica.»

Angela immaginò che si trattasse di un'altra attivista di Fridays for Future con cui Jessica architettasse piani per salvare il mondo. O guardasse Netflix.

«La sua amica abita dietro il cimitero?»

«Perché?»

«Così, ho visto che veniva dalla chiesa che a quell'ora è chiusa.»

«No, venivo dalla Baugenwitzstraße, che dalla piazza del mercato costeggia la chiesa.»

Era vero, poteva darsi quindi che Jessica fosse del tutto insospettabile. Ciò nonostante Angela chiese: «E come mai si è alzata così presto? Ho sempre pensato che ai giovani piacesse dormire fino a tardi».

«Devo finire di scrivere l'elogio funebre per la signora Krawinkel» disse Jessica indicando il bloc-notes. «La prima bozza mi è venuta male.»

«Scrive elogi funebri?»

«Sì, per i morti che non frequentavano la parrocchia. Come la vecchia signora Krawinkel. Diceva sempre: "Non può esistere un Dio, se no i maschi non sarebbero tutti così idioti". In casi come questi mi metto a disposizione dei parenti, parlo con loro, mi faccio un'idea della personalità del defunto e scrivo un discorso adeguato.»

La giovane parve ad Angela molto fiera del proprio lavoro. Aver subito la perdita della madre poteva giocare un ruolo in tutto questo?

«I miei discorsi» spiegò Jessica «sono pensati non solo come una consolazione per parenti e amici in lutto, ma come una medicina vera e propria. Mi piacerebbe organizzare l'intera cerimonia secondo questo obiettivo. Invece del rito classico con le corone, i canti religiosi e i volti tristi, vorrei che il funerale fosse una festa per celebrare la vita. Quella del defunto ma anche dei suoi cari.»

«E perché non lo fa?»

«L'azienda non è ancora mia» rispose Jessica indicando l'edificio alle sue spalle. «Ma quando lo diventerà ne farò qualcosa di totalmente diverso.»

Fare dell'azienda del padre qualcosa di totalmente diverso: era lo stesso obiettivo dichiarato da Merle Borscht. Solo che lei aveva in mente il profitto.

«Ha detto che l'azienda "non è ancora" sua.»

«Appartiene a mio padre.»

Jessica si riferiva ad Aramis come a suo padre, a differenza di Merle che chiamava Borscht papà. Il rapporto tra i due non sembrava così stretto come quello esistente in casa Borscht.

«Mio padre andrà presto in pensione e si dedicherà solo ai libri e all'arte.»

Il fatto che Aramis volesse trascorrere così il tempo dopo aver lasciato l'attività lo rendeva ancor più attraente agli occhi di Angela. Ma non aveva detto che voleva lasciare l'azienda in mano al figlio maschio?

«E suo fratello? Non sarà lui a dirigere l'agenzia?»

«Conosce Peter?» esclamò Jessica meravigliata.

«Ho sentito parlare di lui.»

«Bene, allora forse sa anche che purtroppo non è un tipo tra i più affidabili.»

Angela non poté far altro che pensare alla foto dell'arresto e annuì.

«*Day-o!*» intonò all'improvviso una voce maschile. «*Day-ay-ay-o.*»

Ad Angela scappò un sorriso. Sapeva cosa veniva dopo: «*Daylight come and me wanna go home*». Ma certo, era *Banana*

Boat, la canzone di Harry Belafonte. La preferita del padre di Angela, che quando era pastore nella DDR la suonava all'organo. Ovviamente non durante la messa, solo quando in chiesa c'erano loro due e basta. La voce di Belafonte arrivava rotta, tra fruscii e crepitii. Senza dubbio veniva da un giradischi. Ma non uno di quelli di moda a Berlino tra i ministri più giovani che volevano dare un tocco retrò alle loro case di lusso. No, era senza dubbio un giradischi d'epoca, come quello che Angela aveva nel suo alloggio ai tempi dell'università. Ma alla voce di Belafonte se ne aggiungeva un'altra, decisamente non altrettanto melodiosa: «*Come, mister tally man, tally me banana*».

«È suo padre?» chiese Angela alla giovane autrice di elogi funebri.

«Esatto» sorrise lei.

«Allora vado dentro» disse Angela ben felice di incontrarsi presto con l'Aramis canterino.

«Stia attenta però» aggiunse Jessica allargando il sorriso.

«Perché?» chiese Angela un po' allarmata.

«Quando ascolta questo brano, gli viene sempre voglia di ballare con qualcuno.»

Ballare? Il cuore di Angela accelerò di nuovo i battiti. Ma questa volta non poteva illudersi che fosse perché indagava su un omicidio.

17

Anche all'interno quell'agenzia funebre non avrebbe potuto essere più diversa dalla sua concorrente. Non solo perché, grazie a Dio, non c'era in giro nessuna bara dei Modern Talking e non dava l'idea di essere un discount di funerali. Somigliava più all'atelier di uno scultore, ingombro di statue e lapidi. C'era persino un piccolo menhir. In un angolo in fondo alla stanza, Aramis lavorava un blocco di marmo con martello e scalpello. Non era solo appassionato di Shakespeare, ma anche scultore. E cantava. Non benissimo, bisognava ammetterlo, ma con grande passione. «*Six foot, seven foot, eight foot... bunch!*» Comunque molto meglio di Angela che, tutta presa dall'allegra melodia, mancava poco che ondeggiasse il bacino. Davvero Aramis avrebbe ballato subito assieme a lei, come le aveva detto Jessica?

L'idea le piacque più di quanto avrebbe dovuto. Ma poi Angela immaginò in termini concreti come sarebbe andata e l'incantesimo si infranse. Era fin troppo consapevole delle proprie debolezze. Sapeva che, per quanto Aramis fosse bravo a guidarla nella danza, lei gli avrebbe pestato i piedi dopo i primi tre passi, come aveva fatto con Jacques Chirac all'Eliseo quando era ancora all'opposizione, per cui non si era più azzardata a ballare in pubblico. Fortunatamente Chirac non ne aveva mai fatto parola con nessuno.

Nulla sarebbe stato più imbarazzante che pestare i piedi ad Aramis.

L'impresario si voltò per lavorare di scalpello sul lato opposto del blocco di marmo e la vide. Subito smise di cantare, fissandola meravigliato.

Ora Angela sapeva cosa c'era di più imbarazzante del pestare i piedi a uno sconosciuto ballando: aver pensato anche solo per un momento che Aramis l'avrebbe presa tra le braccia e trasportata nel vortice della danza. Come le era venuto in mente? Di certo era stata la figlia a metterle quell'idea in testa. Ma lei era una donna adulta, rispettabile. Cosa le stava succedendo? Doveva essere colpa del caldo.

Aramis si avvicinò a un giradischi verde degli anni Settanta poggiato sul pavimento, interruppe la musica e le disse cordiale: «Mi scusi, non l'avevo vista».

«Non si preoccupi.»

«A cosa devo la sua visita?» Aramis posò martello e scalpello su una vecchia scrivania ingombra di fogli e fascicoli sparsi disordinatamente, come se fosse passato un miniuragano.

«Le ho portato il libro sulle varie teorie riguardo a Shakespeare.»

«Fantastico» rispose raggiante Aramis. Angela, di nuovo incantata dal sorriso e dagli occhi blu dell'uomo, si bloccò. Restò immobile così a lungo che a un certo punto lui le chiese: «Non vuole più darmi il libro?».

«Sì, sì, certo.»

«Bene.» Aramis sembrava davvero felice che fosse venuta a trovarlo. E Angela altrettanto. I due restarono per un attimo in silenzio, finché lui disse: «Però ancora non me lo ha dato».

Angela non poté fare a meno di ridere e Aramis la seguì a ruota. L'ex cancelliera si sorprese a pensare che avrebbe riso volentieri assieme a lui molto più spesso.

«Posso offrirle qualcosa?» chiese l'impresario mentre Angela gli metteva in mano il libro.

«Volentieri.»

«Ho del tè» rispose l'uomo indicando un thermos argentato posato anch'esso sulla scrivania.

«E cos'altro?» chiese Angela che avrebbe preferito una bevanda non eccitante.

«Nient'altro» rispose Aramis mortificato. Angela lo trovò in qualche modo tenero.

Tenero?

Mio Dio, ma cosa andava a pensare? Maledetta calura estiva. Tornò in sé e rispose: «Allora bevo volentieri il tè».

«Ottima scelta» sorrise Aramis sollevato. Mise il libro accanto a martello e scalpello e posò lo sguardo su due tazze di ceramica che avevano già lasciato un'impronta circolare sul primo di una pila di fogli. Dovevano essere lì da parecchio.

«Vado un attimo in cucina a dargli una lavata» disse scusandosi e la lasciò sola. Angela si guardò attorno: le sculture di Aramis erano vere e proprie opere d'arte, anche se nessuna eguagliava quella che ornava la tomba dell'ex moglie. Era commovente, la morte della donna gli aveva spezzato il cuore.

Anche i suoi figli ne portavano le ferite. Jessica scriveva elogi funebri e Peter posava sulle tombe assieme a modelle fetish.

Angela ricordò il motivo per cui si trovava lì. Andò alla scrivania, frugò tra le carte, scoprì una cartellina di pelle con la fascia di chiusura, sempre in pelle, strappata. Conteneva schizzi per ogni genere di lapidi. I disegni, a carboncino, erano talmente belli che avrebbero potuto decorare gli uffici della Cancelleria. Una persona in grado di disegnare e scolpire così bene e che aveva lasciato la sua casa e la tomba della moglie alla poesia della natura aveva senz'altro un animo sensibile. Come poteva essere capace di uccidere?

Angela ricordò a se stessa che detective come Holmes, Poirot, la stessa Jessica Fletcher de *La signora in giallo* non si lasciavano influenzare dalle simpatie. Mettevano ogni sospettato sotto la lente di ingrandimento, simpatico o meno che fosse.

Riprese svelta a frugare. Sotto la cartellina c'era un foglio. Angela lo voltò: la scritta composta da lettere colorate ritagliate era identica a quella della lettera di ricatto trovata nell'ufficio di Merle Borscht:

VOI DUE AMANTI SAPETE
COSA AVETE FATTO.
DATEMI CIASCUNO UN MILIONE DI EURO
SE NO LO SAPRANNO TUTTI.

Adesso era chiaro come il sole: Aramis e Merle erano stati ricattati. Ralf Borscht non doveva venire a sapere che sua figlia e il suo acerrimo rivale stavano assieme. Si spiegava anche perché Merle Borscht aveva le lacrime agli occhi quando Angela aveva accennato all'Agenzia funebre Kunkel. Aveva la coscienza sporca.

La conclusione colpì Angela nel profondo. Aramis era colpevole. E a questo punto lei doveva smetterla di chiamarlo Aramis tra sé e sé. Era Kurt Kunkel. Non doveva mai più dare spazio alle sue simpatie per quell'uomo.

Rimise subito a posto la cartellina e, così facendo, urtò il manico del martello, che scivolò sulla scrivania senza per fortuna cadere a terra. Aramis – no, Kunkel! – avrebbe di certo sentito il tonfo e l'avrebbe scoperta. Fece per rimettere il martello esattamente al suo posto quando udì la voce dell'impresario dalla cucina: «Mi scusi, c'è voluto un po' più di tempo».

Angela piegò svelta la lettera di ricatto e la infilò in borsa assieme all'altra che aveva sottratto a Merle Borscht. Voltandosi toccò con la borsa il manico del martello, che questa volta cadde giù, finendole proprio sull'alluce.

Angela urlò e, in quel preciso momento, si rese conto che era il segnale di allarme che aveva concordato con Mike.

18

Angela si morse le labbra per soffocare il grido, sperando che Mike non l'avesse sentito. Si appoggiò alla scrivania e sollevò la gamba per alleviare il dolore all'alluce. Fu allora che udì Kunkel gridare: «Mio Dio, cosa è successo?».

Angela aprì la bocca, ma ne uscì solo un gemito. L'impresario corse da lei e chiese preoccupatissimo: «Che cos'ha?».

«Il ma... mar...» balbettò Angela.

«Il mar...?»

«...tello...» concluse lei stringendo i denti per il dolore.

«Il martello?» chiese l'uomo indicando il maledetto affare.

«Mmm» gemette Angela annuendo.

«Le è cascato su un piede?»

«Già.» Angela sentì il dolore affievolirsi un po'. Ma solo un po'.

Kunkel raccolse il martello da terra e chiese: «Come è successo?».

Angela non poteva rispondere: "L'ho urtato mentre infilavo nella borsa la lettera di ricatto che potrebbe dimostrare che lei ha ucciso il giardiniere assieme a Merle Borscht". Quindi tacque, facendo dei profondi respiri per resistere al dolore.

«Non importa» disse Kunkel. «Adesso mi faccia dare un'occhiata al piede...»

«MANI IN ALTO! LASCI ANDARE IL MARTELLO!»

Angela e Kunkel alzarono gli occhi: sulla porta c'era Mike con la pistola puntata contro Aramis.

«Cosa?» Kunkel era stupefatto.

«HO DETTO LASCI IL MARTELLO!»

Angela, che sapeva che Mike non avrebbe esitato a sparare alle gambe all'impresario per renderlo inoffensivo, mormorò con una smorfia di dolore: «Faccia come dice».

«SUBITO! O SPARO!»

«Okay.» Kunkel, sopraffatto, lasciò il martello...

...che andò a cadere esattamente sull'altro piede di Angela.

«Ahi!» gridò di nuovo l'ex cancelliera.

«Mi scusi, oh mio Dio, mi scusi tanto...» balbettò Kunkel sgomento e fece per sostenere Angela.

«NON LA TOCCHI!»

Kunkel alzò le mani.

«Mike, lo lasci stare... si tratta di un errore» gemette Angela.

«Un errore?»

«Sì» confermò a denti stretti.

«Se lo dice lei...»

«Lo dico io!» esclamò Angela.

Mike abbassò l'arma. Kunkel tirò un sospiro di sollievo. E Angela cercò di fare il punto della situazione: le dolevano entrambi gli alluci. Sarebbero diventati tutti lividi, e nei giorni successivi avrebbe dovuto portare solo scarpe aperte. Mosse con cautela entrambe le dita, ma sembrava che non fossero fratturate. Qual era il prossimo passo? Chiamare quei due stupidi poliziotti? Le lettere sarebbero state sufficienti come prova? Certo che no. Bisognava ricostruire esattamente la dinamica del delitto. Ma come?

Mentre Angela si poneva questa domanda, Jessica irruppe nella stanza sbraitando contro Mike: «*Ne lui fais pas de mal, c'est mon père. Il n'a rien fait!*».

«Ehm, come scusi?» Toccò a Mike essere sopraffatto.

«*Il n'a rien fait!*»

«Non capisco una parola...»

«Ma lei non è francese?»

«Come le viene in mente?»

«Non si chiama Aramis?»

«Come il moschettiere?»

«Sì.»

«No, mi chiamo Mike. Come Tyson.»

Jessica guardò Angela sconsolata: «E chi è Aramis?».

Angela non sapeva come uscirne. Con entrambi i piedi doloranti poi non era lucida come al solito.

«È molto più importante sapere chi diavolo è quel pazzo con la pistola!» esclamò Kunkel.

«È il mio bodyguard» rispose Angela ben lieta di poter eludere la domanda di Jessica.

«Ah» disse Kunkel.

«È davvero solo un equivoco.»

«Lo chiamerei diversamente» sospirò Mike.

«Lei deve pensarci due volte prima di minacciare qualcuno con l'arma in pugno!» sibilò Jessica tra i denti. La ragazza, fino a un attimo prima tanto cordiale, mostrò un altro lato di sé, tirando fuori con Mike una grinta insospettata.

In quel momento, Puzzy fece il suo ingresso trotterellando nell'agenzia. La sua padrona aveva sempre pensato che come cane da difesa fosse del tutto inutile e ne aveva appena avuto conferma. Nel tempo che il carlino aveva impiegato ad arrivare avrebbero potuto non solo ucciderla, ma tagliarla a pezzi e farne un purè.

«Dobbiamo andare dal medico» disse Mike. Angela udì il rumore di un'auto e vide una Smart fermarsi davanti alla porta.

«Guarda chi si vede, il mio fratellino» disse Jessica alzando gli occhi al cielo.

Il sole batteva proprio sul finestrino e Angela non riusciva a vedere chi era alla guida. Dopo tutto quello che aveva letto sul giornale, si aspettava che Peter Kunkel fosse vestito in pelle e latex, che con quel caldo non era il massimo.

Così restò interdetta quando lo vide scendere dall'auto con indosso la divisa estiva da impresario funebre: pantaloni neri, camicia bianca a maniche corte, cravatta nera. Si avviò all'ingresso trascinando la gamba destra. Non sembrava che si fosse fatto male, doveva essere una disabilità. L'aveva dalla nascita oppure gli era successo qualcosa dopo?

«Mai una volta che sia puntuale al lavoro» sibilò Aramis.

«Lo sai che sono pronta a prendere il suo posto» disse Jessica.

«Non è cosa.»

«Sono in grado di preparare la signora Krawinkel bene quanto Peter. Persino meglio. Almeno io non faccio cazzate come lui, che ha messo all'ultimo cadavere i denti da vampiro.»

«Non se ne parla nemmeno.»

«Ma davvero posso tranquillamente subentrargli» insistette Jessica.

«Stare troppo a contatto con i morti non ti fa bene» ribatté il padre in tono più dolce, mostrandosi d'un tratto premuroso.

«Smettila di trattarmi come una bambina, non ho più quindici anni» esclamò Jessica rabbiosa e ferita al contempo. Il padre le rivolse uno sguardo stanco. Quell'uomo portava un fardello troppo pesante, pensò Angela intenerita, per poi subito meravigliarsi: lo reputava pur sempre un assassino.

In quel preciso istante, Peter Kunkel varcò la porta esclamando: «Il giardiniere è morto!».

19

Impossibile dire se Kurt e Jessica Kunkel fossero sorpresi, ma senza dubbio la notizia non li addolorò. Invece di commentare la morte del giardiniere, Kunkel rivolto al figlio disse: «Abbiamo visite».

Peter Kunkel guardò prima Angela, poi Mike, poi di nuovo il padre e chiese: «E allora?».

«E allora comportati come si deve» rispose il padre.

«Certo, certo» annuì Peter e abbozzò un inchino ad Angela. «Benvenuta. In che modo possiamo esserle utili?»

«Ho solo portato un libro a suo padre.»

«Vi conoscete?» si stupì Peter.

«Solo da ieri.»

«E questo qui chi è?» chiese Peter indicando diffidente Mike, che stava rinfilando la pistola nella fondina.

«Questo qui...» brontolò Mike.

«È la mia guardia del corpo» spiegò Angela.

«Capito» disse Peter arretrando di qualche passo.

«Per una volta capisci qualcosa» sibilò Jessica.

Kunkel padre lanciò un'occhiata alla figlia come a dire: "La fai finita?".

«Diceva che è morto un giardiniere?» chiese Angela, che aveva ormai meno dolore agli alluci. Aveva imparato anche questo in politica: non far mai capire all'avversario cosa sai già.

«Sì, si chiama, o meglio, si chiamava Fred Galka» rispose Peter che, come tutti i Kunkel, non sembrava granché scosso.

«Come sai che è morto?» chiese Jessica.

«Me lo ha appena detto il mio amico Martin.»

Martin, il poliziotto giovane, era quindi amico di Peter, concluse Angela. Se è vero che il mondo e piccolo, Freudenstadt era proprio minuscola.

«Il poliziotto? Che c'entra la polizia?» chiese Jessica.

«È stato un omicidio.»

Jessica e Aramis tacquero. Sembravano entrambi impietriti. Kurt Kunkel stava recitando oppure davvero non aveva a che fare con il delitto?

Dopo un po', Peter interruppe cauto il silenzio: «A chi pensate che vada la sua casetta?».

«Non ne ho la minima idea, non ha parenti» rispose Jessica.

«Andrà al comune» ipotizzò Kunkel padre.

«Allora potrò girare video a basso costo» sorrise avido Peter.

Quel ragazzo, si disse Angela, era un predatore di cadaveri.

«Tu pensi solo ai tuoi hobby» brontolò la sorella. «Mai all'agenzia.»

«Guarda che ci guadagno dei soldi!»

«Non intendo i pochi spiccioli che fai con i tuoi siti da pervertiti, ma il tuo lavoro qui. Hai pile di pratiche sulla scrivania!»

La scrivania era di Peter? Non del padre? Angela aveva sbagliato, come dai Borscht? Aveva commesso due volte lo stesso errore. Anche questo a Poirot, Holmes e Mrs Fletcher della *Signora in giallo* non sarebbe mai capitato. Ma non era il momento di innervosirsi, bisognava mettere assieme gli indizi: la seconda lettera di ricatto era stata indirizzata a

Peter Kunkel. Quindi gli "amanti" ricattati, che avevano ucciso il giardiniere, erano il giovane impresario funebre e Merle Borscht. Che segreto custodivano? Questa informazione le mancava, come le prove certe della sua teoria investigativa.

«Per favore, ragazzi, abbiamo visite» supplicò Aramis. Angela poteva ricominciare a chiamarlo così tra sé e sé ora che non era più uno dei principali sospettati. Jessica parve riflettere se obiettare o meno, ma poi lasciò perdere, per amore di suo padre. Peter si fece da parte zoppicando. E Aramis si scusò con la sua ospite: «Mi spiace di averle fatto cadere il martello sul dito».

«Cosa?» Peter non poté trattenere una risata.

Angela lo trovò ancor meno simpatico. «Non importa» disse rivolta ad Aramis.

«Vorrei rimediare in qualche modo.»

«E come?»

«Speriamo che non voglia soffiarci sopra» mormorò Mike a bassa voce, ma Angela che gli stava davanti lo udì perfettamente. Lo avrebbe volentieri rimproverato, ma apparentemente nessun altro aveva sentito, per cui continuò ad ascoltare Aramis.

«Stasera le preparo una bella cenetta. Le cucino un lavarello, il miglior pesce di lago dell'Uckermark».

Angela restò stupefatta. Da tempo non riceveva un invito del genere da un uomo. In realtà, solo Achim aveva cucinato per lei al loro primo appuntamento nel suo appartamentino da studente. Aveva cercato di preparare le polpette, che erano venute bruciate fuori e crude dentro. Dopo il primo assaggio, avevano riso tutti e due come matti e poi si erano fatti un panino.

Pensando ad Achim, Angela si sentì in colpa: non poteva trascorrere la serata con uno sconosciuto. Per di più mentre il marito era in vacanza. Anche se le sarebbe piaciuto cenare con Aramis e parlare di Shakespeare davanti a un buon pesce, sorseggiando vino bianco.

«Ho già un impegno» disse Angela, e non era una bugia: aveva un caso di omicidio da risolvere. E il fatto che il primo sospettato fosse il figlio di Aramis era un ulteriore motivo per non accettare l'invito.

«E domani?» Aramis non voleva arrendersi.

«Anche» rispose. Di nuovo non era del tutto falso. Di certo avrebbe impiegato un po' a raccogliere le prove necessarie contro Merle Borscht e Peter Kunkel.

Aramis apparve deluso. Cosa fare se avesse insistito ulteriormente? Non poteva mica dire di non avere mai tempo. Da cancelliera sarebbe stata una scusa plausibile, ma non da pensionata.

L'impresario però non insistette, forse perché non voleva ricevere un rifiuto definitivo, e Angela fu sollevata, perché non intendeva chiudergli la porta.

«Allora,» disse Aramis sorridendo per salvare la faccia «troveremo di certo un'altra occasione.»

«Sicuro» rispose Angela sorridendo a sua volta. Si apprestò a uscire, aveva già scoperto abbastanza, e si accomiatò: «Arrivederci!».

«Arrivederci.»

«Arrivederci» disse anche Jessica, con un sorriso tirato.

«Arrivederci» mormorò Peter Kunkel, che sembrava altrove col pensiero. Forse sulla scena dell'omicidio del giardiniere.

Mike fece un cenno di saluto a tutti e seguì Angela in strada. Puzzy gli trotterellò dietro. La guardia del corpo non riuscì a trattenere un sorriso.

«Perché ride? Ancora per il martello?» chiese Angela un po' risentita. Anche se il dolore agli alluci era un po' scemato, di certo ci sarebbe voluto un bel po' prima che riuscisse a ridere dell'incidente.

«Anche» fu costretto ad ammettere Mike.

«Anche? Cos'altro c'è?»

«Lasciamo stare.»

«Cioè?»

«Non credo voglia saperlo.»
«Mike!»
«Secondo me...» iniziò Mike per poi interrompersi.
«Me lo dica, forza!»
Mike sorrise di nuovo divertito.
«Allora?»
«Il tizio è cotto di lei.»
Angela rimase di sasso. Non se lo era sentita dire spesso nella vita.

20

«Certo che è cotto di te. Se no non avrebbe insistito per un appuntamento» disse Marie sorridendo con il suo bambino addormentato in braccio. Lei e Angela erano sedute assieme a Mike sulla veranda della casa a graticcio e si godevano l'ultimo sole mangiando una pizza. Angela si era in realtà offerta di preparare il suo famoso sformato di cavolfiore, ma gli altri due avevano cortesemente rifiutato. Nelle ultime settimane Mike aveva mangiato più cavolfiore che in tutta la sua vita precedente e aveva detto ad Angela che, se andava avanti così, temeva di diventare verde come Shrek. Marie da parte sua aveva spiegato che, se mangiava cavolo prima di allattare, il bebè aveva problemi al pancino. Angela non sapeva se fosse solo un pretesto per mascherare il fatto che in realtà alla giovane non piaceva il suo sformato, dato che Marie si stava ingozzando senza problemi di pizza al tonno e cipolla. Comunque aveva accettato di buon grado di ordinare la pizza al nuovo ristorante italiano Da Giovanni, gestito da un cordialissimo albanese di nome Pashtrik.

Anche lei preferiva la pizza al suo sformato, ma era troppo impegnata a rifiutare l'idea che Aramis potesse provare attrazione per lei: «Ma è assurdo!».

«Sei diventata rossa» disse Marie ridendo.

«Non è vero.»

«Eccome» confermò Mike a bocca piena.

«È per il sole.»

«Adesso siamo all'ombra» disse la giovane madre.

«Già, è vero» brontolò Angela e guardò Puzzy per non arrossire ulteriormente. Il carlino stava facendo pipì contro uno degli hobbit da giardino di Achim. Con gran rincrescimento del marito di Angela, nel corso degli ultimi tre mesi Puzzy aveva già fatto scolorire un po' gli hobbit. Per ridipingere il Gollum, Achim aveva comprato della vernice color verdemarcio.

«Allora, com'è questo impresario?» chiese Marie.

«Dunque... ehm... è un uomo normale della mia età» mentì Angela.

«Uno normale come Achim?»

«Sì...» continuò a mentire.

«Per la sua età» si intromise Mike senza essere interpellato «ha veramente un bel fisico.»

Marie allargò il sorriso. Angela tornò a guardare il cane mormorando: «Non si possono fare paragoni tra le persone».

«Sei di nuovo diventata rossa!»

«Già» confermò Mike annuendo, mentre si metteva in bocca un grosso boccone della sua pizza gigante al salame. Per essere uno che si lamentava sempre di dover badare alla linea nonostante gli allenamenti intensivi, la pizza, le lasagne e il kebab gli piacevano un po' troppo. Per non parlare degli hamburger al bacon rinforzati. E del misto di patate fritte, normali e dolci.

«Con noi puoi anche arrossire,» disse Marie facendosi seria «ma con altri devi stare attenta.»

«Cioè?» chiese Angela.

«Non devi arrossire con Achim, se gli parli di lui.»

Angela non aveva ancora fatto mente locale su questo.

«Vabbè, Achim è talmente ingenuo che magari non arriva a pensare che...» Marie si interruppe.

«Cosa?»

«Lascia stare.»

«Parla!»

«Che ti piace l'impresario.»

«Ma che dici?» Angela arrossì più violentemente di prima.

«Puoi tranquillamente ammetterlo.»

«Io non ammetto un bel niente!»

«Come i politici in Commissione di inchiesta» commentò Mike. «Ammettono solo quello che è già stato appurato.»

Angela lanciò un'occhiataccia alla sua guardia del corpo.

«Mi scusi.» Mike si era reso conto da solo di aver superato il limite, e tacque concentrandosi sulla pizza al salame.

«Sai che a me puoi dire tutto.»

Il fatto che Marie ora parlasse sul serio, senza ombra di ironia, fece esplodere Angela: «Adesso piantala con queste stupidaggini!».

Per lo spavento, a Mike andò di traverso la pizza. Tossì e ne sputò un pezzetto sul pavimento della veranda. Angela fece una smorfia di disgusto.

«Va bene, va bene» disse Marie palesemente a disagio per aver così irritato la sua amica. «Non è vero che ti piace.»

«Esatto» confermò Angela con un fervore mirato in primo luogo a convincere se stessa. Come poteva avere un debole per uno sconosciuto? Era una stupidaggine bella e buona. Era una donna sposata! Innervosita, esclamò: «Possiamo concentrarci sul caso adesso?».

«Certo!» rispose Marie. «Qual è la prossima mossa?»

«Dobbiamo scoprire il motivo per cui Peter Kunkel e Merle Borscht sono stati ricattati.»

«E come intendi procedere?» chiese Marie eccitata.

«Allora, dobbiamo parlare con persone che li conoscono bene.»

«Non mi dire che vuoi accettare l'invito del tuo spasimante» sorrise Marie. «Lui li conosce bene entrambi.»

«Non è il mio spasimante!»

«Certo che no» disse Marie continuando a sorridere.

Angela alzò gli occhi al cielo: «Ci sono altre persone con cui parlare».

«Per esempio?»

«Il commissario giovane. È amico di Peter Kunkel.»

«Non vorrà mica far sapere a quei due idioti che sta di nuovo indagando?» chiese Mike, che aveva terminato l'ultimo pezzo di pizza.

«Ha ragione, meglio aspettare» rispose Angela. Di interrogare il giovane commissario Martin non se ne parlava, quindi. Allontanò da sé il piatto e si mise a riflettere.

Il bodyguard adocchiò la pizza di Angela, evidentemente non era ancora sazio.

Il bambino si mise a frignare, e Marie disse a Mike: «Di sicuro preferisci la pizza al tonno a quella vegetariana di Angela».

«Ehm, cosa?»

«Hai ancora fame» disse Marie decisa mentre cullava il bimbo.

«Be', sì...» Mike era visibilmente a disagio, non voleva passare per un mangione.

«Ecco, prendi la mia» disse Marie tendendogli il piatto. Vedendolo esitare aggiunse «Dai, un vero uomo deve avere un po' di ciccia sulle costole», e gli rivolse un sorriso tenero che Mike ricambiò smarrito. Quei due distraevano Angela dal caso. Mike prese il piatto e Marie ne fu felice. La giovane madre non era poi esausta al punto da non provare interesse per quell'uomo.

Angela però non sapeva ancora cosa pensare. Mike aveva avuto delle delusioni amorose. Prima la sua ex moglie, poi, recentemente, la poliziotta Lena. E a Marie aveva spezzato il cuore il padre del bambino, il defunto barone Philipp von Baugenwitz. Cosa sarebbe successo se tra i due le cose non avessero funzionato? Angela avrebbe dovuto rinunciare alla sua guardia del corpo? O alla sua giovane amica? In ogni caso, loro tre non avrebbero più potuto stare assieme tranquilli e rilassati come in quel momento.

D'un tratto Angela se la prese con se stessa. Dalla politica aveva imparato non solo a tener sempre presente la peggiore delle ipotesi, ma a considerarla la più probabile, ormai però non era più nei circoli politici di Berlino. Non avrebbe dovuto essere meno cinica e considerare anche la migliore delle ipotesi? Per esempio vedersi nella chiesa di Freudenstadt nel ruolo di testimone al matrimonio di Marie e Mike. Non sarebbe stato meraviglioso?

«Perché sorridi?» chiese Marie alla sua amica.

«Ho pensato a una cosa bella.»

«All'impresario?»

«No» rispose Angela acida, per poi subito concentrarsi sulla questione più urgente: chi poteva darle informazioni su Peter Kunkel oltre a suo padre, alla sorella e al giovane poliziotto? All'improvviso fu come se le cadesse un velo davanti agli occhi: c'era in effetti una persona che doveva per forza conoscere i segreti più oscuri di Peter Kunkel.

«Adesso so cosa fare.»

«E cosa?»

«Se vogliamo saperne di più sul colpevole, dobbiamo saperne di più sulla vittima.»

«Non ho ben capito.»

«Vado a perquisire la casa del giardiniere.»

«Senza autorizzazione?»

«Esatto, si chiama effrazione.»

Marie la guardò stupefatta: «Faresti davvero una cosa del genere?».

«Certo, e senza arrossire nemmeno un po'» disse ironica Angela, e le due amiche scoppiarono a ridere, mentre Mike non poté far altro che sospirare.

21

«Davvero non arrossisce nemmeno un po'» brontolò Mike mentre accompagnava Angela al cimitero. La casa del giardiniere si trovava ai margini di un vialetto secondario ed era minuscola e cadente. La sede dell'Agenzia funebre Kunkel, pur malandata, aveva qualcosa di magico, quell'alloggio invece l'avrebbe snobbato persino Oscar, il personaggio dei Muppet che vive nel bidone dei rifiuti. Incredibile che Peter Kunkel ne fosse così entusiasta.

«E perché mai dovrei arrossire?» sorrise Angela.

«Magari perché l'effrazione è un reato?»

«Lei può restare fuori, così il reato lo commetto solo io.»

«Ma io risulto connivente!»

«Può sempre guardare dall'altra parte e tapparsi le orecchie» disse Angela ridendo.

«La cosa non cambia!»

«Allora vada a casa.»

«Sarei comunque connivente e per di più verrei meno al mio dovere di proteggerla.»

«Ah be', allora...»

«Allora?»

«Allora è in trappola!» rise Angela.

«Ossignore,» disse Mike alzando gli occhi al cielo «quando imparerò che lei fa sempre comunque quello che vuole?»

«Me lo domando anch'io» rispose Angela con un gran sorriso.

«Basta che ce ne andiamo da qui prima del buio» mormorò Mike guardando le tombe.

«Mica crederà agli spiriti?» esclamò Angela meravigliata.

«No... macché, come le viene in mente?» rispose il bodyguard, ma era così teso che si capiva quale fosse la verità: "Sì, ho una paura tremenda dei fantasmi e se continua a parlarne potrei anche farmela addosso".

Con la classica guardia del corpo sempre impassibile, o un sedicente maschio alfa tipo amministratore delegato di una grande impresa, Angela si sarebbe divertita a infierire, ma Mike era così tenero che non le riusciva. Si domandò invece se avrebbe avuto lei paura a restare lì la notte, ma si rispose subito con un no deciso. Da fisica non credeva nel soprannaturale, né ai fantasmi né ai vampiri, e neppure ai folletti. Se creature del genere fossero esistite, sarebbero già state oggetto di innumerevoli studi scientifici.

«Il sole tramonta tra tre quarti d'ora» sentenziò Mike guardando l'orologio fitness che portava al polso.

«Dovremmo farcela» disse Angela.

«Sì, la casa non è grande» confermò Mike per farsi coraggio.

In quel preciso istante videro aprirsi la porta.

«Al riparo!» sibilò Angela e andò ad acquattarsi dietro una vecchia lapide alta circa un metro, sormontata da un angelo in preghiera.

«In che senso?» Mike non capiva. Angela lo tirò a sé e da dietro la lastra di marmo, con cautela – la testa dell'uno sopra quella dell'altra – sbirciarono la casa. Ne videro uscire Charu Benisha. La donna non era più in tenuta da yoga, indossava un vestitino estivo nero che riusciva a evidenziarle il seno ancor più del top sportivo. Ferma sulla porta, infilò un libretto verde scuro nel borsone rosa.

«L'insegnante di yoga?» disse Mike meravigliato.

«Proprio lei» confermò Angela, altrettanto stupefatta.

Che cosa ci faceva quella donna in casa della vittima? Fino a quel momento non era rientrata tra i sospettati. Aveva anche un alibi, perché aveva trascorso la notte del delitto con le sue amiche. Ma il marito non aveva forse ventilato l'ipotesi che fosse stata con qualcun altro?

Charu Benisha tirò fuori dalla borsa il cellulare. Chi voleva chiamare? Suo marito? Poco probabile. Il loro matrimonio sembrava un disastro. Oppure Peter Kunkel, che aveva manifestato tanto interesse per la casa?

Charu iniziò a parlare e Angela imprecò: «Maledizione, siamo troppo lontani, non capisco cosa dice». Pensò a come avvicinarsi senza dare nell'occhio. Forse sgattaiolando di tomba in tomba? Si sarebbe coperta di ridicolo, anche perché le lapidi man mano rimpicciolivano. Ma nella vita, come in politica, più dello stile conta il risultato. Esisteva comunque il rischio che Charu li scoprisse. Angela, che si vantava tanto di saper riconoscere le proprie debolezze, sapeva anche perfettamente di non essere in grado di saltare da una tomba all'altra con l'agilità di un elfo. Così lei e la sua guardia del corpo dovettero restare a distanza.

«Al corso ci hanno insegnato a leggere il labiale» bisbigliò Mike.

«E come mai?»

«Per decifrare col binocolo le comunicazioni tra i rapitori in caso di presa di ostaggi.»

«Allora legga, su.»

«Il... virologo cade nella... minestra.»

«Cosa?»

«Sarà dalla finestra...»

«Mike?»

«Devo impegnarmi di più?»

«Direi proprio di sì.»

Il bodyguard aguzzò ancor di più gli occhi: «Sedare carote».

«Eh?!?!»

«O forse sedurre.»

«Ma che...»
«Potrebbe essere anche sedurre.»
«Sedurre.» Angela fiutò una pista. Chi voleva sedurre Charu e a che scopo? E con chi ne parlava a telefono?
«Però non mi sembra che abbia detto sedurre.»
«Ah no?»
«Più sedare.»
«Mike!»
«O carote azzurre.»
«Mike!»
«Sì?»
«Mi sa tanto che nel corso di lettura labiale non eccelleva.»
«Ho cannato l'esame due volte» ammise il bodyguard con un filo di voce. «Purtroppo non esistono occhiali apposta.»
Angela guardò Charu sforzandosi di leggere da sola il labiale. La giovane era concitata, come se stesse minacciando qualcuno. Angela lesse a fatica: «Sì, hai capito bene. Me ne sbatto!».
Angela non era sicura di aver letto giusto, e in ogni caso cosa voleva dire l'insegnante di yoga?
Charu attaccò e rimise in borsa il cellulare. Anche se i principali sospettati continuavano a essere Peter Kunkel e Merle Borscht, bisognava tenere in considerazione come potenziale colpevole anche quella donna. Era appena stata a casa della vittima e aveva preso qualcosa.
L'insegnante di yoga si allontanò. Angela decise di concentrarsi di nuovo su quello per cui era venuta. Uscì da dietro la lapide e fece cenno a Mike di seguirla. La porta della casa era ancora aperta. Charu aveva la chiave?
No, la porta era stata forzata. La giovane non si era fermata davanti a una banale serratura. Oppure l'aveva trovata così? Angela fece per varcare la soglia, ma Mike le sbarrò la strada dicendo: «Prima io».
Angela sapeva di non poterglielo impedire. Come sua guardia del corpo, Mike doveva accertare che non corresse

rischi. Anche se secondo lei tirar fuori la pistola era un'esagerazione. Appena il bodyguard fu dentro, lo sentì esclamare: «Che schifo!».

«Che c'è?»

«Bleah!»

«Non mi aiuta granché.»

«BLEAH!»

Angela entrò e capì immediatamente perché Mike era così schifato. C'era immondizia dappertutto.

«Fred Galka» disse Angela «soffriva di disposofobia.»

«Disposoche?»

«Accumulo compulsivo.»

«Alla faccia dell'accumulo, questa è una discarica» rispose Mike rinfilando la pistola nella fondina. Entrambi guardavano il pavimento completamente invaso da vestiti, carte o resti di cibo. «Sembra che qui dentro ci viva un branco di faine.»

«Che olezzo» sospirò Angela. Peggio che negli spogliatoi della nazionale di calcio dopo la vittoria ai mondiali di Rio 2014, il che è tutto dire. Si fece coraggio e avanzò a fatica in mezzo al caos: «Come fa uno ad abbrutirsi così? Che problemi aveva?».

«Questo problema qui» disse Mike indicando dietro il divano. Angela scavalcò i cumuli di immondizia pensando già con gioia alla bella doccia calda che l'aspettava a casa. Giunta al divano, vide una gran quantità di lattine di birra vuote. Ma non solo.

«Bleah!» esclamò schifato Mike. «Si scolava anche la vodka in lattina.»

Ad Angela, Galka faceva pena, pur essendo probabilmente un ricattatore. Cosa l'aveva portato a ridursi in quel modo?

«Che schifoooo» urlò di nuovo Mike, che era scomparso dietro una lurida porta di legno.

«Che c'è?»

«Ho fatto l'errore di entrare in bagno!» disse lui di ritorno, pallido come un lenzuolo. «Il rifugio di Saddam Hussein era di sicuro più pulito.»

All'epoca, in quanto cancelliera, Angela aveva ricevuto dai servizi segreti le foto della buca in cui era stato trovato il leader iracheno e, proprio in quell'occasione, aveva detto «Non c'è bisogno che mi facciate vedere sempre tutto». Ora non aveva nessuna voglia di cercare indizi in quella discarica e decise di restare in soggiorno, sperando di mettere gli occhi su qualcosa di interessante. In caso contrario avrebbe sospeso le indagini per seguire altre tracce. Poteva provare a scoprire se Peter Kunkel aveva un alibi o chiedere a Charu Benisha cos'era il libretto verde scuro che si era portata via. Era sì un'investigatrice, ma a tutto c'è un limite. Angela si allontanò dal divano e, per non passare con le scarpe aperte su un tappeto che sembrava brulicare di vita, andò a urtare un televisore a tubo catodico su cui erano poggiate altre lattine di vodka aperte, che caddero a terra. Una rovesciò il suo contenuto sulla camicetta di Angela, inzuppandone la manica.

«Ihh» urlò l'ex cancelliera inorridita, e pregò Mike di portarle un asciugamano dal bagno.

«Io lascerei perdere» rispose il bodyguard.

«Troppo lercio?»

«Di più.»

Angela arrotolò la manica fino al gomito in modo che almeno la pelle potesse asciugarsi e si diresse a una scrivania che avrebbe meritato di essere buttata già vent'anni prima. Sopra era stato posato qualche foglio bianco, come faceva Donald Trump a beneficio dei fotografi per far credere di lavorare molto. Di penne nessuna traccia, ma per terra, sotto il piano del tavolo, c'erano parecchi dépliant di immobili in vendita alle Maldive. Dagli opuscoli erano state ritagliate molte lettere dell'alfabeto. Ormai non c'era più dubbio: il giardiniere Fred Galka era davvero l'autore delle lettere di ricatto.

La scrivania aveva tre cassetti. Angela avrebbe tanto voluto essersi portata i guanti, perché era ben plausibile che sui pomelli appiccicosi si annidasse il virus della successiva pandemia. Proteggendosi le dita con la manica della camicia, Angela aprì il primo cassetto. Conteneva un gran numero di lettere ritagliate, che sarebbero bastate per altre venti missive di ricatto. Poi passò al secondo, e trovò un libro rilegato in pelle nera. Era impolverato solo ai margini, il che faceva pensare che fino a poco tempo prima ci fosse posato sopra qualcosa. Probabilmente il libretto verde scuro che Charu si era portata via. Il prezioso tomo portava impresso in copertina il volto di Bengt Jakob Hachert, il mercante con la parrucca sulla cui tomba nera Angela aveva rinvenuto i resti delle fiaccole. L'ex cancelliera lo estrasse dal cassetto, lo sfogliò e vi trovò un elegante disegno in bianco e nero che rappresentava la casa di Galka, naturalmente non nello stato in cui si trovava al momento, ma come era trecento anni prima, accogliente, in uno stile semplice e naturale. La didascalia recitava: *L'eremo del mercante Bengt Jakob Hachert.*

Dal testo che seguiva Angela apprese che Hachert si rifugiava in quella casetta per architettare i suoi piani, riguardanti i commerci con l'impero zarista, la città di Freudenstadt, di cui era stato sindaco per un certo periodo, e per seguire la sua passione, che nel libro non poteva essere esplicitata perché tramandata solo oralmente. In calce stava la scritta: *Discipuli enim sola est veritas. Et infidelium est mendacium.*

Angela, che conosceva il latino quanto il russo, ed entrambe le lingue un po' meglio dell'inglese, tradusse mentalmente: "La verità è solo per i discepoli. La menzogna per i non credenti".

Discepoli. Non credenti. Evidentemente la "passione" di Hachert era una sorta di culto. E le fiaccole che Angela aveva trovato davanti alla sua tomba indicavano che quel culto persisteva. Angela non sapeva ancora di cosa esattamente si trattasse, né vedeva per il momento collegamenti con l'omicidio.

Era tempo di aprire l'ultimo cassetto. Stranamente il pomello era pulito, per cui Angela si azzardò a toccarlo a mani nude. Si stupì: a differenza degli altri, il cassetto non era impolverato all'interno. A essere precisi era pulitissimo. L'odore di detersivo che sprigionava risultava ancor più intenso in contrasto con il puzzo che stagnava nell'alloggio e quello della manica della sua camicetta e del braccio bagnato. All'interno vide il retro di una cornice dorata. Era lucidissima, l'unico oggetto che Fred Galka teneva pulito. Doveva significare molto per lui. Cosa conteneva? Di certo non il ritratto del mercante Hachert. Angela la prese in mano, la girò, vide la foto e, sconvolta, lasciò cadere la cornice.

«Cosa è successo?» chiese Mike allarmato dalla cucina.

«Mi... è caduta una cosa.» Angela si sentiva incredibilmente in colpa, non solo per aver spaventato Mike, ma perché la foto era così importante per il giardiniere. Dimostrava che Fred Galka era stato in passato un uomo normale. Capace di emozioni. Molto intense.

Angela si chinò e raccolse la cornice. Sulla foto, dietro il vetro in frantumi, c'era Anja Kunkel, ancor più raggiante che nell'istantanea che Ralf Borscht teneva sul bancone all'agenzia. Doveva essere per il giovane che la teneva tra le braccia e sorrideva assieme a lei. Era ben pettinato, indossava una tuta da giardiniere pulita e all'epoca non era certo ancora alcolizzato. Era Fred Galka.

22

«Quindi» chiese Mike una volta usciti dalla casa e dopo aver preso una bella boccata d'aria fresca «il giardiniere prima stava con la moglie di Kunkel?»

«Probabile» confermò Angela, che aveva riposto nel cassetto la cornice rotta. Portarsi via la foto le sarebbe sembrato un atto spregevole, come profanare una tomba.

«E Kunkel gliel'ha soffiata» azzardò Mike.

«Questo non lo sappiamo» obiettò Angela.

«Senza dubbio già allora fisicamente dava una pista al giardiniere.»

«Può darsi» disse Angela e si vide davanti un giovane e affascinante Aramis con la camicia da moschettiere che raggiungeva Anja Kunkel su un prato verde, con un cestino di vimini, per fare un picnic assieme a lei, guardandola intensamente negli occhi.

Non poté fare a meno di sorridere: a vent'anni immaginava così il grande amore. Per un attimo rimpianse quella beata ingenuità.

«Crede che possa entrarci con l'omicidio?» chiese Mike strappandola ai suoi pensieri.

«Non saprei in che modo» rispose Angela. Il giardiniere senza dubbio non aveva ricattato Peter Kunkel e Merle

Borscht per le vecchie vicende sentimentali dei loro genitori. E Charu Benisha non era entrata in casa di Galka per quella foto, se no l'avrebbe portata via. Angela però era affascinata dal ritrovamento. Anja Kunkel era stata amata da Aramis e Fred Galka e anche Ralf Borscht aveva avuto qualcosa con lei, se no la polaroid che gli aveva dato Galka non l'avrebbe così inquietato. Anche lui aveva amato quella donna? Invece di un triangolo, si trattava di un quadrilatero amoroso?

«Bleah» tornò a dire Mike.

«Che c'è?» chiese Angela stupita, ma lieta di essere distratta dalle sue fantasie galoppanti. Quadrilatero amoroso, nemmeno Shakespeare sarebbe arrivato a tanto nelle sue commedie!

Guardò Mike. Il bodyguard si stava annusando una manica della giacca con una smorfia: «Adesso puzziamo più delle faine».

Angela si rese conto del fetore di alcol che emanava anche lei, nonostante la vodka sul braccio si fosse asciugata. Neppure quando era costretta a passare il fine settimana ai vertici UE puzzava così.

«Devo proprio farmi una doccia» insistette Mike. Dal tremito nella sua voce Angela capì che non era solo quello il problema. Il bodyguard voleva andare subito via dal cimitero perché si avvicinava il buio. Si chiese se per caso da piccolo i genitori gli avessero raccontato storie di fantasmi facendogli venire gli incubi. Oppure aveva visto un film dell'orrore? Tipo *Dracula* con Bela Lugosi? Quello Angela lo aveva visto a undici anni di nascosto, sulla tv dell'Ovest, e aveva ricominciato a dormire sonni tranquilli solo dopo aver fatto il ragionamento che un essere che non vede mai la luce del sole non potrebbe esistere nella realtà, in quanto morirebbe per carenza di vitamina D.

«Non ci sono mica i fantasmi» disse a Mike sorridendo amabilmente.

«Fantasmi? Quali fantasmi? Chi ha parlato di fantasmi?» chiese Mike nervoso.

Angela stava per rispondergli "Lei, tra le righe", ma disse dolcemente: «Non lei».

«Esatto, io no. Io non ho proprio parlato di fantasmi. Non li ho mai nominati neanche lontanamente. Né li nominerò...»

«Mike?»

«Li sto nominando adesso?»

«In questo istante.»

«Possiamo andare per favore?» sospirò il bodyguard.

«Ma certo» disse Angela mettendosi in movimento.

Mike fece un bel respiro e la seguì. Ma dopo pochi passi constatò: «Non siamo soli qui al cimitero».

«Mica si riferirà ai fantasmi?»

«No... guardi.» Mike indicò il viale principale che distava un centinaio di metri. Laggiù, seduto al tramonto, c'era Aramis intento a leggere il libro su Shakespeare che Angela gli aveva regalato. L'ex cancelliera si bloccò, tanto era felice di vederlo.

«Mica vorrà andare da lui?» chiese il bodyguard.

Angela non ci aveva ancora pensato, ma visto che Mike lo ventilava...

«Signora Merkel?» disse il bodyguard che voleva allontanarla da lì, ma in quel momento Aramis alzò gli occhi e la vide. E sorrise.

«È maleducazione non salutare.»

«Ma si fa buio.»

«Può aspettarmi fuori dal cimitero.»

«Ma...»

«Tranquillo, non verrò trascinata nella cripta dai fantasmi.»

Mike era visibilmente tentato di pronunciare la sua battuta preferita: "Le ultime parole famose".

«Mi aspetti davanti al cimitero, nel caso altamente improbabile che io sia in pericolo le farò un segnale.»

«Okay, okay» rispose Mike sollevato. «Ma stavolta non con un urlo.»

«Giusto, meglio di no» dovette ammettere Angela dopo essersi guardata gli alluci.

«Usi una parola d'ordine.»

«E quale?»

«Noi guardie del corpo in genere prendiamo un'imprecazione, tipo "merda", così l'assalitore non capisce subito che potrebbe trattarsi di un segnale.

«In teoria va bene, ma preferirei non dire parolacce» obiettò Angela.

«E allora quale?»

«Qualcosa di più innocuo.»

«L'importante è che lo pronunci a voce abbastanza alta» disse Mike e si avviò a passo spedito, visibilmente sollevato di poter lasciare il regno dei morti che avrebbero potuto svegliarsi da un momento all'altro.

Angela si voltò verso Aramis, che si era alzato dalla panchina su cui aveva poggiato il libro accanto alla sua cartella di pelle. Gli si avvicinò non potendo far altro che sorridergli. Lui le restituì un sorriso un po' forzato.

Come mai? Non era felice di vederla? Sapeva forse che era stata a casa del giardiniere? Che stava indagando?

«Buonasera» disse l'uomo.

«Buonasera a lei. Vedo che sta leggendo il libro» osservò Angela, compiaciuta più di quanto si aspettava.

«La tesi più interessante e convincente è che William Shakespeare fosse in realtà il duca di Oxford. Sapeva che Ronald Emmerich ci ha fatto un film?»

«Sul serio?» esclamò Angela meravigliata. «Chi è questo Emmerich?»

«Un regista, quello di *Independence Day*.»

«Deve essere colto se ha girato un film sulla rivoluzione americana del 1776.»

«In realtà parla di Ufo.»

«Ah...»

«Ma il film su Shakespeare e il Duca di Oxford è più serio» spiegò Aramis. «Lo veda, merita.»

«Lo farò» rispose Angela, sorprendendosi ad augurarsi che Aramis la invitasse a guardarlo assieme a lui.

Ma non lo fece.

Le rivolse invece un altro sorriso tirato.

Perché?

«Il film ha una sola pecca» proseguì Aramis.

«Cioè?»

«Non è stato il duca di Oxford a scrivere le opere di Shakespeare.»

«È stata Emilia Bassano» sorrise Angela.

«Esatto, proprio lei!»

I due si guardarono, entrambi felici di quella complicità.

«Una dama come lei» proseguì Aramis «sapeva certo scrivere di politica e di tiranni meglio del vero William Shakespeare, che non aveva mai messo piede a corte.»

Angela annuì, concorde. Lo supponeva anche lei, tanto più che erano proprio quelle le tematiche che più la affascinavano.

«E chi, se non Emilia, con il fardello che portava addosso, avrebbe potuto parlare con tanta sapienza della colpa?» La gioia negli occhi di Aramis svanì, cedendo il posto a uno sguardo intenso e introspettivo.

«La colpa?» Non era quello il tema che Angela associava immediatamente a Shakespeare.

«Pensi a Macbeth, che assalito dal senso di colpa vede il fantasma di Banco.»

«Sì, è vero» ammise Angela.

«Oppure alle parole di Giulio Cesare: "La colpa, caro Bruto, non è nelle stelle, ma in noi stessi, se siamo schiavi".»

Angela non aveva mai considerato il testo sotto quel punto di vista. Affascinante, quell'uomo le dava una prospettiva totalmente nuova.

«E chi, se non una donna, avrebbe potuto scrivere d'amore in quel modo?» aggiunse Aramis, con gli occhi di nuovo lucenti. Angela ne era incantata, si sentiva una scolaretta davanti a lui. Ma ecco a un tratto, per la terza volta, quel sorriso tirato. Angela non si fece scrupolo di chiedere «Perché sorride in quel modo?».

«E come?» disse Aramis, pur avendo capito benissimo.

«Così» disse Angela facendogli il verso.

«Ho davvero quella faccia?» Aramis era visibilmente a disagio.

«Più o meno.»

«Posso essere sincero?»

«La prego.»

«Lei puzza.»

Angela si allontanò di qualche passo. Avrebbe potuto arrivarci da sola.

«Mi perdoni» disse Aramis.

«No, sono io che mi devo scusare. Normalmente non puzzo.»

«Lo spero bene» sorrise l'uomo cordiale. «E posso chiederle come mai adesso sì?»

Cosa doveva rispondergli? Certo non che si era appena introdotta nella casa del giardiniere assassinato e si era rovesciata addosso della vodka. Così tacque imbarazzata.

«Be', se lei...»

Aramis si interruppe subito.

«Se io cosa?» chiese Angela irritata.

«Ha dei problemi...»

«Che problemi?»

«Con l'alcol.»

«Cosa?»

«Qui a Freudenstadt c'è un gruppo degli Alcolisti Anonimi.»

«Ma non sono un'alcolizzata!»

«Sì, certo...» disse Aramis in tono conciliatorio. «Però...»

«Però cosa?» Angela se lo sarebbe mangiato. Per cena.

«Con tutto lo stress che ha dovuto sopportare quando era in politica, ci starebbe che...»

«Me la cavavo benissimo!» esclamò Angela piccata.

«Certe persone vanno incontro a questi problemi al momento del pensionamento perché si non si sentono più considerate...»

Angela lo fissò in modo da fargli capire chi dei due si sarebbe presto trovato nelle peste.

«Mi scusi, quando si parla di bere sono troppo coinvolto» disse Aramis, di nuovo con lo sguardo di chi porta sulle spalle tutto il peso del mondo. La rabbia di Angela svanì di botto. Poverino, era stato anche lui vittima dell'alcol, come Galka? Oppure lo era uno dei suoi figli? O addirittura la moglie defunta?

«Si fa buio» disse l'uomo a bassa voce.

«Sì.»

«E io vorrei ancora dare una sistemata a una tomba.»

«Quella di sua moglie?»

«Sì.»

Leggendogli il dolore negli occhi, Angela si commosse.

«Ho piantato un castagno che attira gli scoiattoli e non sono gli unici animali che girano qua attorno lasciando le impronte. Topi, istrici, persino una mucca ho visto in questo cimitero» disse Aramis guardando malinconico la tomba. Angela stava per dirgli che anche lei aveva visto una mucca dentro il cimitero quando l'uomo aggiunse: «Suo marito la starà senza dubbio aspettando».

Suo marito? Non aveva più pensato a lui. Eppure mancava pochissimo al loro quotidiano appuntamento su FaceTime.

«OH CAVOLO!» esclamò Angela.

Subito le venne in mente che Mike avrebbe potuto interpretare l'imprecazione come un messaggio in codice. Terrorizzata guardò in direzione dell'ingresso del cimitero e vide il bodyguard precipitarsi verso di loro con l'arma in pugno, gridando: «A TERRA!».

«Dice a me?» chiese Aramis disorientato.

«Temo di sì» rispose Angela con un filo di voce.

«A TERRA!»

«Ma perché ce l'ha con me?» chiese Aramis sdraiandosi in fretta a pancia in giù sul vialetto.

«MANI DIETRO LA TESTA IN MODO CHE POSSA VEDERLE!»

«Mike!»

«E GUAI SE MUOVI UN MUSCOLO!»

«MIKE!»

«TI MANDO IN PAPPA I COGLIONI!»

«MIIIIIKE!» Angela strillò così forte che la guardia del corpo uscì dalla modalità guardia del corpo e chiese: «Di nuovo un falso allarme?».

«Esatto.»

«Bisogna che noi due troviamo un modo più efficace di comunicare in codice» disse Mike riponendo la pistola nella fondina.

«Credo proprio di sì» disse Aramis ancora a faccia in giù, con le mani dietro la testa.

«Può anche alzarsi» disse Mike.

«Va bene.» Aramis si tirò su molto agilmente per la sua età. Angela ne fu colpita. Il suo Achim non ce l'avrebbe fatta con tanta facilità.

Achim?

Achim!

«OH CAVOLO!» gridò di nuovo.

Mike estrasse subito l'arma.

«Che faccio? Mi rimetto giù?» chiese Aramis.

«No, no,» lo rassicurò Angela «solo che devo andare subito a casa. Ma mi farò perdonare.»

«Avrei un'idea di come.»

«Ah sì?»

«Passi da me domani pomeriggio, almeno per una tazza di tè. Niente di impegnativo. Ci sediamo sulla panchina davanti alla mia agenzia, beviamo il tè e proseguiamo la nostra conversazione su Emilia.»

Era stata proprio una bella conversazione, per cui Angela non poté fare a meno di sorridere all'invito. E Aramis le restituì il sorriso. Sorrisero più a lungo del dovuto per due persone che si conoscono appena. Molto più a lungo.

«Ehm» Mike si schiarì la voce un po' a disagio per la situazione e ancor di più per il fatto che il sole ormai era pressoché tramontato.

I due non lo sentirono.

«Ehm!» fece un po' più forte.

I due continuavano a sorridersi.

«Mmm!»

Solo allora Angela gli rivolse lo sguardo.

«Meglio andare» disse Mike nervoso. Il sole si era ormai ridotto a una piccola corona purpurea sull'orizzonte.

«Ha ragione» annuì Angela. Doveva andare da suo marito.

Doveva?

Ma no, naturalmente *voleva*! Era l'uomo che aveva sposato. Doveva ben volerlo!

«A presto» disse accomiatandosi.

«A presto» rispose Aramis, ed entrambi si sorrisero di nuovo. Poi l'uomo prese da sopra la panchina il libro e la cartella, da cui gli cadde un foglio. Era un ritratto appena abbozzato a carboncino. Angela lo guardò. Dai pochi segni sembrava... il suo profilo?

Aramis raccolse svelto il foglio, lo rinfilò nella cartellina e cercò di sdrammatizzare: «Devo assolutamente comprare una cinghia nuova, se no mi cade sempre tutto. Quella vecchia è rotta».

«Sì, è proprio il caso» disse Angela senza fiato.

Quell'uomo le stava facendo un ritratto. Di sua iniziativa. Non su commissione del cancellierato. Il cuore le batteva forte, eccitato.

«Mmm» Mike si schiarì ancora la voce con enfasi.

«Va bene, andiamo!» disse Angela accomiatandosi in fretta da Aramis, che sembrava imbarazzato per via del disegno, e si avviò assieme alla guardia del corpo.

Un ritratto.

Come la vedeva Aramis? Oppure si era sbagliata e il profilo abbozzato non era il suo?

Mentre si poneva queste domande, le cadde l'occhio sull'orologio fitness di Mike e in un attimo le fu chiaro che non sarebbe mai arrivata a casa in tempo per la videochiamata di Achim. Anche adesso il cuore le batteva forte, ma perché era in preda al panico.

23

Angela arrivò senza più fiato alla sua casetta a graticcio. Assieme a Mike, nemmeno lontanamente provato. Il bodyguard non era più a livello di passare la selezione per i servizi segreti, ma nemmeno fuori forma al punto da farsi venire il fiatone per reggere il passo di Angela, anche il più veloce.

Marie e il bambino nel frattempo erano tornati al castello e Angela ne fu sollevata. Ci mancava solo che la sua amica ironizzasse sul fatto che per colpa di Aramis era arrivata tardi per la videochiamata di Achim. Mike invece sembrava dispiaciuto che Marie se ne fosse andata. Angela si chiese se incoraggiarlo o meno a telefonare alla giovane madre, che ne sarebbe stata felice e forse l'avrebbe invitato a raggiungerla. Così avrebbe potuto trascorrere al castello il resto della serata e continuare a preparare la cameretta del bimbo, invece di chiudersi nel suo alloggio ricavato nel capanno in giardino a guardare per la terza volta nell'arco di poche settimane la sua serie preferita, *24*, perché non ne trovava nessuna che fosse per lui altrettanto interessante. E se tra i due davvero fosse nato qualcosa, la situazione avrebbe potuto prendere la piega giusta, sfociando nel matrimonio, lo sbocco che Angela preferiva immaginare, e non finire con un cuore spezzato e notti di pianto.

Angela pensò però che era meglio non immischiarsi. Se i due giovani volevano vedersi potevano anche ricordarsi da soli che Alexander Bell aveva inventato il telefono (e che oggi rimarrebbe molto stupito dallo smartphone). Inoltre lei doveva assolutamente prendere il suo iPad senza ulteriori indugi. Forse Achim era ancora raggiungibile!

Accelerando ancora il passo salì al primo piano, sfrecciò sul pavimento in legno del corridoio davanti alle foto in cornice un po' ingiallite di lei e Achim il giorno delle nozze all'ufficio di stato civile e arrivò in camera. Sul tappeto beige a pelo lungo davanti al letto il carlino dormiva e scorreggiava beato. Angela spalancò la finestra per cambiare aria, afferrò l'iPad, si tolse scarpe e calze e si sedette sul letto, con la speranza che Achim ci fosse ancora.

C'era! Grazie a Dio! E grazie a *FaceTime* non poteva sentire quanto sua moglie puzzasse di vodka. A differenza del giorno prima, il collegamento era ottimo. Achim era seduto all'aperto in un tapas bar. In un qualche paesino dei Pirenei. Angela lo pensava in mezzo ai monti. Cosa era successo?

Achim aveva la bocca imbrattata di rosso. Se esisteva una persona incapace di mangiare chorizo senza sporcarsi, era suo marito. Diceva sempre che per fortuna Angela si era già innamorata di lui prima che la portasse al ristorante.

«Angela!»

«Achim!» esclamò lei ansante e sollevata.

«Ero preoccupato.»

«E di cosa» sorrise Angela.

«Come va il foruncolo?»

«Eh?»

«Non hai un foruncolo sulla gamba?»

«Ma no, hai capito male.»

«È carbonchio?»

«No, non ho niente alle gambe.»

«Mi preoccupi davvero» disse Achim che non si lasciava abbindolare facilmente.

Guardava Angela come se volesse proteggerla da tutti i

mali del mondo. Lei si commosse e disse per rassicurarlo: «Te lo giuro, sto bene!».

«So che non hai incrociato le dita delle mani perché stai reggendo l'iPad, ma quelle dei piedi?» Qualche settimana prima Angela le aveva incrociate in un'altra occasione, quando aveva giurato che non avrebbe più indagato da sola sull'omicidio Baugenwitz.

«Te le mostro» disse voltando l'iPad a inquadrare i piedi.

«O mio Dio!» esclamò Achim.

«Che c'è?» chiese Angela riportando l'iPad in posizione per vedere in faccia il marito.

«I tuoi ditoni... sono tutti viola!» disse Achim con una smorfia come se provasse dolore più di lei.

«Non li chiamare ditoni per favore.»

«Vabbè, gli alluci. Cosa è successo?»

«È una storia lunga.»

«Raccontala, abbiamo tempo.»

«È lunga e noiosa» svicolò Angela.

«Ti sei fatta male, non è una cosa noiosa.»

«Non farne un dramma, per favore.»

«Mi racconterai, al più tardi domani quando sarò a casa.»

«Dove sarai domani?» chiese Angela allarmata.

«Domani sera sarò di nuovo a casa.»

«Ma sei stato via solo una settimana!»

«C'è qualcosa che non va, lo sento, e sono preoccupato.»

«Ma no, goditi la vacanza.»

«Ho già preso il biglietto.»

«Che cosa?» Angela fu assalita da un lieve panico.

«Ho già il biglietto aereo.»

«Cambialo!»

«Non posso, la tariffa non lo prevede.»

«Allora prendine un altro. I soldi li abbiamo.» Angela aveva sempre messo da parte qualcosa del suo stipendio da cancelliera e lo stesso Achim del suo di docente di chimica quantistica. Il ménage familiare era stato amministrato meglio di qualunque stato.

«Impossibile.»

«E perché mai?»

«Perché mi manchi.»

Angela si commosse guardando il marito sullo schermo dell'iPad. Avrebbe potuto commuoversi anche di più se Achim non avesse avuto la bocca sporca di chorizo. Anzi, no, era proprio quel particolare che trovava toccante, la dimostrazione di quanto amasse ancora Achim dopo tutti quegli anni assieme. Così gli disse: «Anche tu mi manchi».

24

«Yoga?» Mike non credeva alle sue orecchie. Erano di nuovo tutti e tre seduti in veranda, Angela fresca di doccia con un'altra camicetta addosso, quella impregnata di vodka l'aveva già messa in lavatrice. In realtà erano in quattro, il piccolo Adrian Ángel dormiva nella cesta sulla panca accanto alla mamma. Anzi, a essere proprio precisi erano cinque, perché Puzzy stava di nuovo facendo pipì sul Gollum di gesso. Il bodyguard, con aria smarrita, posò la tazza del caffè sul tavolo imbandito per una ricca colazione, mentre Marie si godeva il primo sole della giornata e Angela spalmava la marmellata di fragole fatta in casa sul pane integrale. «Esatto. Lei va a fare yoga» gli rispose.

«Perché io?»

«Dobbiamo scoprire senza dare nell'occhio cos'è il libretto che Charu Benisha si è portata via ieri dalla casa del giardiniere e con chi era al telefono.»

«Quello l'ho capito. Ma perché devo andarci io?»

«Perché io sono l'ex cancelliera e una tipa come Charu Benisha si farebbe subito pubblicità sui social.»

«Ha pur sempre 513 follower su Insta» disse Marie mostrando sul suo cellulare il profilo Instagram *@charuyoga* che conteneva moltissime foto in cui la giovane istruttrice assumeva posizioni incredibili. «Mi fanno male le giunture solo a vederla» gemette Mike.

«Mi piacerebbe accompagnarti a yoga,» disse Marie con un sorrisetto «per vedere quanto sei snodato.»

Marie non aveva filtri e Angela non finiva di sorprendersi. Che bello doveva essere non essere costretta a pesare ogni parola! Lei in politica aveva dovuto farlo sempre e adesso trovava triste scoprire di aver disimparato a parlare a ruota libera.

«Io...» disse Mike confuso «non sono proprio molto snodato.»

«Be', fammi vedere» sorrise Marie.

«Davvero ti andrebbe di accompagnarmi?» Mike era perplesso. Ovviamente temeva di fare una figuraccia, ma al contempo era felicissimo che la giovane volesse passare del tempo con lui.

«E perché te lo avrei proposto se no?» Marie sorrideva così dolcemente che Mike non poté fare a meno di sorridere a sua volta.

Era chiarissimo che tra i due stava nascendo qualcosa e Angela si costrinse a maggior ragione a credere in un lieto fine.

«Va bene,» disse Mike rilassato «allora vieni a vedermi fare yoga.»

La guardia del corpo aveva accettato il compito, ora Angela doveva stabilire il suo. Quel pomeriggio, prima dell'arrivo di Achim, aveva in programma il tè con Aramis. Come sfruttare al meglio il tempo a sua disposizione? Merle Borscht e Peter Kunkel continuavano a essere i principali sospettati anche se aveva sorpreso Charu a casa del giardiniere, per cui non doveva smettere di indagare su di loro. Entrambi erano stati ricattati, ma Peter aveva mostrato grande interesse per la casa di Galka (se l'avesse acquistata avrebbe dovuto mandare una squadra a sanificarla, tipo quelle viste in azione in Cina agli albori della pandemia). La priorità era quindi parlare con il figlio di Aramis.

Addentando il suo pane e marmellata Angela annunciò pertanto: «Io vado subito a trovare il figlio di Kunkel».

«Chi? Mister Latex?» chiese Marie.

«Chiamalo come vuoi.»

«Anche Capitan BDSM sarebbe azzeccato.»

«BDSM? Che sigla è? Una ONG?»

«Certo se esistesse come organizzazione governativa ci sarebbe da ridere» disse Marie divertita.

«E di cosa si occupa questa ONG?»

«Quanto sei tenera Angela» sorrise affettuosa Marie.

«Perché non conosco tutti gli acronimi dei gruppi di interesse?»

«Hai davvero ancora molto da imparare.»

«Forse però non bisogna per forza sapere tutto,» intervenne Mike «di certo non sarò io a spiegarle cos'è!»

«Tanto dovrà andare sul sito di Peter Kunkel per documentarsi» rise ironica Marie.

«No, non deve!» Evidentemente Mike voleva difendere la sua protetta da ogni attacco, fisico e no.

«Su, non fare così.» Marie prese l'iPad di Angela e iniziò a navigare in rete. Dopo pochi secondi disse: «Okay, il sito me lo aspettavo diverso».

«Perché, com'è?» chiese Angela.

«Non farglielo vedere» si affrettò a dire Mike.

«Tranquillo, non c'è brutta roba.»

«Ah no?» Mike tirò un sospiro di sollievo.

«Niente BDSM.»

«Qualunque cosa sia, dammi qua» disse Angela riprendendosi l'iPad. Guardò lo schermo ed esclamò perplessa: «E questi chi sono?».

Gli altri due si chinarono a vedere. «Sono delle persone incappucciate che reggono delle fiaccole davanti a una tomba» spiegò Marie.

«La tomba del mercante Hachert» disse Angela. «E l'incappucciato che sta davanti a tutti è Peter Kunkel, lo riconosco.»

«Ma che stanno facendo?» chiese Mike.

«Secondo me è un rito satanico» rispose Marie.

«Per via delle tuniche e delle fiaccole?» chiese Angela.

«Sì e se scorri sotto c'è scritto...»

Angela azionò il cursore.

«...Heil Satan.»

In effetti sul fondo nero spiccavano in caratteri di fuoco proprio quelle parole.

«Sono satanisti» sentenziò Mike.

«Che intuito» disse Marie sorridendo.

Angela pensò che in una relazione con Marie il suo bodyguard avrebbe dovuto accettare le prese in giro...

«Sì... l'ho capito subito.»

...e non avrebbe saputo rispondere a tono. Tornò a osservare Peter Kunkel che guidava il drappello dei dodici incappucciati con le fiaccole. Poi scorse ancora la pagina ed esclamò meravigliata: «C'è un link a un negozio!».

Ci cliccò sopra e sullo schermo si aprì la pagina di uno shop, Satanazon. Angela si chiese quanto tempo ci avrebbero messo gli avvocati di Jeff Bezos a scoprirlo e farlo chiudere. Su Satanazon era in vendita tutto il desiderabile per il satanista moderno: tuniche in tutte le taglie, dalla S alla XXXL, fiaccole, ciondoli con la stella a cinque punte, portachiavi con la scritta HO UN SOLO SIGNORE E MAESTRO e vari altri articoli, di prezzo variabile tra i 3,99 e i 1199,99 euro. Il più costoso era riferito a una acquaforte di Bengt Jakob Hachert in edizione limitata. Evidentemente quell'uomo significava molto per i satanisti, pensò Angela. Cosa aveva letto nel libro su di lui? *Discipuli enim sola est veritas. Et infidelium est mendacium*: "La verità è solo per i discepoli. La menzogna per i non credenti". Adesso era chiaro che il riferimento era ai discepoli di Satana.

«Ha il bernoccolo per gli affari il ragazzo» disse Mike ammirato. «Consegnano anche in giornata.»

«Ho conosciuto un paio di capitani d'azienda che pensavo fossero in combutta col diavolo.»

«Come quel tizio della Volkswagen che difende la fabbrica in Cina anche se si trova nella regione dove rinchiudono gli uiguri nei lager?»

«Ecco, ce lo vedo proprio con la tunica» si lasciò sfuggire Angela, in genere maestra di discrezione.

«Magari c'è anche lui nella foto.» Marie tirò a sé l'iPad, andò alla schermata precedente e ingrandì l'immagine.

«Lui no» disse Angela meravigliata. «Però c'è Charu Benisha.»

25

«Allora la persona...» disse Mike eccitato.

«...con cui parlava davanti alla casa del giardiniere...» proseguì Marie.

«...con tutta probabilità era Peter Kunkel» concluse Angela.

«Parliamo come Qui, Quo e Qua» osservò Marie.

«Come chi?» chiese Angela, che non era cresciuta con "Paperino" ma nell'Est con i fumetti di "Mosaik".

«Davvero ti manca la cultura.»

Una cosa così non gliela avevano mai detta.

«Cosa pensi... forse i ricattati non sono Merle Borscht e Peter Kunkel...»

«...ma Peter Kunkel...» proseguì Angela.

«...con l'insegnante di yoga?» concluse Mike.

«Adesso però basta...» disse Marie.

«...parlare...» proseguì Angela.

«...come su "Paperino"» concluse Mike.

«Sì...»

«...proprio...»

«...basta!»

Tutti e tre fecero un sospiro e Marie gettò a Puzzy una fettina di prosciutto. Angela disapprovava, ma ormai aveva rinunciato a pregare la sua amica di non dare niente al carlino quando erano a tavola. Marie comunque non la ascoltava.

«Mentre eravamo nella sua agenzia, Ralf Borscht ha detto alla moglie: "Sei stata di nuovo da lui".

E Charu ha risposto: "Non c'è nessun amante misterioso". Ma forse c'è un uomo con cui è in contatto. Ossia Peter Kunkel.»

26

Mike camminava spingendo la carrozzina in una zona industriale a una quindicina di chilometri da Freudenstadt, in cui aveva sede il centro yoga di Charu Benisha. Marie lo accompagnava con un caffè da asporto. Avevano parcheggiato la macchina elettrica di Angela a qualche metro di distanza, davanti a una fabbrica di mangime per animali. L'auto era così piccola che Mike sbatteva la testa ogni volta che saliva e scendeva e caricarci la carrozzina richiedeva un capolavoro di logistica. Durante il tragitto Mike si era chiesto per l'ennesima volta perché mai Angela avesse scelto la più piccola ed economica tra le auto blu.

«Sarà decaffeinato, ma ne bevi un sacco» disse il bodyguard guardando il bicchiere che Marie teneva in mano.

«Lo prendo deca per via del bambino. Normalmente ne bevo sette al giorno. Per me il caffè è un alimento base.»

«Ma non ti fa bene allo stomaco.»

«Allo spirito sì, però.»

«Penso solo che dovresti stare un po' attenta alla salute.»

«Ci tieni che io stia bene?» sorrise Marie stupita.

Certo che ci teneva. In fondo Marie era amica della sua datrice di lavoro. E poi gli piaceva. Anche tanto. Magari un po' troppo. Ma meglio non darlo a vedere. In fondo era in missione. Indossò la sua espressione più impenetrabile e rispose: «Lo avrei detto a chiunque».

«Sei carino.»

«Io... cosa sono?» disse Mike completamente spiazzato.

«Carino. Quando metti su la faccia di bronzo.»

Marie gli aveva letto nel pensiero? E, cosa più importante, lo trovava tenero?

«E sei molto carino con i leggings.»

«Quante volte te lo devo dire, non sono leggings.» Per la lezione di yoga Mike aveva indossato i suoi pantaloni da jogging invernali, molto aderenti.

«Comunque hai proprio un bel sedere.»

Mike non credeva alle sue orecchie. Da quanto una donna non faceva apprezzamenti sul suo didietro? Dieci anni? Quindici? Era mai successo?

«Magari fossi altrettanto tonica» sospirò Marie.

«Guarda che hai un bel corpo» si fece scappare Mike e subito si chiese se non fosse andato troppo oltre. Una cosa del genere non si dice a una conoscente, forse ormai quasi un'amica, neppure se ha appena fatto un apprezzamento sul tuo sedere. Il complimento di Marie non era necessariamente segno che lo trovava attraente.

«Lascia stare» si schermì Marie. «Lo so benissimo che ho un po' di chili di troppo.»

Mike non voleva assolutamente lasciar correre. Per lui quella donna era meravigliosa, così com'era. E doveva convincersene anche lei. Quindi ribatté: «Sai una cosa...».

«Cosa?»

«A me piacciono le donne con qualche rotolino.»

Marie, in genere così loquace, ammutolì di botto. Era perché il suo complimento l'aveva disorientata? Oppure perché lui aveva decisamente passato il segno? O forse perché era semplicemente un complimento idiota; a quale donna fa piacere sentirsi dire che ha i rotoli di ciccia? Fosse stato zitto! Aveva messo a repentaglio l'amicizia con quella donna fantastica. Come poteva salvare la situazione? Iniziò a ragionare freneticamente. Quanto odiava la sua perenne insicurezza con le donne!

«Siamo arrivati» disse Marie indicando un edificio industriale che non avrebbe potuto essere più squallido.

«Grazie a Dio» si lasciò sfuggire Mike, a cui girava la testa per tutto quel febbrile ragionare.

«Sei così impaziente di fare yoga?» disse Marie sorpresa.

«È una vita che voglio provarci» mentì il bodyguard.

«Non l'avrei mai detto» rispose Marie. Non era dato capire se fosse ancora arrabbiata con lui per la storia dei rotolini. Ma perché era così difficile capire le donne?

«Invece sì» continuò a mentire Mike.

«Allora è proprio un peccato che tu non possa farlo.»

«Non posso?»

L'idea non dispiaceva a Mike neanche un po'.

«A quanto pare Charu ha interrotto l'attività.»

Mike tornò ad assumere la sua espressione imperturbabile, per non dare a vedere che era sollevato.

«Però puoi sempre fare un corso di pole dance da lei.»

«Pole dance?» A Mike cadde la maschera.

Marie indicò un cartello con su scritto CHARU'S POLE DANCE SCHOOL, dove la "l" era sostituita dalla silhouette di una donna sul palo. «Evidentemente è più redditizio dello yoga» azzardò.

Mike era confuso: fare yoga davanti a Marie, per quanto imbarazzante, non era certo come fare spaccate avvinghiato a un palo; non riusciva neppure a immaginarlo. Aveva visto fare pole dance dal vivo solo una volta, vent'anni prima, quando i colleghi lo avevano trascinato in uno strip club a Las Vegas. Per tutte e quattro le ore aveva fatto il possibile per non guardare le donne impegnate nelle acrobazie perché si sentiva a disagio.

Marie aprì la porta, Mike la seguì con la carrozzina. L'interno dell'edificio era spoglio come l'esterno. Da una porta più oltre nel corridoio venivano le note di *Material Girl* di Madonna. I due passarono davanti alle sedi di varie ditte, dai Mangimi avicoli Pum alla Einie Tech Consulting. In fondo videro un cartello con su scritto ESPLOSIVI PIONIER con una freccia arancione accanto che indicava il seminterrato.

«La Esplosivi Pionier e la Mangimi avicoli Pum dovrebbero scambiarsi il nome» sorrise ironica Marie.

«Esplosivi Pum» disse Mike capita la battuta. Marie non era solo attraente, aveva anche senso dell'umorismo. In questo era diversa da tutte le altre donne con cui era stato. Forse avrebbe dovuto fissare con lei un vero e proprio appuntamento, come si deve, non vederla per dipingere pareti o montare mobili. Ovvio, visto che allattava non sarebbe potuta andare assieme a lui in un locale, ma forse potevano almeno vedere un film. Con un po' di coraggio avrebbe potuto anche chiederle se le andava di guardare *Guardia del corpo,* il film d'amore con Kevin Costner e Whitney Houston. Lui l'aveva visto a undici anni in televisione con i suoi genitori e per l'emozione aveva divorato due pacchetti di patatine. Alla fine del film aveva chiaro in mente cosa voleva fare da grande. Vedendo il film, Marie avrebbe capito quanto il suo lavoro contasse per lui. E una volta capito, sarebbe stata ancora più diversa da tutte le altre donne che aveva conosciuto fino ad allora. Sì, decise Mike, dopo essersi fatto un'idea su Charu avrebbe proposto a Marie di guardare un film assieme quella sera stessa.

27

Angela decise di andare con Puzzy all'Agenzia funebre Kunkel passando per il cimitero. Durante il tragitto fece una deviazione per raggiungere il mausoleo del mercante Bengt Jakob Hachert, evidentemente un personaggio importante per i satanisti odierni. Le fiaccole erano ancora allineate a terra. Ma certo dai satanisti non ci si poteva aspettare una coscienza ambientalista.

«Ehi!» gridò una voce alle sue spalle. Era Peter Kunkel, che si stava avvicinando. Indossava di nuovo la divisa estiva e come sempre trascinava la gamba. «Il suo bastardino non può pisciare qui in giro.»

Angela guardò Puzzy che stava per alzare la zampa sulla piramide di pietra, poi di nuovo Kunkel junior e disse: «Non gli dia del bastardo per favore».

«Ma lo è?»

«Se non modera i termini farò in modo che faccia anche la cacca.»

«Va bene, non è un bastardo» brontolò Peter Kunkel guardando astioso il carlino che se ne stava tranquillo, senza capire perché gli umani si debbano sempre agitare tanto.

«Questa tomba è davvero insolita» disse Angela. «Ed evidentemente molto importante per lei.»

«È andata sul mio sito.»

Angela aveva sottovalutato Kunkel junior, per lei era solo il figlio incompetente di Aramis che la notte indossava tuniche o si faceva fotografare in abbigliamento fetish, invece l'aveva sgamata subito.

«Sì, l'ho visto» ammise.

«E perché? Non credo che le interessi il satanismo, anche se ai complottisti in rete piace sostenerlo.»

«Un'amica me lo ha segnalato, per cui so che lei, a differenza mia, è un satanista» rispose Angela senza mentire del tutto.

«Perché questo interesse?»

«Non mi sarei mai aspettata che a Freudenstadt ci fossero satanisti.» Un'altra mezza verità.

«Ma non è l'unica cosa che la interessa» obiettò il giovane Kunkel.

Aveva intuito che sospettava di lui?

«Ossia?»

«Lei si chiede se sono stato io a uccidere Galka.»

Sì, le leggeva nel pensiero. Come mai? Perché era davvero lui l'assassino? E, nel caso, aveva commesso il delitto assieme a Charu? Oppure con Merle Borscht?

«Mi faccia pure tutte le domande che vuole» disse il giovane impresario funebre.

«Come fa a sapere che mi interesso all'omicidio di Galka?»

«Lei ha fatto arrestare una mia amica» rispose Peter in tono scostante.

«Pia von Baugenwitz» confermò Angela.

«Mi ha detto che è stata lei, quando sono andato a trovarla in carcere.»

«Pia ha commesso due omicidi.»

«Avevo sperato che non fosse vero, ma me lo ha detto in faccia in prigione.» Peter sembrava scosso.

«Anche Pia era satanista?»

«No, si burlava di noi.»

«Infatti, è più da lei. Diceva che è sua amica. Stavate insieme?»

«No, solo amici.»

«Ma c'è una donna nella sua vita» disse Angela in tono più affermativo che interrogativo.

Peter tacque.

«Charu Benisha.»

Ancora silenzio.

«E per questo Galka vi ha ricattato.»

«Ha letto la lettera che era sulla mia scrivania?» deglutì Kunkel junior.

«Esatto» confermò Angela, omettendo però di dire che l'aveva presa con sé e che sapeva dell'altra. Il giovane abbassò lo sguardo. «Lei e Charu avete ucciso il giardiniere perché se no avrebbe reso pubblica la vostra relazione?»

«Se dovessimo uccidere tutti quelli che sanno di noi...» la frase rimase sospesa.

«Dovreste far fuori anche gli altri satanisti?»

«E le amiche di Charu. E la mia sorellina.»

«E suo padre?» chiese Angela.

«Non sarebbe contento di sapere che sto con Charu. Odia tutto ciò che ha a che fare con il nome Borscht.»

Angela aveva i suoi dubbi. Certo, Aramis non amava il vecchio Borscht, ma il giorno prima aveva abbracciato Merle. Lì al cimitero, a nemmeno cento metri da dove si trovavano ora. Perché questo fatto la disturbava? Perché preferiva immaginare Aramis come un vedovo single? Perché, come sospettava Marie, era davvero «cotta di lui?» Dell'uomo con cui poteva parlare così piacevolmente di Emilia Bassano, che aveva una vena artistica e le stava facendo in segreto un ritratto?

Angela non voleva essere "cotta".

Non doveva!

Se lo era, allora del suo Achim!

Esatto: era cotta solo di Achim.

«Che ha?» le chiese Kunkel junior.

«Per.. perché?» Angela si sentì colta in fallo.

«Be', è diventata tutta rossa.»

Oh no!
«Si sente bene? È sempre più rossa» disse il giovane meravigliato.
Angela si toccò le guance. Erano caldissime. E non per via del sole. Oddio!
Poteva significare una sola cosa...
...Davvero era cotta di Aramis!

28

«La tipa dello yoga probabilmente è lì» disse Marie indicando una porta socchiusa rosa shocking, del tutto incongrua in quel grigiume. Lei e Mike si avvicinarono e sbirciarono all'interno della sala. C'erano sei pali da pole dance e solo uno era occupato. Da Charu. La donna dal fisico atletico danzava al ritmo della musica ad alto volume in pantaloncini rosa e un top, sempre rosa, ancor più striminzito. Era così seducente che Madonna a vederla si sarebbe sentita vecchia per la prima volta nella sua vita. Mike restò a bocca aperta. Purtroppo se ne rese conto solo quando Marie gli sussurrò: «A te piacciono i rotolini, come no».

Mike la guardò. Sembrava ferita e lui non capiva perché. Pensava forse che lui facesse il paragone tra il suo corpo morbido e quello tiratissimo di Charu? Cosa doveva risponderle? Che davvero lei gli piaceva molto fisicamente? Che la trovava anche sexy? Ma non era esagerato?

«Porco mondo» esclamò Marie con gli occhi fissi su Charu. Anche Mike tornò a guardarla. La ragazza scivolava lungo il palo a testa in giù con le gambe in spaccata. "Stai chiusa! Stai chiusa! Stai..." ordinò Mike alla sua bocca "...vabbè, troppo tardi sei di nuovo aperta."

«È questo che ti piace» Marie sembrava triste e Mike rattristato di averla in qualche modo intristita. Che idiota quella sua mascella!

«Posso aiutarvi?» chiese Charu, che era arrivata con la testa in fondo al palo e continuò a parlare mentre lasciava scivolare con eleganza le gambe a terra. «Lei è il tizio della bara dei Modern Talking.»

«Sì per mio zio» rispose Mike.

«Pensavo fosse per sua zia.»

Merda, aveva già dimenticato la storia che Angela gli aveva imbastito. «È uno zio-zia» si affrettò a rispondere.

«Cioè?!?»

«Be'... allora...»

«Era genderfluid» intervenne Marie a salvarlo.

Cavolo, Marie non era solo carina e brillante, aveva anche prontezza di spirito.

«Okay il mondo è arcobaleno» disse Charu accontentandosi della spiegazione, si mise in piedi e chiese: «E come mai siete venuti da me? Qui abbiamo il deposito grande e una consociata, ma il vostro obbrobrio è ancora allo showroom».

«In realtà volevo fare lezione di yoga» spiegò Mike.

«Ah, però ho lasciato l'attività. Troppa concorrenza. Nel circondario ci sono almeno dodici centri.»

«E nemmeno una scuola di pole dance» dedusse Marie.

«Solo cinque.»

«Cinque scuole di pole dance? Ma quante sono le donne che vogliono imparare?»

«Non solo donne.»

«Anche uomini?» All'improvviso Mike fu assalito dal terrore di doversi davvero cimentare al palo per non far saltare la copertura.

«E come mai tanta gente?» chiese Marie.

«Be', ufficialmente perché è un ottimo esercizio fisico.»

«E in via ufficiosa?»

«Devo proprio spiegarglielo?» rispose Charu guardando Marie con una buona dose di compassione.

«No, posso immaginarlo.»

«E io non voglio saperlo» sospirò Mike.

«Moralista?» rise Charu.

«Chi... io... no» rispose Mike imbarazzato.

«Allora, sì, in tutta sincerità preferirei dare lezioni di yoga. Ma una donna ha bisogno della sua indipendenza.»

«Per essere alla pari con il marito» intese Marie.

«Per avere dei soldi in mano» rispose amara Charu.

«Suo marito non gliene dà?»

«Ho firmato un contratto prematrimoniale rigidissimo. Non ho accesso ai suoi conti, ricevo solo un piccolo assegno mensile e, in caso di separazione, non avrò un centesimo.» Charu sembrava ferita e furiosa al contempo.

«Non è corretto da parte di suo marito» disse Mike. A lui non sarebbe mai venuto in mente di imporre un accordo del genere alla moglie, pur dotata di un bel caratterino, anche se avesse saputo in anticipo che il suo matrimonio sarebbe finito male. E tanto meno se fosse stato in possesso di un notevole patrimonio. Era molto conservatore: se ti sposi, condividi tutto, nel bene e nel male.

«No, infatti» rispose amara Charu. «Ma di questo devo ringraziare sua figlia Merle. È stata lei a convincerlo a farmi firmare l'accordo. Non si è mai fidata di me.»

«E perché?» chiese Mike.

«Dove pensa che ci siamo conosciuti mio marito e io?» disse Charu indicando i pali da pole dance.

«In uno strip club?» chiese Mike incerto.

«No, al coro della chiesa.»

«Al coro?»

«In uno stripclub ovviamente!» A quel punto Charu era davvero su tutte le furie, ma non per via di Mike, per le circostanze. Si diresse in silenzio verso il lato opposto della sala. Là c'era la sacca da sport rosa da cui spuntava il libretto verde scuro che aveva preso il giorno prima a casa del giardiniere.

«È un taccuino» bisbigliò Marie a Mike. «La direttrice dell'orfanotrofio in cui sono cresciuta ne aveva uno identico.»

Charu si avvicinò ai due con la sacca rosa in spalla dicendo: «Vogliate scusarmi adesso».

«Pensavo che tenesse una lezione di pole dance» disse Marie stupita, mentre Mike non era granché dispiaciuto di non essere costretto a usare il palo.

«Se le cose vanno come voglio la scuola non riaprirà» rispose Charu.

«Ah no?»

«Ho trovato un'altra strada, diciamo così.» Charu uscì con un sorriso di sufficienza sculettando sotto lo sguardo ipnotizzato di Mike.

«Forse dovresti portare il suo culo fuori a cena» commentò Marie.

Mike capì che la giovane si sforzava di riderci su, ma i suoi occhi non sorridevano. Si era dato la zappa sui piedi. Marie non avrebbe guardato assieme a lui *Guardia del corpo* quella sera, poco ma sicuro.

29

Angela doveva darsi una regolata. Non solo ora che aveva davanti Peter Kunkel, sospettato di omicidio, ma in generale: una donna sposata non poteva essere "cotta" di un altro uomo, come Aramis.

E cotta come? Alla brace, al forno, in padella? E se si bruciava? E se l'altro non era "cotto" a sua volta. E il marito di cui era cotta da una vita, ma in un altro modo?

«Tutto bene?» le arrivò come da remoto la voce di Kunkel junior.

«Certo, certo,» si affrettò a rispondere «perché? Cosa c'è?»

«Ha l'aria strana.»

«Deve... essere il caldo...»

«Se lo dice lei.»

Sembrava che non la credesse. Ma di sicuro, si rassicurò Angela, Peter Kunkel non era in grado di leggerle nel pensiero e di sapere quindi che aveva in testa suo padre.

«Non conosce mio padre» disse Peter gelido.

Accipicchia, quel ragazzo riusciva a leggere i pensieri? Sapeva cosa aveva in mente? Il cuore di Angela si mise a battere all'impazzata.

«Mio padre darebbe di matto se venisse a sapere di me e Charu.»

Angela tirò un sospiro di sollievo. Per fortuna Peter non aveva capito. Era talmente sollevata che le sfuggì un «Fiuuu!».

«Fiuuu?» Evidentemente Peter Kunkel trovava la sua reazione inadeguata.

«Ehm... cioè...» balbettò Angela.

«Sì?»

«Volevo dire "Firulì firulà!".»

«Ma che significa?»

Anche Angela avrebbe voluto saperlo.

«Comunque una cosa posso giurargliela» disse Peter, ora giustamente innervosito.

«E quale?»

«Non sono io che ho ucciso il giardiniere. E neppure Charu! La lettera non era indirizzata a noi.»

«E allora chi ha compiuto il delitto?» chiese Angela temendo per un attimo che Peter spostasse i sospetti sul padre.

«Come faccio a saperlo?»

«Fiuuu» fece Angela sollevata questa volta che non fosse venuto fuori il nome di Aramis.

«Di nuovo "Firulì firulà"?»

«Ehm... già...»

Peter Kunkel la guardò irritato. «Certo che lei è proprio strana.»

Angela pensava lo stesso di sé. Cosa le stava succedendo? Come mai un uomo che conosceva appena riusciva a mandarla così in confusione?

C'erano volute settimane prima che si innamorasse di Achim e non faceva meraviglia, dato che lui ai primi appuntamenti non aveva spiccicato parola, tanto era nervoso. Solo quando era caduto dopo aver inciampato sul cordolo del marciapiede si erano avvicinati. Lei gli aveva teso la mano per aiutarlo ad alzarsi e subito aveva avuto la sensazione che loro due fossero una cosa sola e che non avrebbe lasciato mai più quell'uomo.

«Le faccio una proposta» disse Peter «per andare avanti nelle indagini.»

«Cioè?»

«Venga al nostro rito di stasera.»

«Mica vorrà bruciarmi su una croce?» chiese Angela non proprio per scherzo.

«No,» rispose serio Kunkel «i nostri amici le confermeranno l'alibi mio e di Charu. Abbiamo trascorso tutti insieme la notte in una casa sul lago di Oberucke per organizzare la celebrazione dell'anniversario della morte di Bengt Jakob Hachert, che cade oggi.»

«E ci si può fidare dei satanisti?»

«Sono tutte persone rispettabili.»

«Ah sì?»

«Venga qui dopo il tramonto, se ne convincerà» disse Peter Kunkel.

Guardandolo allontanarsi zoppicando Angela pensò: potrebbe essere una trappola.

30

Mentre si allontanava dal cimitero assieme a Puzzy, Angela era preda di un vortice di pensieri, un tornado: sarebbe stata davvero presa in trappola? E, in tal caso, che le avrebbero fatto i satanisti? L'avrebbero sacrificata al diavolo? E non sarebbe forse stato un bene, così avrebbe smesso finalmente di pensare ad Aramis?

Passando davanti alla chiesa sulla piazza del mercato sospirò profondamente e udì subito alle sue spalle una voce femminile: «È così dura la vita da pensionata?».

Angela diede un urlo, si voltò e vide Fruttangela che, con un sorriso ironico, aggiunse: «Siamo un tantino tese oggi?».

Ad Angela bruciava moltissimo aver fatto una figuraccia proprio davanti a quella donna. Una ragione di più per riprendere finalmente il controllo di sé.

«Come procedono le indagini?» chiese Fruttangela.

«Quindi ha già saputo che c'è stato un omicidio?»

«Senta, qui da noi si sa subito quando uno muore.»

«Ma spero che non si sappia che sto indagando.»

«No. A parte la sua amica negra, suo marito, il suo gorilla e io, nessuno sa che è stata lei a risolvere il duplice omicidio dei von Baugenwitz. Quindi, a parte me, nessuno si mette a immaginare che adesso torni a fare Miss Marple.»

Angela pensò che non era proprio così, anche Peter Kunkel lo sapeva grazie a Pia, l'assassina. Tenne però per sé l'informazione e rispose: «E così dev'essere».

«Niente paura, nemmeno io ho voglia che qualcuno sappia che tra me e il defunto barone c'è stato qualcosa. Tantomeno mio marito.»

«Ma... è sposata?» esclamò Angela stupefatta.

«Certo che è brava a fare due più due» rispose ironica la commerciante.

«Però ha avuto una relazione con un altro uomo?»

«Può succedere.»

«No che non può!» ribatté Angela.

Oppure...

...poteva davvero accadere?

«La natura vuole il suo sfogo» sorrise la fruttivendola.

«La... natura?»

«Sì, il corpo. Tutto bene?»

«Sì, perché?»

«È diventata rossa.»

«Devo andare...» Angela si allontanò in fretta e furia tirandosi dietro il povero Puzzy al guinzaglio. Doveva subito recuperare il colore normale del suo incarnato! Se oltre a Marie anche altra gente, tipo Peter Kunkel o la fruttivendola, scopriva che era cotta di Aramis erano guai!

«E si ricordi che io la aiuto volentieri nelle indagini, basta che me lo chieda!» le gridò dietro Fruttangela.

«Sì, sì...» disse Angela per sbarazzarsene e schizzò via.

«La natura... il corpo...» Non ci aveva mai pensato. All'improvviso realizzò che aveva desiderio di sfiorare la mano di Aramis.

No, no e ancora no! Il maledetto corpo doveva stare zitto.

Angela voleva soltanto arrivare a casa e mettersi a letto. Niente più indagini, niente più Aramis e men che meno trovarsi mano nella mano con lui!

Ma già dopo pochi passi il caso di omicidio le si ripresentò davanti. Al caffè del mercato, dall'originalissimo nome Caffè del mercato, sedute all'aperto, c'erano due persone che

Angela non avrebbe mai pensato di vedere assieme, date le vicissitudini familiari: Merle Borscht e Jessica Kunkel. Le figlie dei due acerrimi rivali bevevano il caffè, diversissime tra loro quanto i rispettivi padri. L'una trentacinquenne, in tailleur pantalone, l'altra più giovane di almeno quindici anni, con le sneaker rosse e un giubbotto di pelle sempre rosso, che indossava nonostante l'afa. In comune avevano solo il desiderio di trasformare radicalmente le loro agenzie di pompe funebri quando ne avrebbero preso le redini. Merle Borscht ne aveva l'opportunità, l'articolo che Angela aveva letto sull'iPad diceva che la giovane sarebbe subentrata al padre nell'attività l'anno successivo. Jessica invece avrebbe avuto difficoltà perché Aramis voleva cedere il timone al primogenito, secondo la tradizione familiare.

Angela osservò le due giovani, per come erano silenziose le ricordavano i ministri prima di una crisi di governo. Guardava soprattutto Merle Borscht. Cosa ci trovava Aramis in quella donna?

Va bene, era abbastanza intelligente, se no non avrebbe gestito l'amministrazione di un'impresa. Ed era graziosa. Una bellezza classica. E stava benissimo in tailleur pantalone. Meglio di Angela. Non c'era da meravigliarsi, con quel fisico... certo, era chiaro cosa ci trovava Aramis.

«Ecco le lesbiche» disse all'improvviso una voce alle sue spalle. Ovviamente Fruttangela.

Angela sussultò.

«Ci vuole niente a spaventarla.»

«Lei deve farla finita» sibilò Angela e tornò a guardare le due ragazze al bar. Per fortuna non si erano accorte di nulla, immerse com'erano nei loro pensieri, evidentemente cupi. «Le due sono omosessuali?» chiese Angela a bassa voce.

«L'ho appena detto, lesbiche.»

«E stanno assieme?»

«Le ho viste che si baciavano dietro la chiesa.»

«Poverine, hanno timore di vivere apertamente il loro amore.»

«Ma va! Mica siamo così retrogradi qui!»

«Be'...» rispose Angela vergognandosi di essere tanto prevenuta nei confronti degli abitanti di Freudenstadt.

«Qui la gente non ha nulla contro gli omo.»

«Lei sì però, di sicuro.»

«E perché?»

«Perché dice "omo" e poi è di AfD.»

«Io ce l'ho con gli stranieri, ma solo con quelli che rubano il lavoro a noi.»

«Davvero tollerante.»

«Infatti.»

Angela era tentata di dirgliene quattro, ma se alzava la voce Merle Borscht e Jessica Kunkel si sarebbero accorte della sua presenza. Così ingoiò il malumore e continuò a osservare le due ragazze. Senza dubbio tenevano nascosta la loro relazione per via dell'inimicizia tra i rispettivi padri.

«Guai in vista» disse la fruttivendola, perché Merle cercò di sfiorare la mano di Jessica, ma questa la ritrasse. Evidentemente le due erano in crisi.

Angela ripensò a quello che le aveva detto Jessica per giustificare la fretta mostrata quando l'aveva incontrata il la mattina prima all'alba, in piazza. La sua versione era che aveva dormito da un'amica in Baugenwitzstraße – non si trattava di una coetanea come Angela inizialmente aveva ipotizzato, bensì di Merle Borscht – ma doveva andare presto in ufficio per scrivere un elogio funebre. Era una scusa e le due amanti avevano assassinato assieme Galka? Perché le aveva ricattate minacciando di rivelare ai loro padri la relazione?

Però Angela aveva trovato una delle due lettere sulla scrivania di Peter Kunkel, anche se il giovane aveva con forza negato di esserne il destinatario.

Angela stava valutando se sedersi anche lei al caffè per scoprire qualcosa di più senza dare nell'occhio quando Fruttangela se ne uscì: «Allora, vogliamo andare o no a sentire cosa sanno quelle due dell'omicidio?».

E con ciò per Angela la questione era chiusa. Non avrebbe mai e poi mai indagato assieme a quella donna. Rispose quindi: «No, sarebbe un approccio troppo diretto».

«Okay. Tanto devo risolvere il problema della recinzione del nostro pascolo. La notte scorsa la mia vacca Luise è scappata.»

Doveva trattarsi della mucca pezzata che Angela aveva visto sulla tomba di Anja Kunkel poco prima che Puzzy scoprisse il cadavere.

«Luise ha una incredibile voglia di libertà, cerca sempre di scappare. E stavolta ce l'ha fatta. Se credessi a certe cretinate dovrei pensare che è la reincarnazione di mia nonna, una gran testarda.»

Angela non poté fare a meno di sorridere. Da fisica e da figlia di un pastore luterano non credeva nella reincarnazione. Anche se era consapevole che sulla terra accadono cose che non trovano spiegazione scientifica.

La contadina tornò a guardare le due ragazze sedute in silenzio al bar: «Quelle lì non saranno mai felici».

«Perché?»

«La più giovane ha dei problemi mentali.»

«Cioè?»

«Si fa dei tagli» rispose Fruttangela allontanandosi. Angela guardò la ragazza che, nonostante il caldo, indossava il giubbotto di pelle rosso sopra la maglietta. Era per nascondere le cicatrici sulle braccia?

Il povero Aramis aveva un bel da fare con i suoi figli. Il maschio adoratore di Satana, la femmina autolesionista.

Aramis, mio Dio, aveva appuntamento con lui per il tè. Da lì a un'ora nemmeno. Era tempo di darsi una sistemata!

31

Davanti allo specchio antico Angela osservava la sua figura. Aveva indosso gli stessi abiti che portava dalla mattina, un po' sudati e spiegazzati, ma così Aramis non avrebbe potuto immaginare che si fosse fatta bella per lui.

Ma più si guardava più pensava che non poteva neppure andare in giro come una stracciona, sarebbe stato irrispettoso nei confronti di quell'uomo colto. E poi, da quando viveva a Freudenstadt, non si era più messa in ghingheri. Così passò da un estremo all'altro: indossò la sua camicia bianca preferita e l'amatissimo blazer magenta, la collana d'ambra e un po' di rossetto. Infine si spruzzò la lacca che profumava di albicocca e le teneva a posto i capelli, tanto che dopo tredici ore di riunione erano ancora come al brindisi di benvenuto.

Ma non si poteva dire soddisfatta della sua immagine: era bardata come se avesse dovuto incontrare il presidente francese. E se quello si era sempre sentito in dovere di baciarla appena arrivato e di darle buffetti sulla mano mentre chiacchieravano bevendo il tè, poteva anche darsi che Aramis gliela sfiorasse. Un pensiero che la terrorizzava. Ma anche in qualche modo...

...piacevole?

Immaginò di prendere il tè con Aramis, di parlare con lui delle sue sculture, di Shakespeare e di Emilia Bassano, facendo battute sul duca di Oxford di cui solo gli appassionati dell'Inghilterra di quel periodo storico potevano ridere. E immaginò che nel corso di quella animata e allegra conversazione Aramis avrebbe posato la mano sulla sua...

«Ti sei fatta proprio bella per me, Ciccina» esclamò una voce.

«AHH!» strillò Angela più forte di prima con la fruttivendola. Si voltò spaventata ed ecco Achim, esile nei suoi pantaloncini kaki come la camicia, scarponi da trekking, e calze nere al ginocchio. Aveva lo zaino marrone chiaro in spalla e, a coprire i capelli ancora straordinariamente folti e appena striati d'argento, portava un berretto con visiera. Sembrava uscito da uno dei film di Indiana Jones tanto amati da Marie, al cui fascino neppure Angela si sottraeva. Vedendo il suo Achim all'improvviso in camera da letto Angela, terrorizzata che l'avesse sorpresa a farsi bella per un altro, stava per mettersi di nuovo a urlare.

«Hai fatto bene a dirmi che non dovevo farmi problemi di soldi per cambiare biglietto,» disse Achim di ottimo umore «ho trovato un volo ancora prima e più a buon prezzo. Tutto per essere subito da te, Ciccina.» La guardava con tanto amore che Angela si sentì meschina anche solo per aver pensato di stare mano nella mano con un altro uomo.

«Che hai?» chiese Achim, che sapeva cogliere anche i minimi cambiamenti d'umore della moglie.

«Io...» Angela non sapeva cosa rispondere. Non poteva dirgli di Aramis, ma non voleva neppure mentire al marito. Non lo aveva mai fatto, le bugie avvelenano i matrimoni. Lo sapeva da quando, in gioventù, aveva letto *Chi ha paura di Virginia Woolf?* La pièce teatrale su un matrimonio in crisi era più terrorizzante di qualunque film di *Dracula*. Angela non voleva raccontare frottole ad Achim, era suo marito, il suo confidente, non un avversario politico o, peggio ancora, un compagno di partito. Quante volte aveva detto al suo erede designato Armin Laschet che lo prendeva sul serio. Per questo motivo Angela preferì... non rispondere.

«Lo so io cosa è successo» disse Achim.

Oddio, sapeva che lei voleva vedersi con un altro?

«Non puoi nascondermi niente» proseguì il marito sorridendo.

Angela si mise a tremare.

«Ho incontrato la fruttivendola sulla piazza del mercato.»

La fruttivendola? Aramis aveva detto a qualcuno del loro appuntamento e adesso tutta Freudenstadt lo sapeva, inclusa quella pettegola?

«Sei stata carina a nascondermelo per non farmi preoccupare» sorrise Achim.

Perché sorrideva? Se sapeva di cosa si trattava perché non era geloso?

«Puoi dirmi tutto.»

Tutto? Ma cosa significava precisamente?

Non aveva nulla da confessare, a parte una cottarella segreta per l'uomo che aveva in programma di incontrare. Forse valeva la pena di dire che si trattava di un'indagine di omicidio: «Allora, l'uomo...».

«Quale uomo?»

Come? Achim non sapeva nulla di Aramis?

«Cosa ti ha detto esattamente la fruttivendola?»

«Che stai di nuovo indagando su un caso di omicidio» disse Achim sorridendo.

Ad Angela cadde un peso dal cuore, quindi il marito era ancora convinto che si fosse fatta bella per lui.

«Avresti potuto dirmelo tranquillamente, sacripanta» aggiunse Achim agitando il dito in segno di giocoso rimprovero.

«Sacripanta?» Angela era irritata da quell'appellativo che qualunque correttore ortografico avrebbe sottolineato in rosso.

«Volevo essere politicamente corretto e declinare sacripante al femminile.»

Già, il suo Achim andava al passo coi tempi. Era adorabile nel suo sforzo di non essere il vecchio maschio bianco che era.

«Allora è di nuovo il momento di Sherlock e Sherlockina.»

Il suo caro marito era piuttosto un Watson, pensò Angela. No, in realtà il Mister Stringer di Miss Marple. Ma naturalmente non lo disse ad alta voce. In un buon matrimonio non era opportuno mettere a nudo le debolezze dell'altro. Achim non aveva mai accennato ai chili che lei aveva messo su da cancelliera, uno per ogni anno di mandato. L'aveva sempre definita invece la più bella del mondo ai suoi occhi, aggiungendo che all'epoca di Rubens nessuno avrebbe mai trovato attraente una donna magra. Una precisazione di cui Angela avrebbe fatto volentieri a meno.

«Andiamocene al bar,» propose Achim «così esaminiamo con calma i fatti per scoprire l'assassino.»

Angela riuscì finalmente di nuovo a sorridere. Forse parlare con Achim poteva esserle davvero d'aiuto per il proseguimento delle indagini. Era sì una sorta di Mister Stringer, ma era sempre stato in grado di aiutarla nel trovare soluzioni a problemi complessi. Per esempio era stato lui a darle l'idea di avviare la transizione energetica nel 2011. Dopo il disastro di Fukushima Angela era in cucina, curva su una mappa delle centrali nucleari tedesche. Achim stava facendo la preparazione per una colonscopia e, riferendosi ai lassativi che doveva prendere, aveva detto: «Ecco, a questa cosa qui potrei anche tranquillamente rinunciare». Così Angela aveva fatto lo stesso ragionamento per il nucleare. Suo marito era come un protone libero, che spingeva i suoi neuroni in nuove direzioni.

«Va bene,» disse «andiamo a prenderci un caffè.»

«E risolviamo assieme il caso!» rise Achim.

«E risolviamo assieme il caso!» rise Angela a sua volta.

32

«Allora, ricapitolando» disse Achim seduto al Caffè del mercato, proprio dove un paio d'ore prima si trovavano le due ragazze. Indossava i suoi amati pantaloni blu e una camicia bianca a maniche corte che sembrava comprata su una bancarella e invece era costata 60 euro in un negozio equo e solidale. In questo Achim era più coerente di tanti deputati Verdi. Dopo aver bevuto il terzo espresso – aveva uno stomaco di ferro e una pressione che non si lasciava impressionare da niente – proseguì il discorso: «Quindi al momento abbiamo due coppie sospettate, da una parte Peter Kunkel e Charu Benisha e dall'altra Merle Borscht e Jessica Kunkel. Tutti gli amanti avevano motivo di voler tenere nascosta la loro relazione».

«Esatto» confermò Angela, che non aveva toccato il suo latte macchiato perché aveva sentito due camerieri lamentarsi che gli ugelli della macchina non venivano puliti da settimane. Di Aramis fino a quel momento aveva detto al marito solo lo stretto necessario ai fini delle indagini, omettendo quindi di avergli regalato un libro e di parlare con lui di certe cose più volentieri che con Achim.

«E poi c'è la coppia Peter Kunkel e Merle Borscht, perché hai trovato le lettere di ricatto sulle loro scrivanie.»

«Sì.»

«Per cui, in linea di principio la questione è molto semplice.»

«Davvero?» disse Angela meravigliata, perché nella sua vita si era imbattuta in pochissime situazioni in linea di principio molto semplici.

«Se i satanisti stasera ne confermano l'alibi, Peter Kunkel è escluso dai sospettati, resta solo la coppia Merle Borscht e Jessica Kunkel.»

«Jessica è appena ventenne. Nei libri di Agatha Christie non sono mai i giovani innamorati gli assassini» obiettò Angela. Non le piaceva l'idea che il caso potesse avere una soluzione così semplice. Si sentiva solidale con le ragazze costrette a nascondere il loro amore.

«Ma la vita non è un romanzo» sentenziò Achim.

«Al massimo è una commedia» dovette ammettere Angela.

Achim ordinò il quarto espresso; se avesse smesso di bere caffè avrebbe provocato un notevole calo di fatturato nel settore. Angela si arrovellava: davvero la soluzione era così semplice?

Mise da parte il latte macchiato sospetto e chiese al cameriere un bicchiere di acqua e vino. Erano passate le sei di sera, quindi l'alcol era consentito per calmare i nervi. Perché era nervosa. Aveva pur sempre dato buca ad Aramis senza neppure avvisarlo. L'impresario non usava il cellulare, per cui non aveva potuto mandargli un messaggino con discrezione. Telefonargli in ufficio era impensabile, perché aveva sempre Achim accanto. Poteva solo sperare che Aramis non passasse di lì per caso e la affrontasse in presenza del marito. Era un'ipotesi terrificante e Angela riuscì a reprimerla solo dopo aver bevuto un bel sorso di acqua e vino.

«In alternativa» disse Achim sorridendo malizioso «potresti andare a casa di Merle Borscht nella Baugenwitzstraße con un paio di bottiglie.» E indicò il bicchiere di acqua e vino.

«Cioè?» esclamò Angela meravigliata.

«*In vino veritas.*»

Angela per poco non cadde dalla sedia. Come aveva fatto a non capire?

Veritas!

Ancora una volta Achim aveva fatto da protone libero che spingeva i suoi neuroni in nuove direzioni. Cosa c'era scritto nel libro del satanista Bengt Jakob Hachert? *Discipuli enim sola est veritas. Et infidelium est mendacium.*

Ecco! Adesso era chiaro che Peter Kunkel non voleva tenderle un tranello al cimitero. Dalla gioia Angela stampò un bacione sulla guancia di Achim.

«Cosa ho fatto per meritarmelo?» chiese il marito tutto contento.

«Hai dimostrato la colpevolezza di Peter Kunkel e Charu Benisha!»

«Ehm... cosa?» Adesso era Achim a non capire.

«La verità» disse Angela. «Solo per i discepoli di Satana. La menzogna per i non credenti.»

«Ah ok...» Achim era ancora perplesso.

«Sta scritto in un libro sul defunto mercante Hachert, venerato dai satanisti.»

«E allora?»

«Se i satanisti, come mi ha detto Peter Kunkel, confermano che la notte del delitto si trovavano assieme a lui e a Charu Benisha...»

«Significa che ti mentono perché non fai parte del gruppo» comprese finalmente Achim. «E che Peter Kunkel e Charu in realtà non hanno un alibi.»

«Però hanno un movente fantastico!»

«Caso risolto?» chiese Achim.

«Non correre, Mister Stringer.»

«Cos'è, mi chiami come l'amico di Miss Marple?»

«Volevo dire, non correre, Sherlock» si corresse Angela. Non era il momento di mettersi a discutere sulla gerarchia nel team investigativo. «Le prove che abbiamo purtroppo non sono sufficienti per un arresto. Per questo dobbiamo affrontare Peter e Charu subito dopo che, con l'aiuto dei satanisti, ci avranno fornito il falso alibi.»

«E per quale motivo?»

«Speriamo che commettano un errore che ci dia la possibilità di incastrarli.» Angela tirò fuori il telefono dalla borsa. «Registrerò tutto di nascosto. Con la funzione dettatura del cellulare che terrò nella tasca del blazer.»

«Ma è molto rischioso» disse Achim che iniziava a preoccuparsi.

«Cicci, cosa ti ho detto quando mi hai chiesto di sposarti e all'inizio non riuscivi a parlare?»

«Chi non risica non rosica.»

«Esatto.»

«Ed ecco il risultato» disse Achim raggiante, prendendole la mano. Come sempre a quel contatto Angela sentì che lei e il marito erano una cosa sola. Si rese conto che loro due si appartenevano e si chiese come diavolo avesse potuto immaginare di stare mano nella mano con Aramis.

33

I nostri entrarono nel cimitero alla luce della luna piena, sotto un cielo stellato. Angela poteva solo sperare che il confronto con Peter Kunkel e Charu Benisha fosse pacifico. In caso di scontro fisico con i satanisti, lei e il suo entourage non avrebbero avuto alcuna possibilità. Certo, Achim avrebbe lottato come un leone, ma probabilmente avrebbe resistito solo pochi secondi. Né i pensionati né i chimici quantistici godono di reputazione di vincitori nei corpo a corpo e Achim faceva parte di entrambe le categorie. Puzzy non era certo un cane da guardia, anzi, era lui che doveva essere salvato, come qualche giorno prima che, per rincorrere un passerotto, era caduto in uno stagno. Normalmente si sarebbe potuto contare su Mike, ma era più nervoso che mai. Non faceva che guardarsi alle spalle come se fosse inseguito dal demonio. Meno male che ai candidati al corso per bodyguard non veniva chiesto se avevano paura dei fantasmi.

«Non mi piace questo posto» mormorò.

«Lo ha già detto trecento volte» ribatté Angela.

«Perché non mi piace per niente.»

«Tranquillo, i fantasmi non esistono.»

«E lei come lo sa?»

«Se no la scienza ne avrebbe già da tempo dimostrato l'esistenza.»

«L'assenza di prove non è prova di assenza» obiettò Mike.
«E questa dove l'ha presa?»
«In pandemia ho ascoltato molti podcast scientifici.»
Angela sospirò, sapeva che c'è poco da fare contro le fobie. Forse con Marie accanto Mike si sarebbe rassicurato, ma la giovane era rimasta, comprensibilmente, al castello con il bambino. Quando i due si erano salutati era stata più fredda del solito. Certo, gli aveva sorriso ma aveva una punta di delusione nello sguardo. Mike aveva abbassato gli occhi imbarazzato. Non serviva essere una detective provetta per dedurre che tra loro era successo qualcosa.
Angela era dispiaciuta. Si era fatta il film della sua cara amica e dello stimato bodyguard felici assieme, addirittura sposati. Era il caso di chiedere lumi a Marie sull'accaduto? O prima a Mike? Doveva forse fare lei da paciere?
«Oh» disse Achim interrompendo il flusso dei pensieri della moglie. Lei lo guardò. Era fermo con l'aria triste davanti alla tomba in cui riposava Juliana Blume, la bimba che nel diciottesimo secolo non era arrivata all'età di cinque anni. Angela riusciva a immaginare benissimo cosa provasse il marito.
Achim interruppe nuovamente i suoi pensieri, stavolta con uno starnuto, probabilmente gli era entrato nel naso del polline, o qualche piccolo insetto. Lo starnuto fu così potente che Mike trasalì spaventato. Aveva di certo paura che il rumore destasse fantasmi, vampiri o zombie. Achim si soffiò fragorosamente il naso nel fazzoletto e un residuo di moccio gli rimase appiccicato alla narice. Certo, non tutti gli aspetti di suo marito erano incantevoli. A essere precisi il 21 per cento non lo era affatto, Angela li aveva conteggiati su un foglietto che Achim non avrebbe mai dovuto vedere. Del resto, come diceva Osgood Fielding alla fine del film *A qualcuno piace caldo*: «Nessuno è perfetto».
Eppure Angela non riusciva proprio a immaginare Aramis con i pantaloni kaki e il moccio al naso. Stava di nuovo pensando all'impresario, anche se poco prima si era chie-

sta come aveva potuto lasciarsi sopraffare dalla fantasia di stare con lui mano nella mano. Ma ora lì, al cimitero, sulla tomba della piccola Juliana, le fu chiaro il perché quell'uomo le tornasse sempre in mente. Non era colpa del gran caldo, come aveva creduto inizialmente. Né della noia che la vita da pensionata comportava. Dipendeva dal fatto che quell'indagine la confrontava di continuo con la fugacità dell'esistenza umana. Quanti anni ancora aveva davanti prima di essere una vegliarda, dieci, venti? E in tutto quel tempo avrebbe condotto una vita piatta, senza grandi scossoni.

Dentro di sé evidentemente si ribellava a quel destino. Altrimenti non si sarebbe buttata a indagare su degli omicidi. Né si sarebbe interessata ad Aramis. Un uomo che avrebbe potuto stimolarla culturalmente. E forse anche... diversamente?

Ancor prima che Angela potesse rimproverarsi di essere ingiusta nei confronti di Achim e dirsi che doveva essere soddisfatta del suo matrimonio Mike sibilò: «E neanche quella roba là mi piace».

«Ha visto un fantasma?» non poté fare a meno di ironizzare Angela.

«Quasi quasi preferirei.»

Angela seguì lo sguardo di Mike: i satanisti, in tutto tredici, erano diretti in una sorta di processione alla tomba del mercante, di cui quel giorno intendevano celebrare i natali. Tutti indossavano tuniche scarlatte, ma non erano ancora incappucciati, per cui al chiaro di luna erano facilmente identificabili: in testa al corteo Peter Kunkel e Charu Benisha, che aveva di nuovo con sé la sacca sportiva rosa e, subito dietro... Martin, l'allievo commissario? Sì, era lui. Vestito da satanista Angela non lo aveva riconosciuto subito, anche perché non indossava guanti bianchi, bensì neri. Kunkel e il giovane poliziotto quindi si conoscevano per via di quel culto. Entrambi avevano prestato il giuramento che imponeva di riservare la verità solo ai discepoli di Satana. Significava inoltre che Angela avrebbe potuto collaborare con la polizia solo dopo aver registrato sull'iPhone la confessione di entrambi gli assassini.

«Vogliamo avvicinarci?» chiese Achim a bassa voce.

«Non ancora» rispose Angela. «Prima stiamo a guardare.»

«Potremmo anche andarcene» propose Mike in alternativa.

«Oppure ignorare quello che ha appena detto» sibilò brusca Angela.

«Anche, sì» rispose arreso Mike.

I tre si piazzarono dietro una statua che rappresentava l'angelo Gabriele. Il carlino si sdraiò a terra e chiuse gli occhietti, era stanco e non capiva perché l'avessero portato a passeggio così tardi. Uscendo di casa aveva guardato la sua padrona come a dire: voi umani siete strani forte.

Dietro l'angelo non sarebbero stati scoperti dai satanisti che nel frattempo erano arrivati alla tomba e, incappucciati, si erano disposti su due file, Peter Kunkel e l'allievo commissario Martin davanti, Charu Benisha in disparte. La giovane donna era anche l'unica a capo scoperto.

«Ciuf ciuf, partiamo» si mise a canticchiare piano Mike, probabilmente per vincere il nervosismo.

Angela gli lanciò un'occhiata severa.

«Tengo la bocca chiusa» bisbigliò Mike a voce ancor più bassa e ancor più nervoso.

Charu Benisha salì i sei gradini che portavano alla tomba e posò la sacca rosa accanto a sé.

«È senza dubbio la loro sacerdotessa» mormorò Angela.

«Una sacerdotessa molto osé.»

Charu aveva lasciato cadere ai suoi piedi la tunica e sotto non indossava altro che un tanga scarlatto. Il fatto che neppure Achim riuscisse a staccarle gli occhi di dosso innervosì molto Angela. Meno male che le aveva detto che apprezzava l'estetica di Rubens! Se fosse stata un tipo sanguigno gli avrebbe tirato in testa la borsa di Longchamp. Ma era lì per indagare, quindi si concentrò su ciò che accadeva attorno alla tomba. «*Ut satanas adoremus, tolle tua faces!*»

«A chi ha detto faccia di tolla?» chiese Mike, che al contrario di Angela e Achim non conosceva il latino.

«Ha detto» tradusse Achim «per adorare Satana prendete le vostre fiaccole.»

I dodici satanisti presero le fiaccole da terra e le accesero. Ora il gruppo era in piena luce. Con il bagliore delle fiamme riflesso sul corpo, Charu somigliava a Melisandre de *Il trono di Spade*, di cui Angela aveva visto due stagioni e mezzo con Marie. Le lotte e gli intrighi per salire al trono le avevano ricordato la corsa alla presidenza del suo partito. Non ebbe bisogno di guardare Achim e Mike per sapere che i due stavano fissando la donna ipnotizzati.

Charu Benisha aprì la sacca e si mise a frugare. «C'è il taccuino del giardiniere là dentro» disse Mike.

«Il taccuino?» si stupì Angela.

«Marie è assolutamente convinta che il libretto è un taccuino.»

«E ci sarà di certo scritto il motivo per cui Galka ha ricattato i due. Charu l'ha preso per distruggere le prove.» Ormai Angela era certissima di avere di fronte i due assassini. Si trattava solo di strappargli la confessione.

La sacerdotessa tirò fuori dalla sacca una fiaccola e annunciò ai discepoli di Satana: «*Satanas, ut vos vocant. Ecce, ego lux in virgin tadeas*».

«Cosa ha detto adesso?» chiese Mike sospettoso.

Questa volta fu Angela a tradurre: «Satana ti invochiamo. Ecco accendo la fiaccola della vergine».

«Se quella lì è vergine mi mangio il cappello» commentò Achim che, secondo Angela, avrebbe fatto meglio a non interessarsi ai trascorsi sessuali della giovane donna.

Charu prese un accendino, accese la fiaccola e questa...

...esplose!

Con un gran botto.

Assieme a Charu.

In una gigantesca palla di fuoco.

L'onda d'urto gettò a terra i satanisti. Mike e Achim fecero un gran salto. Puzzy guaì come mai prima nella sua vita di carlino. Angela lo prese subito in braccio e gli coprì le orecchie. Tutti rimasero a fissare le lingue di fuoco alzarsi verso il cielo.

34

«Avrei preferito i fantasmi» sospirò Mike mentre il commissario Hannemann interrogava i satanisti, stupefatto di trovare tra loro il collega Martin. Per trasportare i resti carbonizzati di Charu Benisha al centro di medicina legale erano stati chiamati proprio Ralf e Merle Borscht. L'odore acre della combustione stagnava come una cappa sul cimitero. Achim e Mike, pallidi e sconvolti, erano rimasti accanto alla statua dell'angelo e lottavano contro i conati di vomito. Il carlino, a giudicare dalle apparenze, avrebbe da quel momento in poi preferito croccantini vegetali. Lo stomaco di Angela invece reggeva. Nella vita aveva già sopportato odori nauseabondi, per esempio il profumo muschiato del presidente bielorusso Lukaschenko, così forte che c'era solo da ringraziare che non ci fosse qualche cervo in vena di accoppiamento nelle vicinanze. O l'olezzo di 27 capi di stato dopo una notte di discussioni al vertice UE. O quello dei calzini di Achim dopo quattro settimane di escursioni.

Angela osservava Peter Kunkel, seduto immobile sui gradini imbrattati di fuliggine del mausoleo, con l'espressione devastata. Non sembrava uno che aveva appena fatto saltare in aria la sua fidanzata. O era completamente estraneo alla morte di Charu Benisha, e quindi probabilmente anche a quella del giardiniere, anche se Angela non aveva ancora scoperto il legame tra i due omicidi, oppure era un attore provetto e smaliziato. Come la sua cara amica Pia von Baugenwitz, che Angela aveva mandato dietro le sbarre qualche settimana prima.

Il commissario Hannemann si avvicinò. «Adesso di sicuro vorrà raccogliere la mia testimonianza» esordì Angela.

«No» rispose Hannemann.

«Come no?» esclamò l'ex cancelliera meravigliata.

«Il caso è risolto.»

«È... cosa?!?»

«Risolto. È sorda per caso?»

«E lo ha risolto lei?» Per Angela era un'eventualità talmente inimmaginabile che nemmeno reagì all'insulto.

«In persona.»

Angela era incredula. Quel cervello di gallina era arrivato sul luogo del delitto da neanche mezz'ora, come poteva aver già scoperto l'assassino?

«E quindi?»

«Quindi cosa?»

«Chi è l'assassino?»

«Assassino?»

«Sì, chi è l'autore dell'omicidio?»

Angela aveva raramente impulsi violenti, ma quella frana di commissario l'avrebbe volentieri mandato a una manifestazione di negazionisti del Covid per poi gridare: quello lì produce i chip per Bill Gates!

«Non c'è nessun assassino.»

«Cosa?»

«Allora davvero ha qualche problema alle orecchie.»

«E lei ha il vuoto tra l'una e l'altra.»

«Prego?»

«Quella donna è saltata in aria!» Angela dovette trattenersi dall'afferrare Hannemann e scuoterlo.

«La fiaccola era difettosa.»

«La fiaccola... cosa?»

«Conosco un buon otorino a Templin, toglie i tappi di cerume in un battibaleno. E lo studio è gestito bene, non c'è neanche tanto da aspettare...»

«Come lo sa che la fiaccola era difettosa?» lo interruppe Angela.

«Me lo ha detto Martin.» Hannemann indicò l'allievo commissario che si allontanava assieme a Peter Kunkel, tenendogli la mano sulla spalla. Angela notò che i guanti neri dell'uomo erano di un materiale resistente. L'amante di Charu era in pieno stato di shock. Se il suo amico Martin non lo avesse trattenuto si sarebbe parato davanti al carro funebre di Borscht.

«E cosa le ha detto con precisione Martin?»

«Dalla fiaccola doveva partire un gigantesco bengala, ma evidentemente era difettosa ed è esplosa.»

«E lei ci crede?»

«Non ho alcun motivo di dubitare del mio collega. Tra l'altro tutti i testimoni confermano la sua versione.»

«E lei crede ai satanisti?»

«Si tratta in maggioranza di rispettabili cittadini di Freudenstadt. Be', magari non nel caso di Henning Koll, che in passato amava correre nudo in piazza gridando: "La rivoluzione è vicina!", e si faceva chiamare Pisel Castro...»

«Lei è semplicemente uno scansafatiche» esclamò Angela. Si aspettava la reazione sdegnata del commissario, ma quello non si diede neppure la pena di contraddirla.

«Gli straordinari non servono a nessuno.»

«Ma vuole almeno chiamare i colleghi della Criminalpol?»

«Qui a Kleinfreudenstadt ce la caviamo anche senza aiuti esterni» disse Hannemann in tono talmente brusco da togliere ad Angela ogni dubbio: voleva archiviare la morte di Charu.

Continuare a discutere con lui le avrebbe fatto venire ancor più capelli bianchi. (I primi li aveva scoperti già da molto tempo, precisamente quando aveva saputo in che modo Helmut Kohl aveva finanziato la propria campagna elettorale.) Ciò nonostante insistette: «Lei deve assolutamente chiamare la Criminalpol».

«Vuole il numero?» chiese Hannemann.

«Della Criminalpol?» Angela era irritata.

«No, dell'otorino» sorrise ironico il commissario e si allontanò.

Erano quelli i momenti peggiori per Angela, quando uomini mentalmente e moralmente inferiori a lei facevano i gradassi senza che potesse rimbeccarli. L'unica alternativa era farsi trovare agguerrita la volta dopo. Angela giurò a se stessa che al prossimo incontro avrebbe portato a Hannemann gli assassini di Fred Galka e Charu Benisha.

35

«Non sarebbe ora di andare a casa?» chiese Achim, che al chiaro di luna era pallido come un vampiro.

«Giusto, andiamo» aggiunse Mike, verdognolo come un vampiro a cui avessero servito dell'aglio. Assieme a un calice d'argento. Pieno di acqua santa.

«Se la polizia non ispeziona il luogo del delitto,» rispose Angela determinata «dobbiamo per forza farlo noi.»

«Ma...» obiettò Mike.

«Mike» lo interruppe Achim.

«Dica.»

«Lo sa bene che se mia moglie si mette una cosa in testa...»

«...non c'è niente da fare» completò la frase il bodyguard, ed entrambi gli uomini sospirarono all'unisono. Si incamminarono a malincuore dietro ad Angela, che per un attimo si chiese se facesse bene a imporsi nella vita privata come faceva prima con i suoi ministri. Poi però si disse che non stava facendo una passeggiata, stava indagando in privato. Era un altro paio di maniche.

Un paio di scarpe invece, precisamente le sneaker della defunta, giacevano carbonizzate sul primo gradino del mausoleo. L'onda d'urto evidentemente aveva scaraventato in aria la sacca da sport, un tempo rosa, spargendone il contenuto tutt'attorno.

Angela ebbe un'illuminazione. «Il taccuino!» esclamò.

«Quale taccuino?» chiese Mike irritato e sempre più inquieto nel trovarsi in quel luogo a metà tra scena del delitto e regno dei morti viventi. Si aspettava forse che Charu Benisha spuntasse da un momento all'altro in veste di fantasma?

«Si riferisce probabilmente al taccuino del giardiniere, che se non erro è finito laggiù, nel cespuglio di azalee» intervenne Achim.

Angela guardò in quella direzione ed effettivamente, tra le azalee, c'era un libretto bruciato. Il cuore le accelerò in petto. Se le pagine interne erano intatte avrebbe saputo chi Galka aveva ricattato e perché, scoprendo di conseguenza gli assassini. Corse a prendere il taccuino.

«Non toccarlo!» urlò Achim.

Troppo tardi. Il libretto si sbriciolò tra le dita di Angela.

«Te l'avevo detto» disse Achim.

Angela pensò che avrebbe anche potuto evitare di rimarcarlo. Era già abbastanza seccata di non essere stata più attenta. Davanti a lei, sul vialetto di ghiaia che portava al mausoleo, erano sparse le pagine incenerite del taccuino. Solo l'ultima, rimasta attaccata alla copertina, pareva quasi intatta. Bruciacchiata ai margini, ma altrimenti abbastanza in buono stato. Al chiarore lunare Angela riuscì a leggere lo scritto del giardiniere.

Presto potrò realizzare il mio sogno alle Maldive e farla finita per sempre con questa maledetta Freudenstadt. Col maledetto cimitero. Coi maledetti Kunkel. Coi maledetti Borscht. Ah, se solo avessi trovato prima il coraggio di prendermi il denaro che mi spetta.

La mente da detective di Angela ingranò la quinta: le brochure immobiliari delle Maldive da cui Galka aveva ritagliato i caratteri utilizzati per le lettere di ricatto avevano quindi per lui grande significato. Promettevano una nuova vita, che finalmente avrebbe potuto permettersi grazie al denaro proveniente dai ricatti.

Ma perché Galka era convinto che quei soldi gli spettassero? La formulazione usata rivelava che considerava giustificato il ricatto. Era perché i Kunkel, o i Borscht, o entrambe le famiglie, gli avevano fatto del male? Oppure se ne era convinto per cancellare i sensi di colpa nel ricattare qualcuno? Ricattare!

Angela si colpì la fronte col palmo della mano: all'improvviso era chiaro. Perché non ci era arrivata prima?

«Perché ti dai le botte in testa, Ciccina?» chiese Achim osservando preoccupato il segno rosso sulla fronte della moglie. Era attentissimo nei suoi confronti.

«Perché sono scema.»

«Scema non lo sei mai stata,» rispose Achim per poi subito aggiungere relativizzando «a parte quando hai dato retta a Karl-Theodor zu Guttenberg nello scandalo Wirecard.»

«Ma non conta niente adesso!»

«Già» confermò Achim. «Adesso conta la tua fronte. È molto arrossata. Vuoi che soffi sulla bua?»

«Che cosa?» esclamò Mike.

«Sì, se Angela si fa male da qualche parte ci soffio sopra.»

Mike guardò stupefatto prima Achim, poi Angela.

«Lo faccio anch'io con lui» spiegò quest'ultima. «È normale tra marito e moglie.»

«No, direi proprio di no» replicò Mike.

Davvero? Per un secondo Angela si chiese se Aramis non avrebbe fatto la stessa cosa. In caso contrario, quale donna avrebbe voluto accanto un uomo che non fosse premuroso quanto Achim? E come mai stava pensando a chi avrebbe voluto accanto Aramis? Mio Dio, non avrebbe mai smesso di pensare a lui?

No, stava facendo quei ragionamenti solo perché una donna le era appena saltata in aria davanti agli occhi rendendola più consapevole della caducità della vita umana.

«Noi ci spalmiamo a vicenda anche la crema solare sul viso, in modo da non lasciare spazi vuoti.»

Mike era visibilmente perplesso, non sapeva come elaborare quelle informazioni.

«Cicci.»

«Dimmi.»

«Vorrei spiegarvi che idea mi sono fatta dell'omicidio di Charu Benisha.»

«Sa chi è stato?» chiese Mike sollevato. Evidentemente era più a suo agio con le indagini che con le consuetudini di coppia della sua capa e del marito.

«No, purtroppo no. Ma conosco il movente.»

«E qual è?»

«Al centro yoga Charu le ha detto...»

«Alla scuola di pole dance» la corresse Mike.

«Cos'è la pole dance?» chiese Achim.

Mike non sapeva come spiegarglielo.

«Non è il momento, Cicci» intervenne Angela.

Mike parve sollevato.

«Charu ha detto» proseguì Angela «che forse aveva trovato il modo di far soldi senza bisogno di tenere aperta la scuola.»

«Sì, è vero» confermò il bodyguard.

«E si ricorda anche che abbiamo origliato la conversazione telefonica che aveva tenuto davanti alla casa del giardiniere?»

«Sì, le carote azzurre da sedurre.»

«Carote azzurre?» chiese Achim perplesso.

«Lascia stare è come la storia del foruncolo.»

«Le carote fanno bene ai foruncoli?»

«No, ma in entrambi i casi è stato come nel gioco del telefono senza fili. Sono nati dei malintesi, come quando abbiamo creduto che Charu dicesse al suo interlocutore «Sì, hai capito bene, me ne sbatto».

«E invece cosa aveva detto?» chiese Mike.

«Ti ricatto.»

Achim capì immediatamente: «Quindi Charu aveva letto il taccuino di Galka, sapeva chi era sotto ricatto da parte del giardiniere, e voleva approfittarne per ricattarlo a sua volta».

«Quando diceva di aver trovato un'altra strada per far soldi intendeva questo allora» disse Mike.

«E, come Galka,» concluse Angela «è stata assassinata da quelli che ricattava.»

«Purtroppo non possiamo più scoprire lì dentro chi ha Charu sulla coscienza» disse Mike indicando il taccuino andato distrutto.

«Per saperlo devo vedermi con una certa persona» sentenziò Angela.

«Peter Kunkel» disse Achim.

«No, non con lui direttamente. Voglio parlare con una persona che mi sappia dire se Peter è capace di uccidere. Se fa solo finta di essere sconvolto o lo è davvero.»

«Non vorrà mica andare dal suo sp...»

Prima che il bodyguard finisse di dire spasimante Angela, da dietro le spalle di Achim, gli fece il gesto del tagliagola. Mike capì al volo e si interruppe di botto.

«Sp... cosa?» chiese Achim stupito.

«Niente.»

«Ha appena detto non vorrà mica andare dal suo sp... Che voleva dire?»

«Non ho detto sp...»

«Gli si è intrecciata la lingua, voleva dire dal suo sospettato» gli venne in soccorso Angela.

«Ecco, esatto, non vorrà mica andare dal suo sospettato» disse Mike, la fronte lucida di sudore al chiaro di luna.

«E chi altri è sospettato se non Peter Kunkel?» chiese Achim. Angela, ben lieta che Aramis fosse rimasto fuori dal discorso rispose dicendo la verità: «Non voglio incontrare nessuno dei sospetti, ma un'altra persona».

«E chi?»

«Pia von Baugenwitz.»

36

Accompagnata da Mike, Angela entrò per la prima volta nella sua vita in un carcere. Per farlo non aveva dovuto chiedere un favore al capo della Criminalpol, di cui aveva il numero in rubrica, era bastata una semplice richiesta di visita. Era certa che sarebbe stata accettata subito per due motivi. Primo, non c'era nessuna lista di attesa. A parte Peter Kunkel, Pia von Baugenwitz non aveva più nessuno che andasse a trovarla. Dopo i due omicidi, tutti i suoi familiari avevano preso le distanze da lei. Secondo, Angela era sicura che l'adolescente non avrebbe resistito alla tentazione di incontrare la donna che l'aveva mandata dietro le sbarre.

Angela e Mike furono introdotti in una sala visite spoglia, con le pareti grigie in cemento, le luci al neon e le sbarre all'unica finestrella. Per mobilio un tavolo di legno sgangherato e tre sedie spaiate, di quelle che si trovano tra i rifiuti ingombranti o negli uffici pubblici a Berlino. Dietro il tavolo sedeva la ragazza con i capelli tinti di blu. Indossava la divisa arancione da carcerata e Mike osservò stupefatto: «Pensavo che nelle prigioni tedesche uno potesse tenere i suoi vestiti».

«Infatti questa è roba mia.»

«Non capisco.»

«La indosso come forma ironica di protesta.»

«Andiamo bene!» sospirò Mike.

«Sentiva la mia mancanza?» disse Pia rivolta ad Angela.

«A dire la verità non eccessivamente.»

«Grazie lo stesso» sorrise la ragazza, che non aveva perso la sua strafottenza.

Angela e Mike si sedettero. Il bodyguard guardava minaccioso la sua dirimpettaia. Mike era un pezzo di pane, ma in determinate situazioni poteva intimorire. Purtroppo non era quello il caso, perché Pia gli disse ridendo: «Devi proprio compensare la scarsa virilità facendo il duro?».

«La virilità non mi manca!» protestò Mike, che, come notò Angela, aveva già abboccato all'amo della ragazza.

«Lo dicono tutti quelli che rendono poco.»

«Io rendo!»

«E lo ribadisce» sorrise ironica Pia.

«Cos'altro devo dire per essere creduto?» sbuffò il bodyguard.

«Quant'è che non fai sesso?»

«Non... non è affar tuo» disse Mike, all'improvviso sulle difensive.

«Lo sapevo» commentò Pia ridendo.

Mike sembrava preso alla sprovvista. Era chiaro a tutti in quella sala disadorna che già da tempo doveva essere in involontaria astinenza. Angela gli venne in soccorso: «Non siamo qui per parlare della vita amorosa del mio bodyguard».

«Tutto suo?» rise sfrontata la ragazza dai capelli turchini.

«Ma no!» si affrettò a ribattere Mike.

«No» disse Angela contenendosi a fatica. «Vorrei parlare con te di Peter Kunkel.»

«Peter?» In Pia si risvegliò la curiosità. «Vuole giocare con me a Hannibal Lecter?»

Angela era irritata. Cos'era, un gioco alla PlayStation?

Intervenne Mike: «Hannibal Lecter è un personaggio del film *Il silenzio degli innocenti*, un serial killer che un'agente dell'FBI va a trovare in carcere perché la aiuti a inchiodare un altro assassino».

Capito. Marie voleva che guardasse assieme a lei una serie svedese di quel tipo, ma Angela l'aveva trovata troppo cupa, e non solo perché c'era sempre brutto tempo.

«Allora,» proseguì Pia con sguardo di sfida «qual è il problema, Clarice?»

«L'agente dell'FBI si chiama così?»

«Ottima deduzione, signora detective.»

«Peter è tuo amico?»

«Sì.»

«Allora tu, da assassina, dovresti sapermi dire se Peter sarebbe capace di uccidere.»

«Se rispondo alla domanda cosa me ne viene?»

«Come scusa?»

«Hannibal ha avuto qualcosa in cambio da Clarice.»

«Non è in mio potere farti avere delle agevolazioni in carcere.»

«Hannibal era più interessato alle questioni personali.»

«In che senso?»

«Niente, lei mi racconta qualcosa della sua vita e io le racconto qualcosa di Peter.»

«Che vuole sapere?»

«Cose di letto» rise Pia.

«Momento, mocciosetta» si scaldò Mike, ma Angela gli mise subito la mano sulla spalla per calmarlo e chiese a Pia: «Perché ti interessa tanto?».

«Be', in prigione non c'è molto da ridere.»

Le adolescenti meglio prenderle sul serio, Angela lo aveva capito da tempo grazie a Greta Thunberg, ma quella giovane assassina era davvero un osso duro. Se non avesse accettato l'accordo, Angela non sarebbe andata avanti con le indagini. Quindi propose: «Facciamo così, io rispondo a una tua domanda e tu a una mia e così via».

«D'accordo. Torniamo al letto. La mia prima domanda è: ogni quanto lo fate lei e Cicci?»

«Ma non ti vergogni!» sbottò Mike.

«Per favore, stia calmo» lo esortò Angela. Mike ubbidì

borbottando: «Adesso preferirei avere davanti Hannibal Lecter».

«Allora, ogni quanto lo fate?» insistette Pia.

«Una volta la settimana.»

«Più di quanto mi aspettassi.»

«Più di quanto volessi sapere» si lasciò sfuggire Mike.

«Perché?» disse Angela sorridendo. «Il letto si fa una volta la settimana, no?»

«Non intendevo cambiare le lenzuola!» protestò Pia.

«Allora devi essere più precisa nella formulazione della domanda» rise Angela altezzosa. Quella ragazzina doveva svegliarsi se voleva conoscere i dettagli della sua vita intima.

Pia fece il broncio, Mike si rilassò per la prima volta da quando era entrato nella sala spoglia. «Adesso tocca a me» disse Angela. «Ti ripeto la domanda: Peter Kunkel è capace di uccidere?»

«No, è un pappamolle. Se fossi in lei guarderei in tutt'altra direzione.»

«Cioè?»

«Adesso ritocca a me.»

«Spara» annuì Angela.

«Cicci è bravo come amante?»

A Mike si bloccò il respiro.

«Sono stata sufficientemente precisa stavolta?» sorrise Pia.

«Sì» rispose Angela sorridendo a sua volta. «È bravo.»

«Mi stupisce» disse Pia.

Lo sguardo di Mike esprimeva lo stesso stupore.

«Nessuno mi ama più di lui.»

Pia gemette, era stata di nuovo presa in castagna.

Mike sorrise ammirato.

«Te l'ho detto, devi essere più precisa» rise Angela con più sussiego di prima. «E adesso dimmi, dove devo guardare?»

«Nel passato. A quanto ne so, gli omicidi hanno sempre radici nel passato.»

«Lo dici perché tu hai ucciso per avere accesso al patrimonio dei tuoi avi?»

«Esatto.»

«E quale passato hai in mente riguardo a Peter?»

«Tocca di nuovo a me. Cosa trova sexy in un uomo?» Adesso la ragazza si era svegliata. La domanda spiazzò Angela. Impiegò un po' a rispondere: «La dolcezza».

«Cazzate» rispose Pia. «Mi dica la verità se vuole sapere altro da me.»

«Perché ti interessa tanto la mia vita sessuale?»

«Perché non riesco a immaginare che ne abbia una. Credo che nessuno in Germania ci riesca. Vero Mike?» La ragazza guardò il bodyguard. Angela fece lo stesso.

Mike era visibilmente a disagio: «Be', cosa devo dire...».

«La verità» disse Angela.

«In un certo senso davvero non si riesce a immaginare» ammise Mike a bassa voce.

Angela parve ferita. Perché no? Era una questione di età? Di ruolo sociale? Oppure lei risultava... poco attraente? Poco desiderabile?

«Che genere di uomo trova sexy?» ripeté Pia implacabile.

Mike nascose il volto tra le mani.

«Gli uomini di cultura» rispose Angela in tutta sincerità. E subito le apparve Aramis. Avrebbe tanto voluto vedere Achim con gli occhi delle mente, invece era Aramis.

Angela era sconvolta. Trovava sexy un altro uomo. Una cosa del genere non doveva succedere in un buon matrimonio, giusto? Quando ai cocktail i ministri e le ministre sposati guardavano affascinati il sedere di qualcuno lei aveva sempre pensato che avessero alle spalle matrimoni in crisi. Lo era anche il suo?

O mio Dio, stava pensando al sedere di Aramis!

«Che risposta pallosa» sentenziò Pia, evidentemente ormai stufa del gioco. Si alzò e, avviandosi alla porta, disse: «Me ne torno in cella a fissare il muro. È più divertente».

«Mi spetta un'altra domanda.»

Pia si fermò. «Okay, Hannibal Lecter rispetta i patti.»
«Quale momento del passato di Peter devo indagare?»
«Non saprei.»
«Non lo sai?»
«Ho un'idea vaga. Potrebbe scoprire per esempio il motivo per cui Peter zoppica» suggerì Pia e uscì dalla stanza. E mentre Angela si arrovellava sul senso di quella proposta Mike disse: «Non torneremo mai più a trovare quella lì».

37

Angela era seduta sulla panchina all'ombra dove aveva visto Aramis la prima volta intento a leggere il libro su Emilia Bassano. Accanto a lei ronfava il carlino, con la testa poggiata sul suo grembo. Achim le aveva proposto di aiutarlo a ridipingere lo Hobbit da giardino ascoltando l'ottimo audiolibro *Lo Hobbit* per distrarsi, ma lei aveva rifiutato. Non perché suo marito poteva passare ore a decantare la descrizione minuziosa che Tolkien faceva della Terra di mezzo. Era pur sempre meglio di quando disquisiva delle regole di Scarabeo. Trovava persino commovente che Achim fosse in grado di citare frasi intere nelle lingue artificiali inventate da Tolkien apposta per il romanzo. Una volta le aveva detto in Sindarin, il linguaggio degli elfi grigi, «*Le melin*» con tono appassionato e alla sua domanda sul significato – per lei poteva essere il nome di un ristorante gourmet francese – Achim aveva risposto: «Ti amo».

Lui la amava.

Lei lo amava.

Su questo non c'era dubbio.

Eppure non riusciva a togliersi Aramis di testa. Proprio per questo aveva detto ad Achim che voleva andare a spasso col cane per riflettere sul caso, cosa che in realtà non stava facendo, perché era tutta presa da Aramis.

«Puzzy caro,» disse al carlino addormentato «cosa mi sta succedendo?»

«Rrroooonf.»

«Dovrò continuare in eterno a evitare Aramis? In un posto così piccolo non è mica possibile!»

«Rrroooonf.» Puzzy russava imperturbabile.

«Oppure non sarebbe il caso di andare almeno a scusarmi per avergli dato buca ieri? È educazione, no?»

«Rrrooonf.»

«E se mi invitasse a prendere un tè, forse potrei berne una tazza assieme a lui. Magari standogli accanto mi passa questa infatuazione. Anche Macron all'inizio mi aveva molto impressionato, poi l'ho conosciuto meglio ed è finita lì.»

«Rrrooonf.»

«Puoi dire qualcosa che non sia "Rrrooonf"?»

«Pffff.»

«Oh Puzzy, a volte credo che tu sia l'unico al mondo che mi capisce.»

«Pffff.»

«Fino a qualche mese fa non avrei mai pensato di dirlo a un carlino.»

«Pffff.»

«Anche se è ingiusto nei confronti di Achim. Lui mi capisce nel 93 per cento dei casi. Nessuno è mai arrivato a quella percentuale. Neppure Obama. Aramis non potrà mai batterlo... vero?»

Prot.

Puzzy non russava più, aveva fatto una puzzetta. Quando dormiva anche l'intestino si rilassava.

«Volevi dire che dovrei smetterla una buona volta di parlare di uomini?»

Prot.

Angela non poté trattenere una risata e si fece aria con la mano contro il fetore.

«Non ce la faccio più.»

Stavolta non era Puzzy.

Era il pianto disperato di una donna. Angela si guardò attorno. Non impiegò molto a capire da dove veniva. Davanti alla tomba di Anja Kunkel, seduta su un masso, c'era Merle Borscht in lacrime.

Angela si chiese se fosse il caso avvicinarsi alla ragazza bionda o se fosse meglio invece lasciarla sola col suo dolore. Ma stava indagando su un omicidio, per cui era importante anche scoprire il motivo per cui Merle Borscht era triste. Difficile immaginare che piangesse così per la sua matrigna, Charu Benisha. Non aveva mai fatto mistero della sua antipatia per lei. Non aveva versato una lacrima neppure la notte prima, quando assieme al padre ne aveva prelevato il cadavere. A dire il vero neanche il novello vedovo aveva pianto.

Angela pensò che Achim avrebbe versato un fiume di lacrime se lei fosse morta. E lo stesso avrebbe fatto lei, se gli fosse sopravvissuta. Di conseguenza, per evitare all'altro un dolore insopportabile, nessuno dei due doveva morire.

In passato aveva trovato soluzioni più realistiche ai problemi.

Angela si riscosse. Da quando era in pensione aveva troppo tempo per riflettere su questioni che era meglio non affrontare per non rovinarsi l'umore. Tornò a concentrarsi su Merle Borscht. Perché piangeva proprio sulla tomba della defunta moglie di Aramis? La donna con cui il giardiniere assassinato aveva avuto evidentemente una relazione?

«Su, alziamoci» disse Angela scuotendo il carlino, che aprì gli occhi come a dire: "Perché disturbi un'anima bella che sta scorreggiando?".

«Forza, andiamo!» Angela gli spinse via il muso dal suo grembo e si alzò in piedi. Puzzy richiuse gli occhi, non ci pensava nemmeno a mettersi in moto. Quante volte Angela lo aveva paragonato agli alti papaveri che aveva invano sollecitato per estendere la digitalizzazione nella pubblica amministrazione.

Angela prese il carlino in braccio e lo trasportò verso la tomba. A qualche metro di distanza da Merle Borscht lo posò a terra e Puzzy si stese sul fianco continuando a scorreggiare beato. Merle si voltò, saltò in piedi e si asciugò le lacrime con la manica della camicetta.

«Tutto a posto?» chiese Angela.

«Le sembra che sia tutto a posto?»

«No, certo che no, mi scusi. Piange per la sua matrigna?»

«La spogliarellista?» sogghignò Merle.

Evidentemente non era per lei che era triste.

«Neppure mio padre la piange.»

«Non l'amava?»

«Cosa poteva amare di lei se non l'agilità e le tette rifatte?»

«Allora perché l'ha sposata?» Angela non capiva. Lei non si sarebbe mai legata ad Achim per la vita senza amore.

Merle non rispose.

«Suo padre soffre ancora per la morte di sua madre?»

Merle fece una smorfia sprezzante.

«Per un'altra donna allora?»

Merle abbassò gli occhi. Era così quindi. Borscht non aveva mai dimenticato un vecchio amore.

«Chi era?»

Merle tenne lo sguardo basso. Angela tacque. Guardò la tomba e le tornò in mente la foto di Anja Kunkel sul cofano della Volvo che Galka aveva dato a Borscht. «Anche suo padre l'ha amata? Come Kurt Kunkel? E Fred Galka?» chiese indicando la tomba.

«Galka?» Merle la guardò stupefatta.

«Ho saputo che anche lui aveva avuto una relazione con Anja Kunkel.»

«Da dove è uscita questa idiozia?»

«Ehm...» Angela non voleva rivelare di aver trovato in casa del giardiniere una foto di lui con Anja Kunkel da ragazza, per cui rispose: «Me lo ha detto Silvio, il parrucchiere».

«Quella lingua lunga! Lo sa cosa va dicendo di lei e di suo marito?»

«No» rispose Angela e non era neppure tanto sicura di volerlo sapere.

«Che siete una vecchia coppia.»

«È una cosa bellissima.»

«No, se poi aggiunge che siete dei morti di sonno.»

«Ma è inaudito» disse Angela scandalizzata, anche perché si sentiva un po' punta sul vivo. Certo, il loro matrimonio procedeva secondo un percorso collaudato, ma questo non lo rendeva noioso, o no?

«Non è bello quando le persone ficcano il naso nella vita privata degli altri, giusto?»

«No, infatti» annuì Angela, sperando che nessuno dei pettegoli del villaggio si fosse accorto del feeling che aveva con Aramis.

«E non è bello nemmeno che lei si interessi alla mia vita» disse Merle in tono accusatorio.

«Come, scusi?»

«Crede che non mi sia accorta di come guardava me e Jessica al bar ieri?»

«Ero solo colpita dal vedervi entrambe così tristi.»

«Jessy mi ha lasciato tre sera fa.» Gli occhi di Merle tornarono a riempirsi di lacrime. «Pensavo che potessimo ancora chiarire... ma lei stava lì seduta, senza dire una parola...»

Finalmente si spiegava il motivo per cui Jessica Kunkel due giorni prima andava di fretta in piazza e sembrava così agitata. Era stata da Merle Borscht per chiudere la loro relazione.

La giovane in lacrime le faceva tenerezza e Angela fu tentata di prenderla tra le braccia come aveva fatto Aramis quel giorno. Evidentemente aveva saputo della crisi tra le due. E quindi sapeva anche che sua figlia e la figlia del suo peggior nemico stavano assieme.

Merle Borscht percepì l'affetto nello sguardo di Angela, ma non voleva essere compatita, quindi reagì con rabbia: «Sì, stavamo assieme. Non è più un segreto, tanto è finita! E, già che ci siamo, lei si sbaglia di grosso: Fred e Anja erano fratello e sorella».

«Cosa?»

«Strano che non lo abbia scoperto ficcando il naso dappertutto...»

«Ma che dice?»

«Crede che non mi sia accorta che ha frugato nel mio ufficio?»

Più che aggredita, Angela si sentiva colta in fallo.

«E che si è portata via la lettera.»

Decisamente colta in fallo. Merle Borscht l'aveva sgamata, ancor più di Peter Kunkel il giorno prima. Quei due erano in combutta? D'altra parte non era forse normale reagire in quel modo a fronte del comportamento ben poco professionale di Angela? Doveva migliorare come detective. Il fatto che avesse inchiodato un'assassina non significava che fosse una professionista. Una volta non conta niente.

«La lettera era indirizzata a Charu Benisha e l'hanno consegnata da noi in sede» spiegò Merle, che nel frattempo si era ricomposta. «Può tranquillamente tenerla lei.»

La lettera era per Charu? Merle l'aveva semplicemente poggiata sulla propria scrivania? Quindi l'insegnante di yoga non aveva ricattato nessuno in base agli appunti sul taccuino di Galka?

Angela si era sbagliata di grosso, come aveva potuto? Doveva davvero migliorare come investigatrice e fare ammenda per la sua inadeguatezza. «In effetti sto indagando sul caso, e mi spiace aver frugato nel suo ufficio. Se sporge denuncia lo capisco benissimo.»

«Ho già abbastanza problemi, mi ci manca solo una causa contro un'ex cancelliera.» Merle tornò a sedersi sul masso. Tutta la rabbia sembrava svanita. Angela tacque, non sapeva più cosa dire.

Prot.

«Già sto male, mi piacerebbe se il suo cane non mi ammorbasse con le sue flatulenze.»

«Mi permetta di chiederle perché è venuta su questa tomba.»

«No, non glielo permetto.»

«Va bene.»

«Ma le rispondo lo stesso» disse la ragazza sfinita dal pianto. «Anja era la mia madrina di battesimo. Per me contava più di mia madre. Molto di più.»

Angela contemplò la statua sulla tomba. Anja Kunkel doveva avere un cuore grande, se no Aramis non le avrebbe scolpito quel ritratto. Che fosse la madrina di battesimo della figlia del suo rivale era logico. In fondo i due impresari prima erano soci.

«Ho ancora una domanda, che probabilmente non mi permetterà di porle.»

«Ho un alibi. Sono stata tutta la notte a letto con Jessica.»

«Non è quello che volevo chiederle» rispose Angela, pensando che quell'alibi non avrebbe contato molto se le amanti avessero in realtà ucciso assieme.

«Cosa vuole sapere?»

«Lei sa per quale motivo Charu è stata ricattata?»

«Ah, non ne ho idea. Di sicuro per qualcosa di quando faceva la spogliarellista.»

«Anche dai Kunkel c'era una lettera di quel genere.»

«Ha ficcanasato anche da loro?» disse beffarda Merle.

«Sì» ammise Angela. «La lettera era indirizzata a Peter Kunkel.»

«Ah sì?»

«E il mittente era Galka.»

«Galka? Pensa che siano stati quei due a ucciderlo?»

«Charu aveva una relazione con Peter Kunkel all'insaputa di suo padre.»

«Quella troia» disse sprezzante Merle.

A quanto pareva non mostrava alcun rispetto per i defunti.

«Lei non lo sapeva?»

«Che fosse infedele lo avevo immaginato, ma che tradisse mio padre con Peter mi stupisce. Pensa che sia stato lui a ucciderla?»

«Perché avrebbe dovuto?»

Dopo che Pia von Baugenwitz le aveva detto che il giovane claudicante non sarebbe stato in grado di compiere un omicidio Angela non aveva più pensato a quella eventualità.

«Non lo so, magari avevano litigato.»

Sì, pensò Angela, forse Charu aveva detto a Peter al telefono "Me ne sbatto di te", facendolo infuriare. Al punto da ucciderla? C'era un ma. «Peter sembrava molto scosso sul luogo del delitto.»

«Può essere che fingesse. Se fossi un assassino nemmeno io ballerei la *Macarena* davanti a tutti» disse Merle.

«Crede davvero che Peter Kunkel sarebbe capace di uccidere?»

«È un satanista!»

In questo aveva ragione.

«Può lasciarmi in pace adesso?»

«Solo un'altra domanda.»

«Mio Dio, non molla l'osso!»

«Che cosa è successo alla gamba di Peter?»

«Un incidente d'auto quando aveva tredici anni.»

«Che tipo di incidente?»

«Chieda piuttosto chi lo ha causato.»

«Chi è stato?»

«Suo padre.»

38

Mike non riusciva più a sopportare il silenzio di Marie. Da un'ora era intento a tappezzare la cameretta del piccolo Adrian, che dormiva lì accanto nella culla, e Marie fino a quel momento non aveva spiccicato parola. Era rimasta seduta sul vecchio divano che si era portata al castello dall'appartamento nelle case popolari, comodo e logoro, senza mai alzare gli occhi dal cellulare. Per la prima volta in vita sua Mike si scoprì geloso di Instagram.

Nervoso, srotolò un altro foglio di carta da parati sul tavolo. Marie aveva scelto due diversi motivi, macchinine e unicorni rosa. Non voleva che il figlio sviluppasse solo la sua componente maschile, aveva spiegato a Mike. A quest'ultimo la cosa era suonata troppo nuova e Marie, sorridendo affettuosa, lo aveva esortato a scoprire a sua volta il proprio lato femminile. Mike rimase stupefatto, nessuna donna gli aveva mai detto una cosa simile. Marie era proprio diversa da tutte le altre. Così affascinante. Ma anche dannatamente complicata.

Mike non si era mai sentito tanto disorientato. Sapeva che ci era rimasta male quando lui aveva fissato ipnotizzato il sedere di Charu, ma non capiva il motivo preciso per cui era arrabbiata. Le possibili ipotesi erano due, una lusinghiera, una meno. Quella lusinghiera era che Marie fosse gelosa. La meno lusinghiera che lo considerasse un primitivo, che restava a bocca aperta davanti a un culo. Quale delle due interpretazioni era corretta?

Con la fortuna che aveva, sarà stata la seconda. Eppure Mike sperava che Marie fosse un pochino gelosa. A quel pensiero sorrise in direzione della giovane. Marie alzò gli occhi dal cellulare in quel preciso momento, senza però ricambiare il sorriso. Si concentrò invece di nuovo sullo schermo, come se ci fosse da leggere un post interessante da cui dipendesse la prosecuzione della specie umana.

Mentre Mike andava avanti a incollare la carta alla parete gli venne in mente una cosa che la sua capa gli aveva detto una volta che aveva trascurato il bucato e gli erano rimasti nel cassetto solo un paio di boxer di Bambi: i problemi si possono ignorare solo finché non è più possibile farlo.

Valeva anche in quel caso. Doveva necessariamente affrontare la questione. E subito. Non riusciva a sopportare neppure un altro minuto di silenzio. Mike posò il pennello della colla e chiese senza mezzi termini: «Sei arrabbiata perché ho guardato il sedere a Charu?».

Marie alzò gli occhi dal cellulare. Era già un successo. Però poi rispose con un'altra domanda: «Perché dovrebbe farmi rabbia?».

Era una trappola?

«Davvero non sei arrabbiata?»

«Puoi guardare tutti i culi del mondo. Io non giudico.»

Invece giudicava. Eccome. Ma Mike continuava a non capire se era perché lo considerava un primitivo oppure se era gelosa.

«Se ti piacciono i culi secchi è affar tuo. Il mio non lo è.»

Gelosa. Era chiarissimamente gelosa. E questo significava che provava qualcosa per lui. Mike avrebbe voluto abbracciarla dalla gioia. Ma sarebbe stato strano in quella situazione, perché Marie era pur sempre arrabbiata. Come poteva migliorarne l'umore? Be', semplice, facendole un complimento. Certo, le avrebbe fatto un complimento!

Quello che Mike non aveva considerato era che lui a flirtare era disinvolto quanto un albatros a toccare terra.

«Ma è molto più bello il tuo...» Mike si interruppe a metà frase per non ripetere la parola usata da Marie. Meglio elogiarne gli occhi, che splendevano meravigliosi quando rideva. Il suo fascino. I suoi modi diretti, la sua autenticità. Ridurre tutto al sedere, per quanto Mike lo trovasse seducente, non andava bene.

«Il mio cosa?» sorrise Marie, ma senza polemica, anzi, visibilmente divertita nel vedere Mike a bocca aperta in cerca delle parole.

«S, s, s...» balbettò lui a disagio. Non voleva proprio usarlo quel termine.

«S, s, s...?» rise affabile Marie.

«S...» Mike si era sentito così a disagio solo quella volta nello strip club a Las Vegas.

«Ok» disse Marie. «Anche tu hai un bel s, s, s.»

Mike avrebbe dovuto essere sollevato perché con quel complimento la giovane gli stava offrendo una tregua, invece arrossì violentemente. L'arrivo di Angela Merkel con Puzzy sarebbe stato un prezioso diversivo se l'ex cancelliera non avesse avuto l'aria così tesa.

«Capiti proprio al momento giusto» la salutò Marie. «Mike e io ci stavamo facendo i complimenti sui nostri bei culetti.»

Oltre che tesa, Angela pareva anche irritata e Mike pregò che non volesse approfondire la questione.

«Non pensi anche tu che Mike abbia un culo straordinario?» chiese Marie, con i suoi soliti modi diretti che Mike ormai non trovava più solo divertenti, ma anche spiazzanti. Se non avesse avuto di fronte una ex cancelliera senza dubbio avrebbe gradito l'apprezzamento. Due persone che si piacevano potevano anche aver desiderio di passare del tempo assieme, quindi avrebbe avuto finalmente l'occasione di proporre a Marie di vedere con lui il suo film preferito, *Guardia del corpo*. Ma aveva di fronte una ex cancelliera, quindi Mike si augurò a maggior ragione che il resto della conversazione non si incentrasse sul suo sedere.

«Ho delle cose da dirvi sul caso» spiegò Angela Merkel e si sedette sul divano con Puzzy sdraiato ai suoi piedi.

«Che c'è di nuovo?» chiese Marie.

«Ho intenzione di andare da Kurt Kunkel con il pretesto di scusarmi per avergli dato buca ieri.»

«Avevi un appuntamento con lui?» Marie era sorpresa, e anche Mike.

«Sì, mi aveva invitato per un tè, ma non ci sono andata perché è arrivato Achim.»

«E perché vuoi andarci adesso?» chiese Marie.

«A quanto pare è stato lui a causare l'incidente in cui il figlio si è infortunato alla gamba.»

«E cosa c'entra con gli omicidi?»

«Non lo so ancora» sospirò Angela.

«Chi ti ha detto dell'incidente?»

«Merle Borscht.»

«Anche lei è tra i sospettati,» intervenne Mike «assieme alla sua ragazza.»

«Ex ragazza» lo corresse Angela.

«Non stanno più assieme?»

«No, e non credo che siano loro le assassine.»

«Perché no?»

«Nei polizieschi le giovani innamorate come Jessica sono sempre innocenti.»

Mike non trovò la tesi particolarmente fondata. Lo convinceva di più il fatto che la sua capa ne fosse convinta. Se c'era una cosa che aveva imparato a Freudenstadt, era fidarsi dell'istinto di Angela Merkel.

«Mmm, ma perché Merle Borscht getta il sospetto sul padre della sua ex?» chiese Marie.

«Non mi ha detto che l'incidente c'entra qualcosa con il resto.»

«Allora quello che vuoi veramente è vederti col tuo impresario con la scusa delle indagini» disse Marie sorridendo e Angela si sentì in qualche modo colta in fallo. Dopo un attimo sospirò: «Lo ammetto. Voglio andare da lui anche per togliermelo definitivamente dalla testa».

A Mike sfuggì la sua frase preferita: «Le ultime parole famose».

Le due donne si voltarono a guardarlo. Mike avrebbe voluto avere la bombetta magica di Pan Tau, il protagonista della serie televisiva della sua infanzia, che serviva a rimpicciolire. Era assurdo che un cappello del genere non fosse in dotazione ai bodyguard.

«Che ne dici» chiese Marie ad Angela «se io e Mike indaghiamo sulla fiaccola?»

«La fiaccola?»

«Be', qualcuno l'aveva imbottita di esplosivo, è chiaro, anche se i satanisti e la polizia pensano che si sia trattato di un incidente. Io e Mike abbiamo visto che nel casermone dove si trova la scuola di pole dance di Charu c'è anche una ditta che produce esplosivi.»

«Esplosivi Pum» disse Mike.

«Esplosivi Pionier,» lo corresse ridendo Marie «che fa pensare agli artificieri dell'esercito.»

«Hai davvero la stoffa dell'assistente detective» osservò compiaciuta Angela.

«Non sono solo una mamma» rise Marie lanciando a Mike uno sguardo eloquente, a segnalargli che era anche una donna. Sì, pensò lui, quella sera avrebbero guardato assieme *Guardia del corpo.*

«Angela, tu vai subito dall'impresario?» chiese Marie.

«No, prima devo fare una cosa.»

«Dire a tuo marito che hai appuntamento con un altro?»

Mike non aveva mai visto Angela Merkel così in imbarazzo quando era in politica.

«Non hai pensato proprio a dirglielo?» chiese Marie meravigliata.

Angela parve ancor di più in imbarazzo.

«Ops» disse Marie dando voce al pensiero di Mike.

«Capirà anche se glielo dico dopo» disse Angela cercando di minimizzare.

«Le ultime parole...» partì Mike, ma non riuscì a finire perché le due donne lo fulminarono con lo sguardo. Dannazione, non c'è mai una bombetta magica a portata di mano quando serve.

«E allora cosa devi fare prima?»

«Andare da Silvio.»

«Chi, il parrucchiere?» chiese Mike meravigliato.

«Gli voglio chiedere informazioni su Charu Benisha. Merle Borscht mi ha detto che la lettera di ricatto era indirizzata a lei.»

«Allora forse Charu non è saltata in aria perché ricattava qualcuno» dedusse Marie.

«Esatto. E siccome prima lavorava da Silvio, forse lui mi sa chiarire certi aspetti, per esempio il rapporto tra Charu e Peter Kunkel.»

«E nel frattempo puoi farti bella in vista dell'appuntamento.»

«Non ci avevo proprio pensato» fu la risposta poco convincente di Angela.

Marie le si avvicinò, le diede un bacio sul naso e disse: «Non sei più in politica. Non devi mentire ai tuoi amici».

Angela sorrise dolcemente. Marie l'aveva conquistata. Come aveva fatto con Mike, in modo diverso. Quella donna era unica, proprio come l'ex cancelliera. Ma la gioia di Mike in previsione della serata davanti al film *Guardia del corpo* fu turbata da un altro pensiero: nella vita era stato tradito così tante volte dalla sua ex moglie che si sentiva solidale col marito di Angela. E si chiese se non fosse il caso di avvertirlo che aveva un rivale.

39

Per recarsi dal parrucchiere Angela dovette attraversare la piazza del mercato infuocata dal sole pomeridiano. Puzzy, che aveva guardato la padrona come a dire "Mica vorrai uscire di nuovo con questo caldo", aveva avuto il permesso di restare nel castello al fresco con Marie e Mike.

La pavimentazione del piazzale sotto il sole era di un bianco accecante. Dal banco dei formaggi arrivava un odore forte e speziato che solo Puzzy avrebbe gradito, per qualche strano motivo il carlino amava i formaggi puzzolenti, anche più di Nicolas Sarkozy. Non c'era da meravigliarsi che i rari turisti finiti per sbaglio a Freudenstadt evitassero la piazza nei giorni più caldi. Per non incontrare la fruttivendola, Angela si tenne alla larga dai banchi. Passando davanti al bar notò Jessica Kunkel seduta a uno dei tavoli per la consumazione all'aperto, un termine che nei due anni di lockdown per il Coronavirus ricorreva con sproporzionata frequenza. La giovane minuta questa volta indossava una salopette arancione, ma non aveva rinunciato al suo giubbotto di pelle rosso. Si era aggiudicata un posto all'ombra e, ignorando il caffè che aveva davanti, scriveva tutta concentrata sul suo blocco. Un elogio funebre forse? Per Charu Benisha? O per il giardiniere? La data dei funerali non era peraltro ancora stata stabilita. Forse la ragazza stava elaborando la separazione da Merle Borscht?

«Merle ha ragione» disse all'improvviso Jessica senza alzare gli occhi dal blocco.

Angela ebbe un moto di irritazione. La ragazza stava parlando al telefono? Aveva nelle orecchie quegli affari bianchi che anche Marie portava sempre?

«Sì, dico a lei» esclamò Jessica diretta ad Angela, che si sentì presa in castagna. Evidentemente ormai a Freudenstadt erano in parecchi ad avere l'impressione che fosse una persona curiosa che si immischiava negli affari degli altri.

«Cosa vuole sapere da me, signora Merkel?» chiese la ragazza invitandola con un gesto a sedersi al suo tavolo. «Le offro anche un cappuccino.»

«Non c'è bisogno, lo pago io» disse Angela, che dopo vent'anni al governo come ministra e cancelliera aveva talmente introiettato le regole di compliance che ancora adesso, per riflesso condizionato, opponeva un rifiuto ogni volta che qualcuno si offriva di pagarle qualcosa. Si sedette accanto alla ragazza che, al contrario di Merle Borscht, non dava segno di sentirsi aggredita, era solo abbattuta. Senza dubbio per la fine della storia d'amore. E forse anche per le morti del giorno prima?

Angela riconobbe nella vulnerabilità della giovane dai capelli a caschetto l'occasione di raccogliere informazioni. Il pensiero che potesse essere un comportamento scorretto le attraversò la mente, ma in tutti gli anni trascorsi al governo aveva interiorizzato anche l'idea di sfruttare le debolezze altrui. All'inizio era persino orgogliosa di saperlo fare bene. Achim però le aveva fatto presente che doveva usare quel suo nuovo talento solo per le buone cause. Da un grande potere derivano grandi responsabilità. Alla domanda se fosse il detto di un filosofo greco o latino Achim aveva risposto che lo aveva letto da piccolo in un fumetto di Spider-Man, a casa di un cugino che era andato a trovare in Germania Ovest. Le grandi massime filosofiche non sono un'esclusiva dei grandi filosofi.

Inizialmente l'esortazione morale del marito l'aveva innervosita. Cosa ne sapeva lui di politica, delle priorità di governo? Ma ben presto Angela si era resa conto che Achim voleva salvarle l'anima e si era sforzata di seguirne i consigli. Anche per questo aveva mostrato nei suoi anni al governo una certa rettitudine. Grazie ad Achim. Dietro ogni cancelliera c'è un grande uomo.

«Perché sorride?» chiese Jessica irritata.

«Mi è venuto in mente mio marito.»

«Dalla faccia che ha fatto deve amarlo moltissimo.»

Lo amava molto, davvero. Così com'era. E ancor di più per come era con lei.

E per tutto ringraziamento lei andava da Aramis!

«Perché aggrotta la fronte adesso?»

Angela rimase interdetta. Evidentemente da quando abitava a Freudenstadt era per tutti un libro aperto. Decise di rispondere a Jessica con un'altra domanda: «Non è più innamorata di Merle?».

La ragazza le rivolse uno sguardo addolorato.

«La ama ancora» dedusse Angela.

Jessica parve ancor più triste.

«Allora perché l'ha lasciata?»

La ragazza lottava con le lacrime e Angela si sentì miserabile. Indagini o meno, non era sua intenzione far piangere Jessica.

«Posso portarle qualcosa?» chiese un cameriere anziano e rubicondo. Aveva il sorriso di chi è in pace con se stesso, proprio come il suo Achim, pensò Angela. Aramis invece era sempre triste, gravato dalla sorte della sua famiglia e probabilmente anche dai sensi di colpa che gli venivano dal tremendo incidente in cui il figlio era rimasto gravemente offeso alla gamba.

La colpa, caro Bruto, non è nelle stelle, ma in noi stessi, se siamo schiavi.

Era stato Aramis a citarle questo verso di Shakespeare, spiegandole quanto apprezzasse le sue opere, o meglio le opere di Emilia Bassano. Proprio perché affrontavano il tema della colpa. Una riflessione del genere poteva nascere solo in un uomo che si sentiva profondamente colpevole. Era arrivato il momento di scoprire qualcosa di più dell'incidente. Angela ordinò un cappuccino e, appena il cameriere si fu allontanato, chiese a Jessica: «Posso farle una domanda intima?».

«Prego, tanto non fa altro da un po'» rispose la ragazza.

«Dunque...» disse Angela esitante.

«Scusi, ma io sono proprio sfinita. Se deve chiedere chieda, e poi mi lasci scrivere in pace. Ne ho bisogno.»

«Suo fratello e suo padre» riprese decisa Angela «hanno avuto un incidente?»

«Sì, vent'anni fa.»

«Vent'anni...» Angela capì cosa significava.

«Esatto.»

Le due donne tacquero per un po', finché Angela osò proseguire. A voce bassa chiese affranta: «Sua madre...».

«Sì...» la voce di Jessica si udiva appena.

Aramis quindi portava il peso di una colpa ancor maggiore di quanto Angela avesse pensato.

Aveva causato un incidente in cui non solo il figlio era stato ferito gravemente, ma era morta la sua amata moglie. Pover'uomo. Come poteva sopportare il rimorso?

Jessica Kunkel si asciugò le lacrime con la manica del giubbotto rosso tirandola un po' su, così che Angela vide le cicatrici sul polso. Sei, sette piccole e una più grande. "Autolesionista." Così la fruttivendola aveva definito la ragazza. Ma Jessica Kunkel era andata oltre. Aveva cercato di togliersi la vita.

«Condoglianze per sua mamma» disse Angela commossa.

«È tutto a posto.»

«Come sarebbe?» chiese Angela sconcertata.

«Ero molto piccola. Mia mamma non l'ho nemmeno conosciuta. Solo in foto e grazie alla statua che le ha fatto mio padre.»

«E davvero non ha sofferto?» A giudicare dalle cicatrici era improbabile.

«No» rispose Jessica prendendo il bricco del latte per versarlo nel suo caffè. Notando lo sguardo incredulo di Angela ammise: «Comunque non per mia mamma. Ho sofferto perché sono cresciuta in una famiglia di pazzi, con un padre che ci ha tirato su da solo, addolorato al punto da darmi come secondo nome quello di mia madre. Guardando me, vedeva lei».

Angela immaginò Aramis con Jessica bambina in braccio.

«Dopo l'incidente mio fratello si è messo a fare il pazzo per compensare la sua disabilità. Ancora oggi non fa altro. Mio padre non riusciva a gestirlo. E io ero in mezzo ai due, ignorata, dimenticata.»

«Non ho potuto fare a meno di vedere le sue cicatrici» si schermì Angela.

«Non c'è problema, è una cosa superata» disse Jessica posando il bricco del latte.

«Davvero?»

«Se così non fosse dopo tutti quegli anni di terapia sarebbe grave.»

«È stata in terapia?»

«Da adolescente ho preso psicofarmaci. Una pasticca blu la mattina, una rossa a pranzo e una bianca la sera.»

«Non è servito?»

«No. Ero solo sedata. Alla fine mi ha salvato la Scrittura terapeutica» disse Jessica battendo il dito sul bloc-notes. «Me l'ha consigliata la nuova psicologa lo scorso anno.»

Angela quindi aveva probabilmente visto giusto: Jessica stava scrivendo per elaborare il lutto della separazione da Merle. Se solo più persone avessero affrontato i loro problemi psicologici con il coraggio di questa giovane donna. Avremmo avuto un mondo migliore se i vari autocrati, da giovani, si fossero rivolti al terapeuta giusto.

«Adesso prendo soltanto una pillola bianca per dormire, ma a un dosaggio inferiore rispetto a prima. Non mi sveglio più per gli attacchi di panico, al limite per i gufi.»

«La scrittura l'ha anche aiutata a elaborare il fatto che suo padre e il padre di Merle amavano la stessa donna e per questo sono entrati in contrasto?»

«Per Merle è stato più difficile, sua madre se n'è andata di casa per quella ragione quando lei era piccola. E non l'ha mai superato. Così ha idolatrato suo padre. Lo ha imitato in tutto. È entrata nell'esercito come lui e poi si è formata per gestire l'agenzia funebre. Nell'arco di un anno gli subentrerà. È una vera cocca di papà.»

«Però mi ha dato l'impressione di voler fare tutto diversamente da lui.»

«L'ho convinta io» sorrise malinconica Jessica. «Avevamo in programma di unire le due agenzie.»

«Merle mi ha spiegato che punta ad aumentare i profitti.»

«Già,» rise Jessica «io sono convinta che se si privilegia la qualità alla fine si guadagna di più. Il discount del padre di Merle punta sulla quantità, ma ha margini molto bassi. I conti dei Borscht non stanno meglio dei nostri.»

«E adesso la collaborazione con Merle è sfumata?»

«Non posso più stare con lei.»

«E perché?»

«Perché mi tratta sempre con i guanti. Non capisce che queste qui» disse Jessica tirandosi su le maniche per mostrare le cicatrici «sono acqua passata. Io non sono più la ragazzina autolesionista che va in tilt facilmente e ha bisogno di protezione. Non c'è più bisogno che si prenda cura di me. E pensare che è stata proprio lei a convincermi di smettere con le pasticche e tentare un'altra strada. È per lei che ho cambiato terapia. Devo ringraziare Merle anche per la Scrittura terapeutica...» La voce di Jessica si incrinò.

«Allora ha interrotto la relazione perché Merle non sa adattarsi alla sua nuova situazione?»

«Sì, l'ho lasciata tre sere fa» rispose Jessica.

«Però è rimasta a dormire da lei?» Angela era sorpresa.

«Sì, ho pianto tantissimo e ci siamo addormentate.» L'alibi di Jessica confermava quello di Merle Borscht. Angela volle crederle. Una giovane innamorata come lei nei polizieschi era sempre innocente.

Ma perché restava legata a quel principio? Come mai

era così romantica? Perché aveva letto i romanzi di Agatha Christie per documentarsi? Non proprio. Guarda caso Jessica aveva gli stessi occhi blu di Aramis.

Angela sospirò.

Arrivò il cameriere cicciottello a portarle il cappuccino e Jessica le chiese: «Perché Merle non riesce a capire che sono molto più forte di quanto pensa?». Gli occhi blu tornarono a velarsi di tristezza, anche se non facevano assolutamente pensare a propositi suicidi. Quella donna che con la scrittura si era tirata fuori da un abisso interiore parve ad Angela più forte di tanti che si atteggiano a duri. «Perché non lo capisce?» ripeté Jessica scuotendo il capo desolata.

Sebbene da cancelliera fosse stata spesso accusata di insensibilità da parte dell'opposizione – soprattutto quando non ne condivideva le istanze – Angela era profondamente toccata dallo stato d'animo di Jessica. Come dal dolore del fratello di lei, Peter, che a causa dell'incidente aveva perso l'uso di una gamba. Soprattutto però la commuoveva la sofferenza che Aramis portava in sé. Si rese conto di una cosa che non aveva mai pensato giocando a fare la detective: non si trattava solo di risolvere enigmi. Si trattava anche – e soprattutto – di persone. Si tratta sempre soprattutto di persone.

In politica ne aveva avuto la consapevolezza, ma tra le sue decisioni e i cittadini che ne erano oggetto si frapponevano funzionari e istituzioni. Ora c'erano solo lei e Jessica sedute al bar. Nessuno del suo entourage si sarebbe assunto l'incombenza di lenire le pene d'amore della giovane.

Angela si alzò, fece il giro del tavolo e carezzò dolcemente la ragazza sulla spalla. Fu un gesto un po' goffo, non era abituata a mostrare in quel modo empatia e affetto. Ma Jessica lasciò fare, quindi, probabilmente, aveva trovato la giusta misura. Forse anche da cancelliera avrebbe dovuto abbracciare le persone che erano nel dolore per consolarle.

40

Achim aveva ridipinto il Gollum di gesso e l'aveva messo ad asciugare sul tavolo della terrazza. Il vento era aumentato ed era certo che nel giro di qualche ora sarebbe arrivato un temporale. Per stabilirlo non aveva bisogno di guardare il meteo sul cellulare, gli bastava il suo ditone; Angela non gradiva che chiamasse l'alluce in quel modo, tantomeno il suo.

Ma dov'era sua moglie?

Se il temporale la sorprendeva rischiava di bagnarsi e lei era facile ai raffreddori. Inoltre lì a Freudenstadt non era più costantemente seguita dal punto di vista medico come quando era cancelliera. A dire la verità il medico condotto di Freudenstadt non sembrava granché affidabile, già nel primo pomeriggio si era scolato un paio di mignon di vodka al fico.

Achim avrebbe certo potuto telefonare ad Angela e chiederle dove fosse, ma sarebbe sembrato troppo invadente e l'ultima cosa che desiderava era limitare la libertà della moglie. Perché a suo avviso il segreto di un buon matrimonio stava proprio nel lasciarsi degli spazi. E a letto avere ciascuno il suo piumino, per non scoprire l'altro nel sonno.

Achim guardò il cielo che si stava rannuvolando e si sentì solo. Giusto un po', niente di che, ma era una sensazione inusuale. Quando era al governo Angela era spesso via, anche molto lontano, ma era come se li unisse un legame invisibile.

Il legame c'era sempre, certo, ma ora era appena un po' più debole. Angela era strana. Quei delitti la stavano assorbendo più dell'omicidio dei coniugi von Baugenwitz? Oppure era sconvolta per l'accaduto della notte prima al cimitero?

No, Angela era strana già quando lui era rientrato dalla vacanza. E non per via del foruncolo, che tra l'altro neppure aveva.

Achim sospirò. Era in ansia per sua moglie. In questo era bravissimo, un campione, quasi come a Scarabeo. La cosa assurda era proprio che da un grande amore derivano grandi preoccupazioni.

Achim non poté trattenere un sorriso, era un grande filosofo, quasi quanto Spider-Man. Soprappensiero carezzò il Gollum di gesso appena dipinto, sporcandosi le mani di verde marcio. Avrebbe dovuto pulirle con l'acquaragia e ridipingere il nanetto. Ma non voleva farlo subito. Quella strana sensazione di solitudine lo intristiva. E non voleva intristirsi. A chi fa piacere?

Ricordò altri momenti bui, come quando, a dieci anni, aveva detto che da grande voleva fare il chimico quantistico e il padre gli aveva risposto: «Non so cosa sia, ma tu lavorerai al dipartimento fognature come me». Era stata la prima volta che il legame con il suo amatissimo padre si era incrinato. Appena appena, come ora, per un qualche motivo che non capiva, accadeva al suo rapporto con Angela. In quelle situazioni da piccolo per consolarsi usciva sul balcone del tetro condominio in stile sovietico e cantava la sua filastrocca preferita: *Tre cinesi con un contrabbasso.* Quanto gli piaceva cambiare le vocali! *Tra canasa can an cantrabbassa.* Probabilmente la sua passione per Scarabeo nasceva da lì.

Ovviamente Achim sapeva che la canzoncina non era politicamente corretta. Se l'avesse cantata ora, da adulto, e avesse postato il video su quella piattaforma, come cavolo si chiamava, Tic-Tac? Tiki-Taka? Tuca-Tuca?, sarebbe stato travolto da una shitstorm. Però voleva consolarsi, come quando era piccolo. Così pensò di cambiare le vocali alle strofe della sua canzone preferita, *Daydream Believer* dei Monkees. Si mise a cantarla fortissimo e male, perché era stonato come la moglie: «*Cheer up, sleepy Jean, oh what can it mean to a daydream believer and a homecoming queen*».

Dopo il primo ritornello gridò: «E adesso tutto con la O!». E cantò: «*Choor op sloopo Joon oh whot con ot moon to o doydroom boloovor ond o homocomong qooon*». Che strano suono, sembrava quasi un dialetto nordico, Achim si propose di chiedere l'opinione di un linguista alla prima occasione. Magari davanti a un piatto di linguine?

Achim rise della battuta che la maggior parte delle persone non avrebbe trovato divertente e si disse che davvero si sentiva un po' meglio. Così decise di continuare. Avrebbe potuto cantare il ritornello tutto con la A, oppure con la U, ma era un patito di Scarabeo, o meglio, un aficionado, come diceva lui, quindi gridò: «E ora con la F!».

E cantò: «*Chffr fp, slffpf Jffn, fh whft cfn ft mffn tf f dfydrffm bflffvfr fnd f hfmfcfmfng qfffn*».

Quando ebbe finito gli scappava così da ridere che si sarebbe rotolato a terra come Puzzy sulle carcasse dei pesci, quando le trovava. L'ultima volta c'erano voluti giorni per mandar via la puzza dal pelo. Nessun escamotage era servito, anzi, strofinare il carlino con aceto e roquefort si era rivelato controproducente, e aveva riempito la casa di un nauseabondo odore di piedi in salamoia.

Quanto avrebbe voluto che ci fosse Angela! Lei non sempre apprezzava il suo umorismo, ma stavolta avrebbe sicuramente riso assieme a lui. Magari sarebbero finiti a rotolarsi sull'erba dalle risate, come un tempo, da giovani scienziati innamorati.

Ma dove era finita?

Achim tornò di cattivo umore e decise quindi di cantare la canzone ancora più forte. E con un'altra consonante, P oppure M. Ma Achim era un uomo che amava le sfide, se no non avrebbe scelto Angela come compagna di vita. Così gridò: «E adesso con la virgola!».

E cantò: «*Chvirgolar virgolap, slvirgolapy Jvirgolan, virgolah...*».

Poi si interruppe.

Nessuna variante della canzone, per quanto folle, poteva liberarlo dalla strana sensazione che si era impadronita di lui. Neppure quella con il trattino o con l'hashtag. Proprio come a suo tempo intonare *Tra canasa can an cantrabassa* non era servito quando suo padre in punto di morte gli aveva detto: «Non capisco perché studi 'sti cavolo di quantibuffi. Staresti molto meglio a lavorare al dipartimento fognature».

Achim sospirò, si guardò la mano macchiata di verde marcio e capì che non gli bastava distrarsi. Doveva scoprire cosa c'era che non andava. Ma se lo avesse chiesto ad Angela in maniera diretta, lei avrebbe di certo glissato. Doveva forse mettersi a spiarla? E se lei lo scopriva? Non era mica James Bond. Anche se, a onor del vero, l'agente britannico veniva regolarmente beccato dai nemici dell'impero. Strano che l'MI5 non addestrasse meglio i suoi agenti segreti.

Achim non voleva arrivare allo scontro, neppure verbale, con Angela. Non solo perché probabilmente avrebbe perso, ma perché un altro segreto della loro perfetta unione era evitare di esasperare i conflitti. Quei pochi tendevano piuttosto a risolverli in silenzio, ognuno per conto suo. Come quando, per esempio, Achim voleva regalare un cane alla moglie per il pensionamento. Angela gli aveva fatto capire in ogni modo che non aveva il minimo desiderio di avere un animale in casa, però quando la notte di Natale si era ritrovata il cucciolo di carlino in braccio era stato subito amore. Adorava il suo "coniglietto" e lo vezzeggiava. Dopo le capriole sulla carcassa di pesce gli aveva detto «vieni qui pe sciolino dolce» e gli aveva offerto un pezzetto di roquefort.

Forse, pensò Achim, non c'era bisogno di parlare, bastava trascorrere una bella serata assieme alla moglie quando fosse tornata a casa. Magari guardare assieme un'opera lirica in tv. Ma no, forse qualcosa di più trasgressivo, come un tempo. Ma non fare il bagno nudi nel lago Muffo. Quello era troppo da ragazzi. Però guardare un bel musical, un film con Gene Kelly, per esempio *Singing in the rain*, oppure *Brigadoon*. O con Fred Astaire. A tutti e due piaceva molto *Funny face*. La prima volta che lo avevano visto Achim aveva sussurrato alla sua Angela: «Anche tu hai la faccia buffa». E lei aveva risposto ridendo: «Ah sì? Non so se darti un bacio o tirarti uno schiaffo». E aveva fatto entrambe le cose, l'ultima, ovviamente, per gioco.

Già, un musical. Avrebbe ricucito lo strappo tra loro. Non c'è niente al mondo che faccia così bene all'anima.

Achim decise di telefonare alla sua Angela per scegliere assieme a lei il film da vedere.

Singing in the rain poteva andare? Mentre aspettava che la moglie rispondesse, immaginò di cantare per lei la canzone tutta con la O: *"O'm songong on tho roon"*, pensando a quanto avrebbero riso assieme.

Angela non rispondeva.

Ci stava. Quando era al governo era spesso troppo impegnata e lì a Freudenstadt a volte non trovava subito il cellulare in mezzo alle mille cose che teneva dentro la capiente borsa di Longchamp, le più disparate. Uno dei suoi innumerevoli libri su Shakespeare, per esempio, di cui amava tanto parlare, anche se in realtà al marito le disquisizioni sul Bardo interessavano quanto il nuovo assetto amministrativo della società autostrade federale. Però in genere, appena recuperato il telefono, Angela lo richiamava.

Non lo aveva richiamato.

Davvero qualcosa non andava. Ed era tempo di scoprire cosa.

Achim aveva già escluso, per valide ragioni, di mettersi alle calcagna della moglie, ma poteva ottenere informazioni in un altro modo. Bastava chiedere a Mike.

41

«Angie!» strillò Silvio il parrucchiere dal fondo del salone. «Angiiiiiie!» L'uomo dai capelli ossigenati, i primi tre bottoni della camicia bianca aderente slacciati sul torace a mostrare troppo pelo, andò verso Angela a piccoli passi spediti esclamando: «Angie! Ma che hai fatto ai capelli! Guarda in che condizioni sono, era ora che venissi da me!».

Silvio era l'unica persona al mondo che dava ad Angela del tu senza il suo permesso. La prima volta che era andata da lui le aveva chiesto: «Posso chiamarti Angie?». E lei aveva risposto: «No, grazie. E preferirei anche che mi desse del lei». Ma il coiffeur si era fatto una risata: «Perfetto, sei la benvenuta Angie!».

Quell'uomo era dotato di un udito selettivo, sentiva solo quello che voleva, le altre informazioni non le registrava proprio. Se anche solo gli fossero entrate da un orecchio per uscire dall'altro già sarebbe stato qualcosa, ma no, era come se il suo cervello fosse avvolto da uno schermo protettivo che lasciava filtrare solo quello che gli faceva comodo.

«Angie, cosa ne dici di rinnovare un po' il look?» le chiese con gli occhi che gli brillavano.

«Non sono qui per quello» rispose Angela, ed era vero. Non erano ancora trascorse le sei settimane che lasciava passare prima di tornare dal parrucchiere. Andando più spesso le sembrava di buttare via i soldi. Il modello della parsimoniosa "casalinga sveva" tanto decantato ai tempi in cui governava, le si adattava perfettamente, anche se non era una casalinga né veniva dalla Svevia. E poi cambiare look? Come diceva il motto? Pettinatura vincente non si cambia? Comunque era andata al salone per chiedere a Silvio di Charu Benisha che, appena arrivata a Freudenstadt, aveva lavorato da lui. C'era la possibilità che l'insegnante di yoga e Peter Kunkel fossero gli assassini di Galka, avessero poi litigato e il giovane, deluso in amore, l'avesse fatta saltare in aria. Una delle richieste di riscatto si trovava sulla scrivania di Peter, l'altra – stando a Merle Borscht – era indirizzata a Charu.

«Ho un nuovo biondo perfetto per te, Angie.»

«Bionda? Io?» esclamò Angela meravigliata.

«Esatto, starai benissimo!»

Angela lo osservò basita.

«Guarda, eccolo, questo qui!» disse Silvio indicando la sua chioma fitta decolorata e lucida di gel.

Angela era sempre più basita.

«Tuo marito rimarrà a bocca aperta!» Posandole una mano sulla spalla Silvio la condusse al lavaggio, lasciando una scia di profumo dolciastro che le fece arricciare il naso. Troppa albicocca. Angela pensò che Achim non si accorgeva mai che era andata dal parrucchiere. Anche se, accettando il consiglio di Silvio, si fosse fatta bionda – cosa assolutamente da escludere –, alla domanda "Guardami, Cicci, non noti qualcosa di diverso?", probabilmente suo marito avrebbe risposto al solito teneramente: "Sei bellissima come sempre".

«Vedrai Angie, rimarranno tutti di stucco da come sarai ringiovanita e *trendy*!» esclamò raggiante Silvio, a cui si poteva rimproverare tutto meno che l'assenza di entusiasmo.

Tutti chi? Mike e Marie. E Achim. E anche... Aramis. Davvero gli sarebbe sembrata più giovane? E lei ne sarebbe stata felice?

Ma che sciocchezze! Non avrebbe certo modificato il suo aspetto per il primo impresario funebre che incontrava, anche se appassionato di Shakespeare, in possesso di una vena artistica e di bell'aspetto. Non lo avrebbe fatto per nessuno al mondo! Se non per gli elettori, certo. Per conquistare i loro voti si era rivolta a suo tempo a un consulente d'immagine.

«E soprattutto, mia cara, non ti sentirai più vecchia!» disse euforico il ricciuto Silvio, novello image consultant, spingendola a sedere.

Ma Angela non si sentiva vecchia! Al limite diversamente giovane. Però poteva essere carino cambiare un po'. Non perché glielo avesse suggerito il manager della sua campagna elettorale con l'obiettivo di aumentare i consensi dello 0,23-0,27 per cento, ma semplicemente così, per se stessa.

Forse Achim l'avrebbe vista con altri occhi, non solo come collaudata compagna di vita con cui invecchiare. E poi, certo, magari sarebbe piaciuta anche ad Aramis. Non doveva per forza farsi bionda, bastava modificare un po' il taglio. Lo disse a Silvio.

«Come vuoi, Angie bella. Ma ci vuole un po' di coraggio nella vita.»

Coraggio.

Fino a quel momento Angela si era ritenuta impavida.

«Sai quale sarà il vantaggio di questa scelta, Angie Bangie?»

«Che poi non mi chiamerà mai più Angie?»

«Ahahah, che simpatica che sei Angie Bangie!»

«Allora, quale sarà il vantaggio?» sospirò Angela rassegnata al nomignolo.

«Che mentre ti taglio i capelli possiamo farci una chiacchierata!»

Non era male in effetti, poteva servire alle indagini. Così Angela si rilassò sulla poltroncina del lavaggio con l'intento di portare il discorso su Charu Benisha, ma Silvio fu più veloce: «La sai una cosa Angie-Po-Paingie?».

«E basta, su» protestò Angela.

«Hai i capelli più corposi che abbia mai visto, bellissimi.»

Angela non pensava già più al nomignolo. Silvio sapeva

bene come lusingare le signore. Il parrucchiere aprì il rubinetto e Angela si abbandonò alla piacevole sensazione dell'acqua che le scorreva sulla capigliatura alla temperatura perfetta. Ebbene sì, quell'uomo, pur con tutte le sue pecche, aveva del talento, in particolare sapeva massaggiare meravigliosamente il cuoio capelluto.

«Povera Charu» disse Angela, anche per non rischiare di mettersi a fare le fusa sotto quelle dita magiche.

«Eh sì, era proprio un tesoro di ragazza.»

«Sul serio?» disse incredula Angela, che non la ricordava esattamente così.

«Una spogliarellista dal cuore d'oro,» proseguì Silvio con enfasi «e qui a Freudenstadt glielo hanno spezzato.»

«Chi è stato? Peter Kunkel?»

«No, Ralf Borscht.»

«Suo marito?» Angela era stupefatta.

«Sì, Charu aveva sperato in una nuova vita assieme a lui, era innamoratissima di Ralf. L'aveva strappata al mondo dei night club, ma era finita in un inferno.»

«Perché?»

«Be', intanto Merle, la figlia di Ralf, la trattava malissimo. Non doveva per forza accettarla come nuova madre, sarebbe stato assurdo, Charu era troppo giovane, ma le ha sempre dato della puttana. Charu non si prostituiva, si spogliava solo. E credimi, Angie-Po-Paingie, era davvero innamorata di Ralf.»

«Ma non era felice con lui.»

«Come la prenderesti tu se fossi sposata con un uomo che piange tuttora un vecchio amore?»

«Non bene» rispose Angela. Avrebbe sofferto tantissimo se Achim fosse stato ossessionato dalla sua ex. Erika, la professoressa di filosofia, talmente gelosa che Otello a confronto sembrava un hippie fumato. Una volta, anche se erano cinque anni che lei e Achim non stavano più assieme, dalla finestra del suo studio all'università aveva tirato un gavettone ad Angela, che si trovava lì in visita ufficiale.

Anche per l'esperienza fatta con Erika, Achim diceva spesso che il segreto di un buon matrimonio è lasciare al partner i suoi spazi. L'appuntamento con Aramis sarebbe rientrato nel novero? E per di più dopo che Angela era stata dal parrucchiere?

«Charu voleva andarsene da Freudenstadt» spiegò Silvio.

«Assieme a Peter Kunkel?»

«No, per lei Peter era solo un passatempo.»

Questo suffragava la tesi secondo cui i due avevano litigato e Peter l'aveva uccisa.

«Non più tardi di ieri la poverina era qui a raccontarmi tutta felice che finalmente aveva trovato i soldi per andarsene da Freudenstadt. Voleva rifarsi una vita. A Bamberga.»

«A Bamberga?»

«Da bambina le piacevano le avventure del Sams, di Paul Maar, ambientate a Bamberga.»

«Non è male come motivazione» disse Angela.

«Già» rispose Silvio in un sussurro. Sembrava profondamente addolorato per la morte di Charu.

«E dove avrebbe preso i soldi?»

«Da persone che se l'erano cercata, ha detto.»

«E cioè?»

«Non lo so proprio, ma aveva un tono cattivissimo.»

Charu, dedusse Angela, evidentemente aveva davvero ricattato qualcuno dopo aver trovato il taccuino. Forse le stesse persone che il giardiniere intendeva alleggerire. Questo faceva pensare inoltre che l'ex spogliarellista non fosse la destinataria della lettera di ricatto di Galka. Merle aveva quindi mentito ad Angela? Per attirarla su una falsa pista? Oppure la figlia di Ralf Borscht era all'oscuro del fatto?

«Ma adesso» proseguì Silvio con voce rotta «Charu... è... morta.»

«Sì, è terribile» disse Angela in tono carezzevole.

«Era così... così... giovane.»

Il parrucchiere smise di massaggiarle i capelli ad Angela si accorse che non era acqua quella che le gocciava sul viso. Erano lacrime. Sempre più copiose.

Ancora con lo shampoo in testa Angela si alzò e, vedendo Silvio in quello stato, non poté far altro che dargli un abbraccio, goffo, ma pur sempre un abbraccio.

«Sei così cara, Angie-Po-Paingie» disse il parrucchiere tra i singhiozzi.

Sentendosi chiamare in quel modo Angela ebbe l'impulso di staccarsi immediatamente da lui, ma non lo fece. Disse invece: «Gli assassini di Charu avranno la punizione che meritano».

«Gli assassini?» Silvio era talmente stupito che dimenticò di singhiozzare.

«Sì, certo» rispose Angela, ben felice di potersi sciogliere dall'abbraccio visto che il parrucchiere non piangeva più. Prese un asciugamano per tamponarsi da sola i capelli.

«Non è stato un omicidio» disse Silvio asciugandosi gli occhi con le maniche della camicia aderente. «Me lo ha detto Martin.»

«L'allievo commissario?» esclamò Angela stupita.

«Sì, gli ho tagliato i capelli prima. Il suo capo dice che è stato senza dubbio un incidente. E Martin è convinto che il suo capo ha sempre ragione.»

Angela si chiese se Martin fosse davvero così stupido da credere a Hannemann. Oppure aveva qualcosa da nascondere, dopotutto faceva parte del giro di satanisti di Peter Kunkel.

«Senta un po' Silvio...»

«Dimmi.»

«Pensa che Charu fosse vittima di un ricatto?» Angela voleva escludere del tutto che la giovane potesse essere l'assassina.

«E perché avrebbero dovuto ricattarla?» chiese Silvio meravigliato, mentre portava Angela davanti allo specchio.

«Per il suo passato, per esempio.»

«Ma no, a Freudenstadt sanno tutto di lei ormai, non interessa più a nessuno.»

«Allora per via della relazione con Peter Kunkel.»

«Anche quella era di dominio pubblico.»

«Anche Ralf Borscht ne era a conoscenza?» chiese Angela accomodandosi.

«Credo proprio di sì.»

«E non era geloso?»

«No.»

«E perché no? Anche se non la amava poteva essere ferito nell'orgoglio.»

«Charu diceva che Ralf non riusciva ad arrabbiarsi perché era devastato dal dolore.»

«Devastato?»

«Dai sensi di colpa.»

Proprio come Aramis, pensò Angela.

«Glielo aveva confessato una volta che era ubriaco.»

«Charu le ha detto per quale motivo Ralf si sentiva in colpa?»

«No, lui non glielo aveva spiegato.»

Angela pensò che era arrivato il momento di fare due chiacchiere anche con Ralf Borscht.

«Ma adesso, Angie-Po-Paingie, basta con le tristezze. Non va bene tormentarsi così. Ora ti do una bella botta così ti tiri su?»

Angela lo guardò allarmata.

«Una bella botta di phon!» rise Silvio, afferrò un enorme affare nero a turbina e lo azionò. Rombava più dell'aereo di stato. «E la sai una cosa?»

«Cosa?»

«Adesso schiariamo i capelli.»

«Ho detto che non voglio!» gridò Angela sopra il frastuono. Ma Silvio le rispose sorridendo: «C'è troppo rumore, non ti sento!».

42

Mike si addentrava a passo spedito nell'edificio in cui, oltre alla scuola di danza di Charu, aveva sede la ditta Esplosivi Pionier, accompagnato da Marie col bebè in carrozzina, e il carlino, augurandosi che quest'ultimo non facesse i suoi bisogni. Raccogliere tali deiezioni inserendole negli appositi involucri non rientrava nelle attività previste dal corso di formazione per guardie del corpo. Gli suonò il cellulare e sullo schermo illuminato apparve la scritta CICCI. Mike decise di non rispondere. Il signor Sauer di certo voleva sapere dove fosse la moglie e lui sarebbe stato costretto a raccontargli tutto, complicando la vita alla sua capa e a se stesso.

Il gruppetto giunse sulla soglia dello studio di pole dance. La porta era aperta, Mike sbirciò all'interno e gli tornò subito in mente la flessuosa Charu avvinghiata al palo, ma era indecente ricordare così una defunta.

«Perché fai quella faccia?» chiese Marie.

«Ho pensato a una cosa che non dovevo» rispose Mike. Non voleva mentire a Marie, la ragazza gli piaceva troppo, ma era in imbarazzo a dirle la verità.

«Al sedere di Charu» disse sicura Marie.

«Mmm» confermò indirettamente Mike.

«Il cervello a volte fa degli scherzi idioti» sorrise Marie.

Non sembrava affatto arrabbiata. Poi aggiunse, sempre sorridendo: «Ti avrei visto volentieri all'opera sul palo».

«Cosa?» esclamò Mike sorpreso e ben lieto che avessero cambiato argomento.

«Dai, fatti un balletto, così ti passano i sensi di colpa inutili.» Marie non lo giudicava per i pensieri irriverenti, anzi, voleva tirargli su il morale. Che donna straordinaria!

Mike decise di stare al gioco. Entrò nello studio, si accostò a uno dei pali e con un salto vi si aggrappò, mani e piedi, arrivando a quasi due metri da terra.

«Wow, Magic Mike!» rise Marie sulla soglia, mentre Puzzy si era avvicinato trotterellando al palo e guardava in su. «Facci un balletto sexy!»

Un balletto sexy?

L'ultima volta che Mike si era appeso a una sbarra era stato al corso per guardie del corpo. Ma l'istruttore non gli aveva insegnato a eseguire movenze erotiche. Anche se così di sicuro avrebbe disorientato i potenziali attentatori riuscendo a sopraffarli con più facilità.

«Dai, forza!» lo esortò Marie ridendo.

Mike non voleva rovinarle il divertimento, così tese in fuori una gamba. Non riuscì a portarla ad angolo retto, ma a un buon 75 gradi sì.

«Dai che puoi fare di meglio!» rise Marie.

Mike si rendeva conto che vederlo in quella posizione era eccitante quanto guardare il presidente Steinmeier fare aerobica. Pensò di nuovo a Charu Benisha e la rivide scivolare lungo il palo a testa in giù con le gambe spalancate. Naturalmente lui non sarebbe mai risultato altrettanto elegante, però Marie sarebbe rimasta stupefatta dalla sua prestanza.

Con un gemito di fatica che minò il suo sfoggio di disinvoltura si arrampicò più in alto e poi si girò a testa in giù, le gambe e le mani strette attorno al palo.

«Wow!» esclamò Marie stupefatta.

Mike era tutto felice.

«Continua, Magic Mike!» lo incitò la ragazza e Mike non

si fece pregare. Ma sotto di lui c'era Puzzy che lo guardava ansando e sbavando. Se fosse scivolato lungo il palo in spaccata come Charu sarebbe finito addosso al carlino.

«Dai!»

Mike sospirò, sperando che il cane si sarebbe scansato vedendolo arrivare, e divaricò le gambe, riuscendovi solo a metà.

«Sì!» rise Marie e Mike, felice che lei si divertisse, scivolò a testa in giù lungo il palo, dapprima lentamente.

A meno di trenta centimetri da terra si bloccò e guardò negli occhi il carlino, che non si era mosso di un centimetro. Da quella posizione lo vedeva capovolto. Il cane gli ansimava in faccia il suo fiato fetido. Purtroppo Mike non aveva la minima idea di come rimettersi dritto. A vedere Charu era sembrata una stupidaggine, ma per imitarla gli sarebbe venuta come minimo un'ernia del disco. Poteva dire addio alla bella impressione che voleva fare su Marie.

Peraltro non poteva restare in eterno in spaccata a testa in giù a pochi centimetri da terra davanti a un carlino ansimante. Già aveva il sangue al cervello.

Ma guarda in che cavolo di situazioni può infilarsi un uomo per far colpo su una donna!

«E adesso come si fa?» rise Marie.

«Non me lo chiedere» rispose Mike tossendo.

«Vuoi che ti aiuti?» Mike esitò, non tanto per una questione di orgoglio virile, quanto al pensiero che Marie avrebbe dovuto prenderlo per le gambe. Aveva immaginato il loro primo contatto fisico più romantico e tenero.

Fu Puzzy a decidere per lui. Il carlino gli diede una leccata in faccia. «Bleah!» Mike si ritrasse schifato e perse la concentrazione. Puzzy di riflesso fece un balzo di lato e il bodyguard atterrò sulla testa. «Ah!» urlò e non era finita: le gambe gli cedettero e andò a sbattere con le parti intime contro il palo. Stavolta Mike non urlò "Ah!" o "Bleah!", bensì «Ahiahiahi!».

Mentre si contorceva a terra dal dolore Marie lo guardava

commiserandolo. Non era esattamente compassione quello che voleva ottenere da lei col suo gesto.

Puzzy, che evidentemente si rendeva conto di aver fatto qualcosa di male, trotterellò da Mike e prese a leccargli amorevolmente il viso. Il che non migliorò le cose. Marie corse al palo, si accucciò accanto a Mike e, carezzandogli la spalla, disse: «Tutto bene?».

«Mmm» Mike non riuscì a emettere altro suono in segno di assenso. Ma non fu convincente, anche perché il tono era più stridulo del normale.

Marie prese Puzzy, che lappava beato, e lo spostò a un metro da Mike, che fu ben felice di non avere più una lingua di cane umida sulla faccia. Avrebbe voluto pulirsi con la manica della giacca, ma doveva tenersi l'inguine per il dolore. Fortunatamente Marie gli liberò il viso dalla bava con la sua sciarpa bianca.

«Grazie» disse Mike. La voce era ancora stridula, ma almeno era riuscito a spiccicare una parola. Marie, seduta a terra, gli prese la testa ronzante e se la mise in grembo. In circostanze diverse Mike sarebbe stato in imbarazzo, ma non poté sottrarsi. Ed era una sensazione magnifica! Con uno sforzo immane disse: «Visto? Non sono un Magic Mike».

«No,» sorrise tenera Marie «direi piuttosto un Tragic Mike.»

Mike non poté fare a meno di ridere. Gli faceva bene. E male in mezzo alle gambe. Ma molto più bene che male. Guardò Marie negli occhi. Lei smise di ridere. Perché? Perché ora lo guardava con amore!

Oppure era una sua impressione? No, lo guardava davvero con amore. E gli carezzava la fronte! Quello faceva ancor più bene. Tanto, tanto di più. E male in un modo completamente diverso. Perché Mike ricordò l'ultima volta che una donna l'aveva guardato così. Lui l'aveva sposata seduta stante. E quando quella donna lo aveva tradito – più e più volte – ne era uscito distrutto. Non voleva più soffrire in quel modo. Mai più. Se ora avesse risposto allo sguardo amorevole di Marie, se l'avesse baciata, come lei apparentemente desiderava, avrebbe esposto il suo cuore, che negli anni aveva rappezzato alla meglio, a una nuova lacerazione. Neppure da militare in Afghanistan aveva avuto tanta paura.

Marie notò come la stava guardando e smise di accarezzarlo. Mike cercò di tranquillizzarsi: lei era una brava persona. Ed esistevano al mondo relazioni diverse da quella avuta con la sua ex moglie. Per esempio il matrimonio della sua capa era riuscito. Però anche lei tutto a un tratto provava attrazione per un altro uomo. Tutte le donne erano così? Valeva anche per Angela Merkel? È inevitabile farsi spezzare il cuore quando si è innamorati?

«Che c'è?» chiese Marie.

Mike non sapeva cosa rispondere e glissò: «Siamo qui per le indagini».

«Non vuoi stare ancora un po' tranquillo qui con me?» chiese Marie.

«Sto bene.»

«Però parli ancora in falsetto.»

«Sul serio?» chiese Mike rendendosi conto subito che avrebbe potuto risparmiarsi la domanda. La ripeté, sforzandosi di assumere un tono più grave.

«Anche se fai finta di niente.»

«Però sto bene» ribadì Mike e si tirò su a sedere.

«Come vuoi» disse Marie. Sembrava ferita. Mike si sentì subito in colpa. L'obiettivo era proteggersi, non far del male a Marie! La guardò, ma lei distolse subito gli occhi, si alzò a sua volta e disse sbrigativa: «Forza, andiamo!».

43

"Ora o mai più" pensò Angela mentre si dirigeva all'Agenzia funebre Kunkel. Ora avrebbe rivisto Aramis. Ora avrebbe parlato con lui dell'incidente in cui aveva perso la vita la sua amata moglie e avrebbe scoperto se l'uomo era coinvolto negli omicidi. Ora si sarebbe finalmente tolta Aramis dalla testa.

Si era alzato il vento, Angela ne avvertì l'impatto sui capelli appena messi in piega con abbondanza di lacca, secondo il motto di Silvio, "più è, meglio è". Quantomeno era riuscita a impedirgli di farla bionda, anche se non era stato facile, perché il parrucchiere si era invaghito dell'idea di un abbinamento tra loro due, almeno nel colore dei capelli. C'era voluta una lunga trattativa, che ad Angela aveva ricordato per intensità quella sugli aiuti alla Grecia, prima che si accordassero su un castano ramato. O era un rame scuro? Comunque era stupendo! Silvio era faticoso, e la lacca che utilizzava odorava di albicocca ancor più della sua Eau de Toilette, ma quanto a shampoo, taglio, piega e colore non aveva rivali.

La casa circondata da erbe e fiori selvatici non le parve un paradiso come la prima volta. Sotto il cielo grigio aveva un che di malinconico. Oppure era solo una sua impressione, perché ormai conosceva il tragico passato di quella famiglia?

Angela fece un bel respiro, andò alla porta e la trovò sprangata. Certo, l'agenzia chiudeva sempre alle 17. Il destino aveva chiaramente deciso che non rivedesse Aramis, "ora" divenne "mai più".

Quanto alle indagini, avrebbero potuto pensarci Mike e Marie a sondare il terreno per ottenere tutte le informazioni necessarie. Stava per avviarsi quando udì dei colpi. Era il battere dello scalpello sulla pietra e veniva dal retro della casa. "Mai più" divenne "ora".

Oppure?

In politica Angela non si era mai sentita così tesa prima di un incontro. Nemmeno quando Helmut Kohl l'aveva invitata per la prima volta a pranzo propinandole il Saumagen, la pancia di scrofa alla renana, piatto pesantissimo a cui il cancelliere non rinunciava neppure ai banchetti ufficiali. Angela, pur nauseata, si era fatta forza. E lo stesso fece ora. Girò attorno alla casa, imboccò un sentiero sabbioso costeggiato da rose selvatiche in fiore e vide nell'erba alta Aramis intento a scolpire, novello Michelangelo, un busto femminile. Angela ne avrebbe ammirato a lungo le linee seducenti se non fosse stata distratta da uno spettacolo ancor più affascinante: Aramis lavorava a torso nudo. Ed era un gran bel vedere, anche a settant'anni. Angela dovette fare uno sforzo notevole per non paragonarlo ad Achim. Le ci volle un po' per riappropriarsi del concetto che quello che conta sono i valori spirituali. Ma non riuscendo a sottrarsi all'incanto di quella visione restò in silenzio.

Nel frattempo Aramis, vedendola, aveva smesso di scalpellare: «Guarda chi c'è».

«Salve» disse Angela esitante.

Aramis posò gli attrezzi a terra, prese una maglietta nera e se la infilò. La pancia di Angela avrebbe voluto dirgli "Resti pure così", ma il cervello riuscì a bloccarla.

«Come posso aiutarla?» chiese Aramis. Il tono era distaccato. Per forza, pensò Angela, il giorno prima gli aveva dato buca. A nessuno fa piacere.

«Volevo scusarmi» spiegò Angela, che nel momento in cui l'uomo si era rivestito aveva recuperato lucidità «per non essere passata ieri.»

«Tranquilla» rispose l'impresario. Non sembrava tanto ferito nell'orgoglio quanto rattristato.

«Avrei dovuto almeno avvisarla» disse Angela.

«Be', questo sì.»

«Però adesso avrei il tempo di fare una chiacchiera.»

«Non sono dell'umore giusto per il tè» replicò Aramis, ma per la gioia di Angela, in tono poco convinto.

«Potremmo berci un bicchiere allora» disse lei azzardando un sorriso.

«In teoria sì» rispose l'uomo con un sorriso appena percettibile.

«Ma?»

«Non vedo il vino.»

«Avrei dovuto portare una bottiglia per scusarmi, vero?» disse Angela riconoscendo la sua gaffe.

«In compenso è stata dal parrucchiere» osservò Aramis, stavolta con un sorriso aperto.

«Vero» rise timida Angela.

«Sta molto bene.» Aramis non l'aveva detto per educazione, i suoi capelli gli piacevano davvero, e forse anche lei. La trovava bella? Angela si sentì lo stomaco in subbuglio, ma non come davanti al Saumagen di Helmut Kohl, era un languore del tutto diverso, piacevole. Si era sentita così ai tempi in cui Achim le faceva la corte. Abbassò gli occhi imbarazzata e vide due bottiglie di birra posate a terra. Perché Aramis non si accorgesse dell'effetto che le aveva fatto il suo complimento propose: «Potremmo berci una birra».

«Lei beve birra?»

«Di quando in quando.»

«Va bene» rispose Aramis, prese le bottiglie e le stappò con la punta dello scalpello. Una la diede ad Angela e protese l'altra per il brindisi: «*Prosit!*».

Angela brindò e bevve. Fortunatamente la birra era ancora fredda e dopo una giornata così calda e turbolenta era quello che ci voleva.

«Ci sediamo?» disse Aramis indicando una vecchia panchina di legno attorniata da splendide malvarose dal profumo intenso. Angela non era sicura che li reggesse entrambi, tanto era rovinata dalle intemperie. Con gesto galante Aramis le indicò di accomodarsi. Lei prese posto con un po' di apprensione e lui le si sedette accanto. Angela si rese conto che la panchina era minuscola. Trenta centimetri scarsi la separavano da Aramis, una distanza sufficiente a non sfiorarsi per sbaglio, ma anche a tenersi per mano.

Che idea assurda! Era lì per indagare su un omicidio. E per togliersi una volta per tutte quell'uomo dalla testa!

«Ho fatto un'altra riflessione su Emilia Bassano» disse Aramis.

«Ah sì?»

«Sì» rispose l'uomo con un sorriso così affascinante che Angela distolse lo sguardo. Davvero non era facile toglierselo dalla testa. «Non sapremo mai se sia Emilia la vera autrice dei drammi di Shakespeare.»

«Purtroppo no.»

«Ma a mio avviso una cosa è certa. Emilia e il Bardo si conoscevano. Lei era l'amante del Gran ciambellano del regno e la compagnia teatrale di Shakespeare si chiamava...»

«...*Lord Chamberlain's Men.*»

«Esatto! Impossibile che Emilia e Shakespeare non si siano mai incrociati. E sa perché ne sono così convinto?»

«Immagino stia per dirmelo» rispose Angela ironica.

«Sì, infatti» disse Aramis ridendo. «Presumiamo che Emilia non sia l'autrice delle opere.»

«Ok, presumiamolo, anche se a malincuore.»

«Però può ben essere che sia lei la *Dama bruna.*»

«La *Dark Lady* dei sonetti?» esclamò meravigliata Angela.

«Già, nei primi sonetti Shakespeare prende in giro il suo grande amore perché mora, e la definisce bellissima. Come entrambi sappiamo Emilia aveva...»

«...la pelle scura!» Angela capì dove voleva arrivare Aramis, la sua teoria era illuminante. Affascinante. Geniale addirittura!

«Nei sonetti successivi Shakespeare lamenta che la donna non corrisponde il suo amore, che si interessa ad altri uomini.»

«Emilia era una donna indipendente. Il fatto di avere ai suoi piedi un grande poeta non era motivo sufficiente per amarlo a sua volta.»

«Esatto. Alla fine Shakespeare la accusa persino di avere un pessimo carattere, ma non riesce a staccarsi da lei. Vuole solo essere amato.»

«Non è quello che vogliamo tutti?» scappò ad Angela.

Perché se n'era uscita così?

Lei era amata. Da Achim. E lo amava!

«Sì, è vero» rispose Aramis. Adesso era lui a tenere gli occhi bassi. Come lei prima. E, pur incredula, Angela dovette ammettere che l'impresario era attratto da lei. Oppure, per dirla con Marie, era cotto di lei. Lì, su quella panchina, a trenta centimetri di distanza.

«E Shakespeare» proseguì Aramis alzando gli occhi «si malediceva perché tutti lo avevano avvertito di non innamorarsi della *Dama bruna*.»

«Poverino.»

Aramis prese a recitare:

Ahimè, quali occhi mi ha messo in fronte Amore
che non son consoni alla vera vista
o se lo sono, dov'è svanita la mia mente
che giudica con errore quanto essi vedon giusto?

La panchina vibrava alla voce splendida e profonda di Aramis. Angela ebbe un brivido. Quell'uomo non solo sapeva parlare di Shakespeare, ne recitava anche i sonetti a memoria. Aveva proprio l'animo dell'artista.

Aramis fece un movimento impercettibile nella sua direzione. E Angela si accostò a lui in maniera altrettanto impercettibile. Ormai erano a dieci centimetri di distanza, non di più. Angela aveva il batticuore. Con la coda dell'occhio vide la mano di Aramis avvicinarsi alla sua. Il cuore le impazzì in petto. A circa tre centimetri dalla sua mano Aramis si bloccò. Non osava sfiorarla? Sperava che fosse lei a fare l'ultimo passo?

La scelta giusta sarebbe stata alzarsi e tornare a casa da Achim. Lo sbaglio, prendergli la mano. Ma perché all'improvviso le sembrava così giusto sbagliare?

44

Mike seguiva barcollando Marie a colpevole distanza. Gli ci sarebbe voluto ancora un bel po' per riuscire a camminare normalmente. Puzzy non lo lasciava un attimo, evidentemente si sentiva responsabile dell'incidente sul palo. Il gruppetto raggiunse in silenzio la scala che portava agli uffici della Esplosivi Pionier al piano inferiore. Marie staccò la navicella dal telaio della carrozzina e tutti scesero i gradini. Dopo pochi passi nel corridoio illuminato al neon arrivarono alla porta disadorna della ditta. Marie provò ad aprirla, ma era chiusa a chiave. Mike sapeva che toccava a lui scardinarla, ma prendere la rincorsa e dare una spallata non era semplicissimo, indolenzito com'era. Non volendo però mostrarsi debole agli occhi di Marie, esclamò fiero «Ci penso io!», e fu felice di sentire che la voce gli era tornata quasi normale.

Prese slancio, corse – o meglio caracollò – fino alla porta, ma la spallata fiacca non la smosse di un centimetro. Mike gemette di dolore e, tenendosi la spalla, sperava che Marie si precipitasse di nuovo a consolarlo. Invece no. Evidentemente il suo comportamento di prima l'aveva raffreddata. E sebbene Mike avesse reagito in quel modo per difesa, ora dubitava di aver fatto bene.

«Faccio io» disse Marie.

«Vuoi sfondare la porta?» chiese Mike stupefatto.
«Macché.»
«Non capisco.»
«Ho i miei metodi» disse la giovane passando a Mike la navicella col bimbo. Poi prese dalla borsa la carta di credito dorata che il consulente bancario aveva consegnato alla nuova padrona del castello e che Marie non aveva ancora mai usato. A lei, come a tutte le persone normali, bastava il bancomat. Inserì l'aggeggio di plastica nello spazio tra la serratura e il telaio, armeggiò un pochino e la porta magicamente si aprì.
«Ma dove hai imparato?» esclamò Mike stupefatto.
«Be', per due anni sono finita su una cattiva strada.»
«Cioè?»
«Meglio che tu non lo sappia» sorrise Marie.
«Credo anch'io» rispose Mike.
Marie rimise a posto la carta, riprese la navicella ed entrò nella stanza. Mike la seguì con il carlino, e rimase stupito. Si era aspettato di vedere una gran quantità di esplosivi, invece si trattava di un ufficio normalissimo.
«Gli esplosivi li terranno da qualche altra parte, in un sotterraneo magari.»
Mike avrebbe potuto arrivarci da solo, dopo tutto era stato nelle forze armate. E se il proprietario della ditta fosse stato a sua volta un militare? In fin dei conti il nome Pionier richiamava i Pionieri dell'esercito, esperti in esplosivi.
«Vediamo un po'» disse Marie iniziando a esaminare i classificatori sugli scaffali. Mike invece per prima cosa passò in rassegna a 360 gradi l'ambiente. Chiunque fosse il proprietario della ditta non badava all'arredamento. Oppure fatturava poco. Si capiva anche dal fatto che poteva permettersi come sede solo un seminterrato con un'unica finestrella in alto, a livello del prato.
Mike sbirciò Marie che stava guardando dietro gli scaffali. A chi sarebbe venuto in mente se non a un ladro esperto di nascondigli segreti? Cosa aveva fatto Marie in quei famosi due anni?

«Bingo!» gridò la giovane strappando Mike alle elucubrazioni cui avrebbe comunque preferito rinunciare. «Hai trovato qualcosa?»

«Ben per quello ho detto "Bingo"»

«E cosa?» Mike le si avvicinò e Marie gli indicò un oggetto posato dietro lo scaffale. Era una pala. Incrostata di sangue.

«L'arma del delitto.» Mike era incredulo.

«Se adesso scopriamo a chi appartiene questo ufficio sapremo anche di chi è la pala.» Marie corse alla scrivania e iniziò a frugare. Mike le si mise accanto e non poté fare a meno di notare che la ragazza preferiva mantenere le distanze. Col suo comportamento di prima l'aveva ferita. Perché era così imbecille con le donne? Alle olimpiadi dell'idiozia avrebbe senz'altro preso l'oro.

«E ancora Bingo!»

«Hai il nome del proprietario?»

«Guarda un po'!» Marie gli mostrò la foto incorniciata posata sulla scrivania. Ritraeva una persona in divisa da Pioniere con un candelotto di dinamite in mano.

«Vuoi dire che...» chiese Mike cauto.

«Questa è una ditta di esplosivi e Charu è stata fatta saltare in aria!»

Prima che Mike riuscisse anche solo a iniziare a elaborare la cosa, Puzzy si mise ad abbaiare.

«C'è di sicuro un gatto là fuori» disse Marie guardando su verso la finestra.

Il carlino abbaiò più forte.

«Non ha mai reagito così, neppure quando un piccione gliel'ha fatta in testa» disse Mike preoccupato.

Puzzy ormai era senza fiato.

Anche Marie a quel punto era inquieta.

A un tratto il vetro della finestra andò in frantumi e qualcosa cadde all'interno, atterrando sul pavimento.

«Che... che cos'è?» disse Marie tremando come una foglia perché sapeva benissimo di cosa si trattava, ma non voleva crederci.

«Una granata» sentenziò Mike.

«Vogliono farci fuori!» gridò Marie furiosa e terrorizzata al contempo. Corse alla navicella in cui dormiva il figlio. Mike sapeva però che non aveva nessuna possibilità di mettere in salvo il piccolo Adrian Ángel e se stessa in tempo. L'esplosione avrebbe ucciso tutti quanti. Incluso il carlino, che stava annusando la bomba.

45

Angela non si mosse e neppure Aramis. Il cuore le batteva così forte che l'ex cancelliera credeva si sentisse da fuori: bum, bum, bum. Lei quantomeno lo sentiva. Assieme a uno strano rumore.

Crshhhh.

«Lo sente anche lei?» chiese a voce bassa.

«Sì» rispose Aramis.

Crshhhh.

«Cos'è?»

«Un'idea ce l'ho.»

Crshhhh.

«E quale?»

«Che è meglio alzarci subito.»

Aramis aveva ripensato a prenderle la mano? Oppure presentiva un pericolo? E quale delle due opzioni sarebbe stata la peggiore?

«E perché?» chiese Angela curiosa.

Crshhhhhhhhhhhh.

«Perché il legno è marcio e sta per...»

CRACK!

La panchina collassò e Angela e Aramis finirono col sedere per terra.

Fu lui a ritrovare per primo le parole e completò la frase: «...spezzarsi».

Al che entrambi risero forte. Fino ad avere le lacrime agli occhi.

«Mi scusi,» disse Aramis con voce soffice «non avremmo dovuto sederci su questo catorcio.»

«Non fa niente» rispose Angela in tono altrettanto dolce. Poi guardò la mano di Aramis, di nuovo vicina alla sua. Ma all'improvviso le passò la voglia di sfiorargliela, perché stavolta guardò anche l'altra. E sull'altra c'era una fede.

«La porta ancora» disse Angela indicandola.

«Sì» rispose triste Aramis.

La magia si era infranta di botto. Angela si ricordò il motivo per cui era lì e disse cauta: «Ho saputo dell'incidente».

Aramis la guardò impietrito.

«Mi perdoni» disse Angela rimproverandosi per l'invadenza. Indagine o non indagine, non aveva il diritto di mettere il dito nella piaga. «È meglio che vada.»

Stava per tirarsi su, ma Aramis le disse: «Non fa niente».

Angela restò quindi seduta a terra accanto a lui, in mezzo alle rose.

«Ho gettato in disgrazia la mia famiglia. Jessica, Peter... non hanno avuto l'infanzia che meritavano.»

Angela provava un'indicibile pena per lui.

«Ho distrutto anche la vita di Galka.»

«Che non ha mai superato la morte della sorella?»

«In macchina c'era anche lui quel giorno. È rimasto illeso nel corpo, ma lo spirito...» Aramis parlava con voce rotta. Portava il peso di una colpa ancor maggiore di quanto Angela avesse immaginato.

«Ho distrutto ogni cosa. Ho ucciso mia moglie.» L'uomo si mise a piangere. La diga si era rotta. Angela non poteva saperlo, ma ebbe l'impressione che in tutti quegli anni lui non avesse mai parlato con nessuno lasciando libero sfogo alle lacrime. Ne fu molto commossa: l'uomo che aveva così a lungo tenuto chiuso in sé il proprio dolore, si apriva proprio con lei. Così fece come con Silvio. Strinse tra le braccia Aramis in lacrime.

Naturalmente fu molto diverso.

Una bella sensazione.

Molto bella.

Finché...

No, non perché le fosse venuto in mente Achim. In quel momento aveva dimenticato il marito. Del tutto. Se ne fosse stata consapevole si sarebbe strappata i capelli appena tinti. Ma non se ne rese conto. No, la bella sensazione svanì non appena Aramis disse tra i singhiozzi: «Non avrei dovuto reagire alla provocazione di Ralf mentre ero alla guida».

46

In quel momento tutta la sua vita avrebbe dovuto passargli davanti, invece Mike aveva un solo pensiero: Marie e il bambino non dovevano morire! E nemmeno Puzzy, dai. Cosa avrebbe detto Angela Merkel se il suo coniglietto fosse morto? Perché poi lo chiamava coniglietto? Ma perché si faceva domande idiote quando tutti stavano per andare al creatore?

«È appena nato» singhiozzava Marie guardando il figlioletto e Mike decise di agire. Aveva forse ancora sei secondi di tempo prima che tutto saltasse in aria. Scattò in avanti dimentico dei suoi dolori.

Cinque secondi.

Afferrò la granata.

Quattro secondi.

Guardò la finestra e pensò che doveva centrare il punto in cui il vetro si era rotto altrimenti la bomba sarebbe ricaduta all'interno e boom! Sarebbero morti tutti, Adrian Ángel, Marie, e anche il coniglietto.

Alla propria vita Mike non pensava. Solo a quella degli altri.

Tre secondi.

Mike prese la mira...

Due secondi.

...lancio!
Un secondo.
La bomba passò attraverso il buco nel vetro ed esplose all'esterno con un fragore assordante. L'onda d'urto li gettò a terra. E Mike vide tutto nero.

47

«Ralf Borscht era con voi in auto al momento dell'incidente?» chiese Angela incredula.

«Sì» rispose Aramis, si sciolse dall'abbraccio e si asciugò le lacrime con la manica della maglietta. «Eravamo in cinque: Anja, Ralf, Galka, mio figlio Peter e io. Tornavamo da una cena assieme al ristorante. All'epoca Ralf e io eravamo ancora soci. Ma lui era innamorato di Anja.»

«E lei?» chiese cauta Angela.

«Ricambiava.» Erano passati vent'anni, ma sembrava che Aramis non avesse ancora digerito la cosa. «Peter dormiva. Io avevo bevuto. Anche Ralf.»

«Guidava ubriaco?» Angela non riusciva a immaginarlo.

«Sì.»

Angela tacque. Non stava a lei muovere rimproveri a un uomo devastato dal senso di colpa.

«Galka era l'unico sobrio. All'epoca era astemio, era contro l'alcol. Non era solo mio cognato, eravamo amici!»

L'incidente in cui era morta la sorella, dedusse Angela, aveva spinto il giardiniere a bere e rovinato la sua amicizia con Aramis.

«Io e Ralf avevamo litigato perché lui voleva modificare lo statuto della società a suo vantaggio. Io sono esploso, gli ho urlato che aveva distrutto il mio matrimonio e voleva anche farmi fallire. Lui mi ha dato del sognatore, preso solo dalla scultura, ha detto che anche Anja la pensava così, che nella vita contavano altre cose oltre ai sogni... e io gli ho dato un pugno.»

«E lui?»

«Ha reagito. Io ho perso il controllo dell'auto, che ha sbandato e si è schiantata con la fiancata destra contro un albero. Anja è morta all'istante. La gamba di Peter è rimasta maciullata. Galka è finito in ospedale con una frattura alla spalla. Solo Ralf e io ce la siamo cavata con qualche graffio. Proprio noi due, che avevamo la colpa di tutto.

Aramis ammutolì fissando il vuoto davanti a sé. Angela non sapeva cosa fare. Abbracciarlo di nuovo? Anche se aveva guidato in stato di ebbrezza ed era venuto alle mani con Ralf Borscht dopo un litigio? Quell'uomo non aveva scuse, era colpevole della morte di sua moglie e della disabilità del figlio. Dell'alcolismo del cognato. Prima che Angela potesse prendere una decisione Aramis la pregò: «Non dica niente a nessuno, in particolare ai miei figli».

«È stata sua figlia a parlarmi dell'incidente.»

«Ma Jessica non sa bene come è andata. Che ero ubriaco. E non deve sapere mai, mai al mondo, che suo padre ha ucciso sua madre!» A un tratto l'uomo parve in preda al panico.

«Ha paura che si faccia di nuovo del male?» Angela aveva viva memoria delle cicatrici suoi polsi di Jessica Kunkel.

«Non c'è dubbio!» L'uomo temeva che la figlia si togliesse la vita e di ritrovarsi, nel peggiore dei casi, anche quella responsabilità sulle spalle. Jessica però aveva detto di sentirsi molto più equilibrata rispetto all'epoca in cui praticava l'autolesionismo.

Angela rimase molto turbata dai timori dell'impresario, che dopo qualche profondo respiro aggiunse: «A parte lei, solo io e Ralf sappiamo che eravamo ubriachi e che ci siamo picchiati. Anja e Galka sono morti. Il mio Peter al momento dei fatti dormiva. E della cosa noi non abbiamo fatto parola a nessuno».

«Ma perché lo ha raccontato a me?» chiese Angela meravigliata che l'uomo avesse corso quel rischio.

«Io... non posso andare avanti così. Ho bisogno di qualcuno accanto di cui mi possa fidare...»

Quell'uomo forte a un tratto si mostrò ancor più fragile di prima, quando aveva pianto sulla sua spalla. Eppure, o forse proprio per quel motivo, Angela ebbe paura. Aveva bisogno di qualcuno accanto? Di lei, forse?

«Cioè, come amica, persona di fiducia, in senso platonico, si intende» si affrettò ad aggiungere Aramis, per timore che Angela potesse respingerlo. «Non come amante.»

Amante.

Gli amanti!

Ad Angela tornò in mente in un lampo la lettera di ricatto:

VOI DUE AMANTI SAPETE
COSA AVETE FATTO.
DATEMI CIASCUNO UN MILIONE DI EURO
SE NO LO SAPRANNO TUTTI.

Il termine amanti poteva riferirsi ad Aramis e Ralf Borscht, che avevano amato la stessa donna e non avevano raccontato a nessuno «cosa avevano fatto». E non solo per puro senso di colpa. Per guida in stato di ebbrezza e lesioni personali potevano finire entrambi in prigione, visto che c'era scappato il morto. Galka, che era presente in auto, avrebbe potuto ricattarli già molto prima, ma lo aveva fatto solo al momento della pensione, perché voleva rifarsi una vita lontano da Freudenstadt, alle Maldive. Ad avallare la tesi che entrambi gli impresari erano sotto ricatto c'era anche la foto di Anja sulla Volvo arancione, probabilmente l'auto dell'incidente. Galka aveva dato la polaroid a Borscht. Come prova che faceva sul serio? Erano stati quindi i due impresari a uccidere prima lui e poi Charu, perché aveva cercato di estorcere loro denaro dopo aver trovato il taccuino di Galka?

«Che c'è?» chiese Aramis, vedendo Angela irrigidita.

«Niente» rispose lei cercando di non tradirsi.

«Ho esagerato» disse Aramis con aria afflitta.

Angela gli lasciò credere che fosse solo per quello. Si alzò e disse: «Voglio andare a casa prima che scoppi il temporale».

«Capisco.» Aramis restò seduto a terra, provato. Sembrava ignaro dei sospetti che Angela nutriva nei suoi confronti.

«Arrivederci» disse l'ex cancelliera, non le venne in mente altro. A passo svelto uscì dal giardino mentre sul suo capo si addensavano nuvole nere.

48

Angela si diresse spedita verso casa sotto i primi goccioloni, ma non si accorse neppure della pioggia, tanto era immersa nei suoi pensieri: aveva appena abbracciato un presunto assassino. Era terribile, molto più che stringere la mano a capi di stato assassini comprovati. A un tratto si aprirono le cataratte del cielo. Ma Angela non reagì. Si vergognava. Non solo per essere stata ingenua al punto da vedere Aramis come un'anima bella invece di trattarlo con distacco, da sospettato, come si addiceva a una buona investigatrice. Si vergognava soprattutto perché mentre era abbracciata all'impresario non aveva minimamente pensato ad Achim. Come poteva, ora, guardare negli occhi suo marito?

La bufera agitava minacciosamente le chiome degli alberi del cimitero. Angela si rese conto del pericolo solo quando un grosso ramo cadde al suolo a pochi metri da lei. Doveva affrettarsi, rischiava anche di essere colpita da un fulmine; le prime saette si abbattevano sul vicino lago Muffo.

Per un attimo Angela pensò che una morte improvvisa avrebbe potuto essere un'elegante soluzione, così non avrebbe dovuto ferire Achim confessandogli tutto. Loro due non si facevano mai del male. Era uno dei grandi segreti della loro unione. Oltre alla scelta di avere piumini separati a letto. Ma naturalmente era stupido sperare di rimanere fulminata per vigliaccheria. Se fosse morta avrebbe fatto ancor più soffrire il suo Cicci. Decise quindi di lasciarsi alle spalle il cimitero e gli alberi alla massima velocità.

Purtroppo la massima velocità di Angela non era molto elevata. Già dopo pochi metri sotto la pioggia scrosciante aveva il fiatone. Si costrinse a proseguire, passo passo, anche se col vento a sfavore avanzava di pochissimo. A un certo punto le doleva il fianco, ma i rami in caduta libera la incitavano a non fermarsi.

La cosa più fastidiosa però era il vento nelle orecchie, che le provocava un dolore acuto del tutto simile a quello patito in una seduta all'Onu per un ritorno in cuffia della traduzione simultanea. Sopra il ronzio udì però distintamente una voce, qualcuno la chiamava: «Angela!».

O era la sua immaginazione?

«Angela!»

No, era vero. Forse Mike era venuto a prenderla?

«Angela!»

No, Mike non la chiamava mai per nome, da lui poteva aspettarsi un "Signora Merkel", "cancelliera" oppure "Diamine, così davvero non mi aiuta".

«Angeela!»

Che fosse Aramis? Ma loro due si davano del lei. L'avrebbe chiamata "Signora Merkel". D'altra parte si erano appena abbracciati. Dopo un abbraccio si passa al tu?

«ANGEELA!»

Aramis sfidava le intemperie per venirle in aiuto?

«ANGEEEELA!»

Oppure la sua presenza rappresentava un ulteriore pericolo per lei? Era pur sempre sospettato di omicidio e le aveva rivelato il movente. E se si fosse reso conto che era stato un errore e volesse ridurla al silenzio?

«ANGEEEEELA!»

Sì, doveva essere Aramis, era l'unico che poteva sapere dov'era. Doveva correre più veloce per sfuggirgli. Ma faceva già fatica a mantenere il passo.

«ANGEEEEEEELA!»

La voce si avvicinava e suonava sempre più angosciata. Ma perché non si era mai allenata per farsi il fiato? Adesso non trovava più tanto divertente la risposta che aveva dato, parafrasando Churchill, al suo medico di Berlino che la sollecitava a fare più attività fisica: lo sport fa male.

«ANGEEEELAAAAAA!»

Con le ultime forze raggiunse l'uscita del cimitero che portava alla chiesa e alla piazza del mercato dove almeno non avrebbe rischiato di finire sotto un albero caduto. Forse poteva chiedere aiuto al pastore. Ma no, era in gita in Terra Santa con i parrocchiani, *Freudenstadt meets Jerusalem.*

«ANGEEEEEEEEELAAAAAAAAAAAA.»

Ad Angela parve di sentire il fiato di Aramis sul collo anche se con quel vento era idiota pensarlo. Finalmente raggiunse il cancello di ferro, che le arrivava al petto, e provò ad aprirlo. Lo scosse più volte, ma niente. Una persona un po' allenata l'avrebbe scavalcato facilmente, sarebbero bastati anche solo venti minuti di esercizio una volta la settimana. Angela maledisse Churchill e il suo "no sports". Quel bastardo di sicuro non aveva mai avuto un assassino alle calcagna.

«Angela.» La voce ora era vicina. Vicinissima. Disperata Angela tentò di scavalcare il cancello. Tenendosi con le mani portò la gamba il più in alto possibile. Non particolarmente in alto.

«Angela.» La voce ormai era a volume quasi normale.

Tentò di nuovo. Invano.

«Occhio, che rischi uno strappo muscolare.»

Angela si guardò alle spalle e vide una figura in impermeabile giallo, di quelli che si portano sui pescherecci. Il volto era nascosto dal cappuccio. L'apparizione avrebbe terrorizzato chiunque, ma Angela lo riconobbe subito. Lo avrebbe riconosciuto in qualunque situazione. Anche se le si fosse presentato travestito da struzzo. Era il suo Achim che aveva davanti sotto la pioggia, ora meno battente.

«Ciccina, devi tirarlo il cancello, non spingerlo.»

Angela lo guardò imbarazzata mentre le apriva il cancello. Entrambi uscirono dal cimitero allontanandosi dagli alberi e quindi dal pericolo immediato. Fatti una cinquantina di metri Achim si fermò e si tolse l'impermeabile.

«Ma che fai?» esclamò Angela fermandosi a sua volta.

«Lo do a te.»

«Ma così ti inzuppi anche tu.»

«E tu un po' meno.»

«Peggio di così è impossibile» disse Angela grondante.

«Dai, un po' aiuta» rispose Achim poggiandole l'impermeabile sulle spalle e alzandole il cappuccio sulla testa. Non gli importava di prendere l'acqua. Voleva sempre il suo bene. Era una brava persona. Un bravo marito. E lei una cattiva moglie.

«Ti chiederai perché sono qui.»

No, Angela era troppo occupata a vergognarsi, per farlo.

«Ti cercavo» spiegò Achim con i capelli bagnati incollati sulla fronte. Adesso di certo avrebbe voluto sapere dove era stata. E lei gli avrebbe confessato che era tra le braccia di un altro uomo. Ma Achim non le chiese nulla, disse invece: «Sei in pericolo!».

«Ti riferisci al temporale?» Angela indicò il cielo che pian piano schiariva.

«No, sta finalmente spiovendo.»

«È per Aramis?»

«E chi è Aramis?» chiese Achim irritato.

«Kunkel» si corresse Angela.

«L'impresario funebre?»

«Sì, lui.»

«Fa di nome Aramis?»

«No.»

«E perché allora lo chiami così?»

«Bella domanda» sospirò Angela.

«Può essere, ma la risposta ora non conta.»

«Come non conta?» Allora non era ancora arrivato il momento di confessargli tutto? Le era consentito sperarlo? Non era immorale?

«Il pericolo per te non è questo Aramis o come si chiama, Kunkel.»

«E neppure il temporale?»

«Nemmeno quello!»

«E qual è allora?»

«C'è qualcuno che va in giro lanciando granate.»

«Cosa?!» Angela era incredula.

«Mike, Marie, Puzzy e il piccolo Adrian per poco non sono morti alla ditta di esplosivi.»

«Oh mio Dio!»

«Ma Mike ha salvato tutti.»

«Stanno tutti bene?»

«Marie e il bambino sì. Mike è svenuto e adesso ha un po' di malditesta. E Puzzy ha il cosino bruciacchiato.»

«Quel suo bel codino arricciato...»

«Ehm, no, hai capito male, non la coda.»

«Ah.»

«E sappiamo anche chi è l'autore dell'attacco.»

«Cioè?»

«Ralf Borscht.»

49

Puzzy non si poteva dire contento. Non per il dolore in mezzo alle gambe, ma per via delle esplosioni, due in pochi giorni, e la seconda volta non c'era la sua Mutti a rassicurarlo. Sì, il carlino chiamava Mutti, "mamma", la sua padrona. Della madre canina non si ricordava, ma era abbastanza certo di averne avuta una. Si rendeva conto di essere diverso dalla mamma umana. Anche lei era tondetta, ma camminava su due gambe. Ci aveva provato anche lui, per farle piacere, ma aveva sbattuto il muso per terra. Pazienza, tanto era già schiacciato. Puzzy era anche convinto che agli altri cani non succedessero le cose terribili che aveva vissuto con la sua Mutti. Le altre mamme, così gli avevano raccontato Jeff e Jaff, i cocker spaniel vicini di casa, non se li portavano dietro dove la roba saltava in aria. Jeff e Jaff però gli avevano anche detto che la loro mamma la sera usciva spesso senza di loro e tornava la mattina dopo con addosso un odore che non era quello del loro padrone. E che per questo il loro papà aveva lasciato la mamma e che loro erano tanto tristi perché il papà gli dava sempre più premietti della mamma. Puzzy non aveva mai sperimentato una cosa del genere con la sua Mutti. Oggi però anche lei odorava di un altro uomo.

Mutti era sempre più strana ogni giorno che passava.

Adesso i suoi umani erano a casa di Marie, e confabulavano tutti agitati. Mike era rosso come un peperone. Dalla rabbia? Oppure anche lui si era bruciato tra le gambe? Marie cullava il bimbo tra le braccia. Mutti e Papi si asciugavano i capelli. E nessuno badava a lui! Che razza di modo di fare!

Mutti diceva che sarebbe andata da un certo Borscht per strappargli una confessione. Mike rispondeva che voleva andare anche lui e spezzare le gambe al tizio, poteva essere utile per farlo confessare. E Papi diceva che mai e poi mai avrebbe lasciato andare Mutti da sola da quel pazzo.

Puzzy non comprendeva proprio tutto quello che blateravano, ma era l'unico dei presenti a capire che Mutti nascondeva qualcosa a Papi. Lei aveva l'odore della paura. Paura che Papi non la volesse più. Forse nel momento in cui avesse sentito l'odore dell'altro uomo? Allora Puzzy sarebbe rimasto senza Papi, come Jeff e Jaff? O senza Mutti? Avrebbe dovuto scegliere tra i due? Come era possibile prendere una decisione del genere?

Puzzy iniziò a spaventarsi. Le gambe presero a tremargli. E come fanno i cani spaventati si mise ad abbaiare furiosamente: «Mutti, perché hai addosso l'odore di un altro uomo?».

Almeno così Mutti lo prese in considerazione. Ma non capiva. Non lo capiva mai del resto. Per esempio, lui le aveva chiesto mille volte di ammazzare il gatto dei vicini, ma niente. Lei non aveva mai neppure dato un calcio a quella bestiaccia idiota.

«Cosa c'è coniglietto?» chiese Mutti.

«Non devi fare le coccole a un altro umano» abbaiò Puzzy. «Non voglio un nuovo Papi, mi va bene quello vecchio. Mi dà sempre di nascosto il prosciutto buonissimo che tu non vuoi darmi. Uffa, perché te l'ho detto. Sono un cane stupido. Adesso gli proibirai di darmi il prosciutto. Ma no, aspetta, tanto tu non mi capisci quando abbaio.»

Mutti si chinò su di lui e accarezzandogli la testa disse: «Oh, topolino, sei il mio passerotto».

«Guarda che così gli crei problemi di identità» disse Papi.

«Allora, andiamo o no da Borscht?» chiese Mike prendendo quella cosa che davanti agli altri chiamava sempre pistola, ma se c'era solo Puzzy "Lady Bumm".

«Sì, andiamo» disse Mutti risoluta.

«Puoi giurarci!» esclamò Papi.

«Ma la pistola non serve» ordinò Mutti con lo stesso tono che usava quando Puzzy voleva prendere dal tavolo quelle squisitezze che chiamavano patatine alla paprika.

Mike rinfilò l'aggeggio nella giacca. Marie si avvicinò all'omone e disse: «Stai attento».

«Il mio lavoro è badare agli altri.»

«Sì, ma stai attento lo stesso.»

Gli diede anche un bacino sulla guancia. Ora Mike non era più rosso dalla rabbia o perché forse si era bruciato tra le gambe, ma – Puzzy lo capiva dall'odore – perché gli piaceva Marie. Anche loro due sarebbero diventati papà e mamma. Di piccoli umani come Adrian, che non faceva niente tutto il giorno, ma loro si occupavano di lui molto più che di un povero carlino.

«Sarà pericoloso» disse Mike. «Il complice, chiunque sia, potrebbe saltar fuori.»

«Io lo so chi è il complice» disse Mutti.

«Davvero?» chiesero tutti contemporaneamente, come un branco che abbaiava alla luna. «Chi è, chi è, chi è?»

«Ve lo dico quando Borscht lo avrà confermato. Se la mia ipotesi fosse errata finirei per accusare ingiustamente una persona che soffre.»

«Quell'Aramis?» chiese Papi.

«Ne parliamo dopo» glissò Mutti e odorava di nuovo di paura, cosa che gettò Puzzy nel panico.

«Puoi badare tu al mio coniglietto?» chiese Mutti a Marie.

«Ma se sono io che bado a te!» abbaiò il carlino.

«Vuoi venire anche tu coniglietto?»

«Non ti si può lasciare sola che fai cretinate con un altro uomo!»

«Non voglio che ti bruci di nuovo il cosino.»
«E io non voglio che tu me lo ricordi!»
Mutti lo guardò e probabilmente capì che il carlino faceva sul serio. In ogni caso disse: «Va bene, toporagno, vieni con me!». E si avviò seguita da Papi e Mike. Puzzy le trotterellò appresso. Non voleva fare la fine di Jeff e Jaff. Se Mutti si azzardava a fare le coccole a un altro uomo, lui lo avrebbe cacciato a morsi.

50

Dopo aver fatto un salto a casa per indossare abiti asciutti, Angela si incamminò a passo veloce assieme ad Achim, Mike e Puzzy, verso l'Agenzia funebre Borscht. Il cielo era limpido e spirava una brezza fresca, non come a Berlino, che dopo i temporali estivi era assediata dall'afa e il vapore acqueo che saliva dalle pozzanghere si mescolava agli inquinanti a formare una miscela letale. Freudenstadt non era in alcun modo paragonabile alla capitale, se non forse per il numero degli omicidi. Mike ribolliva di rabbia, Achim aveva assunto un'espressione risoluta e Puzzy stava appiccicato alla sua padrona e la squadrava ogni tanto con aria di rimprovero. Di sicuro perché, pensava Angela, non era con lui al momento dello scoppio della bomba, a consolarlo. Si sentiva in colpa, non avrebbe dovuto lasciarlo solo, e certo non per tenere tra le braccia un potenziale assassino come Aramis. Angela ora si vergognava anche davanti al suo carlino. E provava almeno altrettanta vergogna per aver taciuto agli altri che, secondo i suoi sospetti, era lui il complice di Borscht. Si aggrappava in parte alla speranza che i due, nemici per la pelle, non avrebbero mai collaborato e che quindi quell'uomo così colto non fosse colpevole.

«Hai fatto la tinta» disse Achim all'improvviso. «Come mai?»

La domanda colse Angela di sorpresa, anche se non era poi così strana. Strano era che arrivasse proprio ora che erano davanti alla porta dell'agenzia, in procinto di estorcere una confessione a un assassino.

«Credevo che tu preferissi un colore più naturale» insistette Achim. Era più irritato che diffidente. Ma un pochino anche quello. Angela non c'era abituata e naturalmente le dispiaceva. Anche perché era una diffidenza giustificata. Abbassò gli occhi e incrociò lo sguardo del carlino: diffidenza pura. Ci mancava solo che ringhiasse.

«Angela, mi rispondi?»

«Il parrucchiere... ha pensato... cioè all'inizio voleva farmi bionda...»

«Cristo santo,» esclamò Mike «ma vi pare il momento? Mi sembra che abbiamo altri problemi.»

Normalmente una guardia del corpo non si intromette mai, e certo non in maniera così sgarbata. Ma Angela in quell'occasione gli era grata. Capiva perfettamente lo stato d'animo del bodyguard, anche lei era furiosa con Borscht. Per poco non aveva ammazzato Mike, Marie e il piccolo Adrian!

«Grazie mille» disse Mike appena smisero di parlare e sfondò la porta. Senza rincorsa. Così. Aveva rabbia sufficiente per dieci porte.

«Forse bastava suonare» azzardò Achim.

«Davvero?»

Achim alzò le mani: «Io non ho detto niente».

Attraversarono lo showroom altrimenti deserto e ad Achim cadde lo sguardo sulla bara dei Modern Talking. Con aria perplessa chiese: «E questi due? Sono compagni di bara?».

Ovviamente non conosceva Dieter Bohlen e il suo partner musicale. Achim si era fermato al 1972, quando si erano sciolti i Flying Burrito Brothers. Tutti quelli venuti dopo per lui erano brutte copie, una affermazione che durante una cena ufficiale al cancellierato aveva un po' sconcertato Rihanna.

«Abbiamo sul serio altri problemi» imprecò Mike aprendo la porta che portava al magazzino. Ralf Borscht era seduto a terra con una bottiglia di vino rosso in mano, altre due bottiglie vuote a fianco e nessun bicchiere in vista. Guardava fisso la foto polaroid di Anja Kunkel, la donna morta per colpa sua e di Aramis. Il fatto che sua moglie fosse saltata in aria non sembrava affliggerlo.

«Ehi, pezzo di merda!» urlò Mike.

Borscht non reagì.

«Ti faccio vedere io!»

Solo allora l'impresario alzò su di loro lo sguardo vuoto.

«Sì, dico a te!» insistette Mike.

«Per favore» disse Angela, posandogli la mano sul braccio. «Lasci fare a me.» Per quanto anche lei fosse furiosa, riusciva a mantenersi lucida. L'obiettivo era strappare all'uomo una confessione e scoprire se Aramis fosse veramente suo complice nell'omicidio.

Angela fece cenno a Mike e Achim di aspettare e si avvicinò a Borscht. Puzzy non si schiodava dal suo fianco. «Resta» gli ordinò. Ma il carlino non diede segno di ubbidire. «Resta!» ripeté. Niente. Infine, sospirando, Angela prese in borsa dei premietti e li gettò davanti ai piedi di Achim. Puzzy era combattuto. Chiaramente non voleva perdere di vista la sua padrona, ma i premietti esercitavano su di lui in qualunque situazione un'attrazione irresistibile. Corse da Achim e divorò i bocconcini. Angela invece si piazzò davanti a Borscht e disse: «Lei era molto innamorato di Anja Kunkel».

Borscht bevve un sorso dalla bottiglia. Una mancata risposta è a suo modo una risposta.

«Galka la ricattava.»

L'uomo bevve ancora, sempre tacendo. Ma perché la confessione fosse valida Angela aveva bisogno di qualcosa di più di un silenzio gravido di significato. Si sedette a terra accanto all'impresario e aggiunse con delicatezza: «E anche Charu, dopo che aveva trovato il taccuino di Galka. Le ha telefonato dalla casa del giardiniere minacciandola».

Borscht la guardava con occhi vitrei. Capiva cosa gli stava dicendo?

«Lei ha ucciso due persone.»

Per un secondo ad Angela parve di scorgere nello sguardo dell'uomo una sorta di sorpresa, ma poi Borscht tornò a fissare la polaroid. Era forse innocente? No, le prove andavano contro di lui. Piuttosto era certamente sorpreso di sentirsi rivolgere un'accusa così diretta.

«Nella sede della Esplosivi Pionier, dietro uno scaffale, c'era la pala con cui è stato ucciso Galka. Facendo esplodere la granata lei ha distrutto quella prova prima che i miei assistenti potessero metterla in sicurezza. E per farlo per poco non ha ucciso entrambi, un bambino di pochi mesi e il mio carlino.» Angela avrebbe proprio voluto prendere l'impresario per il collo, tanto lo odiava per quello che aveva fatto ai suoi cari.

Borscht non reagì alle accuse, continuava a fissare la foto. Era come se non avesse sentito niente.

«Ha intenzione di negarlo?» chiese Angela mettendolo alle strette. Borscht posò la foto e in un sorso vuotò la bottiglia. Angela pensò che usasse il vino per trovare il coraggio di confessare. Ma l'uomo si pulì la bocca sulla manica e restò muto.

«Ti ha fatto una domanda!» ruggì Mike.

Borscht lo ignorò, ma gli occhi all'improvviso gli si accesero: «Avete le prove?».

«L'arma del delitto.»

«Ma se ha appena detto che una bomba ha distrutto tutto. Anche la pala di cui parla.»

«Forse se ne trovano resti tra le macerie.»

«Forse» disse beffardo Borscht. «E anche se fosse, chiunque avrebbe potuto metterla lì per incastrarmi.» Sbatté la bottiglia vuota sul pavimento. Se lo avesse fatto con un po' più di forza l'avrebbe rotta, trasformandola in un'arma tagliente.

Angela si alzò in piedi, si allontanò di qualche passo e chiese: «Intende quindi negare di aver commesso il fatto?».

«Negare di aver fatto saltare in aria mia moglie?»

«Charu la ricattava e lei non l'ha mai amata.»

«Ma scusi, se lei non ama suo marito lo fa saltare in aria?»

Angela si voltò istintivamente verso Achim, che scosse la testa come a dire: "No, Ciccina, tu non lo faresti mai". Poi tornò a guardare l'impresario: «Dirà tutto alla polizia».

«Al commissario Hannemann,» grugnì Borscht «quell'idiota magari le crederebbe anche.»

Più probabilmente manderebbe tutto all'aria, pensò Angela. Ma che alternativa aveva? Borscht non avrebbe confessato lì su due piedi, questo era chiaro. Però non voleva demordere: «Anche Kurt Kunkel era sotto ricatto, vero?».

Al nome di Kunkel Borscht si tacque, sollevò la bottiglia sperando in un altro sorso, ma era completamente vuota.

«Io so come è successo l'incidente» disse Angela indicando la foto di Anja Kunkel nella speranza di farlo uscire dal riserbo.

L'impresario guardò addolorato la polaroid. Poi chiese: «Glielo ha detto Galka?».

Angela si rendeva perfettamente conto che, ponendole quella domanda, Borscht in pratica ammetteva di essere stato ricattato dal giardiniere.

«No.»

«E chi allora?» chiese l'uomo aggrottando la fronte.

«Kurt Kunkel.»

«Quello stronzo. Avevamo giurato di non dirlo a nessuno!»

«Siete voi due gli autori dei delitti.»

Per la prima volta l'impresario la guardò dritto negli occhi. Angela si aspettava che finalmente confessasse. Ma non fece nulla del genere. Invece si mise a ridere. E rideva. Rideva. La risata rimbombava inquietante nel grande spazio vuoto. Ci volle un po' prima che Borscht si ricomponesse e lei potesse chiedergli cosa c'era da ridere tanto.

«È buffo che lei pensi che io abbia fatto qualcosa assieme a Kurt. Piuttosto mi taglierei un piede.»

«Lei lo detesta.»

«E lui detesta me.»

«Ma Galka vi ha ricattati entrambi.»

«Mi creda, se mai dovessi ammazzare qualcuno, di certo non lo farei assieme a Kurt Kunkel.»

L'odio di Borscht per Aramis era tangibile. Impossibile che volesse in quel modo proteggere un complice.

Le cose stavano così: a) Borscht aveva compiuto gli omicidi con un'altra persona, b) Angela avrebbe in seguito riflettuto su chi potesse essere, e poi c) era semplicemente felice che Aramis non fosse più sospettato. Talmente felice che il cuore le faceva capriole in petto.

51

Borscht fu caricato sulla macchina della polizia da due agenti. Essendo questi ultimi entrambi in sovrappeso fu una fortuna che l'arrestato fosse sbronzo. Se fosse stato sobrio avrebbero faticato ad averne ragione, tanto si divincolava professandosi innocente. L'allievo commissario Martin era accanto ad Angela. I guanti per la neurodermite erano di nuovo bianchi. Il suo superiore, Hannemann, stava recuperando gli straordinari a Ibiza, così disse il giovane. Data la pigrizia del commissario, pensò Angela, le ore in più dovevano risultare da conteggi molto creativi, come quelli dello scandalo Wirecard.

«Verificheremo tutte le sue accuse contro Ralf Borscht e indagheremo sull'incidente di allora. Poi il commissario Hannemann, appena tornato, scoprirà senz'altro chi è il complice, da genio dell'investigazione qual è!»

Angela ascoltò Martin senza purtroppo credere a una parola. Tuttavia non poteva far altro che lasciare le cose in mano a lui, perché lei stessa non sapeva ancora chi fosse l'altro colpevole. Dopo aver parlato con Borscht si era solo convinta che non poteva trattarsi di Aramis. Angela ricordava quanto fosse importante per lui che i figli non venissero mai a sapere della sua responsabilità nella morte della loro madre, quindi pregò il giovane commissario di non far parola a nessuno delle dinamiche dell'incidente di vent'anni prima.

«Vuol dire che Peter non deve sapere niente?»

«Esatto, e neppure la sorella, Jessica.»

«Tranquilla, sarò muto.»

«Davvero?»

«Peter è mio amico. Non la prenderebbe bene, è ancora sconvolto dalla morte di Charu.»

Angela era certa che Martin fosse sincero. Solo un politico navigato sarebbe stato in grado di bluffare così spudoratamente.

«Peter era molto innamorato di quella donna» sospirò Martin.

«Ma Charu non ricambiava.»

«Comunque lui non si era mai fatto illusioni a proposito.»

«La odiava per questo?» chiese Angela. Perché in quel caso poteva essere lui, Peter Kunkel, il complice di Borscht. La lettera di ricatto era posata sulla sua scrivania dopo tutto, quindi non poteva essere indirizzata ad Aramis.

«L'ha amata. Mai odiata. Noi satanisti non crediamo all'odio.»

«La cosa un po' mi sorprende» disse Angela meravigliata.

«Però è così» sorrise Martin.

«Sembra entusiasta di essere satanista.»

«Molto più che poliziotto.»

«Non le piace il suo lavoro?» chiese stupita Angela, che trovava le indagini su casi di omicidio intellettualmente stimolanti.

«Non sarò mai bravo quanto Hannemann.»

«Io credo proprio di sì, invece» rispose Angela mordendosi la lingua per non dirgli che il difficile era piuttosto far peggio del suo capo.

«Penso di no. Inoltre presto avrò un lavoro ancora più bello.»

«Ha intenzione di licenziarsi?»

«Mi scusi, adesso devo proprio andare» tagliò corto il

giovane. «E, come le ho detto, niente paura, i due non lo sapranno mai.»

L'allievo commissario che apparentemente non voleva diventare commissario andò alla volante lasciando ad Angela una strana sensazione addosso. In quello che Martin aveva detto c'era qualcosa di importante per le indagini. Ma cosa?

Mentre ci rifletteva lo sguardo le cadde su Mike e Achim. Il bodyguard parlava con suo marito e quest'ultimo aveva l'espressione seria di quando i suoi esperimenti dimostravano che gli uomini non avrebbero mai compreso la meccanica quantistica. Nel momento in cui Mike si accorse che Angela li guardava si interruppe di botto e si allontanò, come un undicenne sorpreso dall'insegnante con una sigaretta che già comunque gli dava il voltastomaco. Achim invece fissava la moglie come se fosse un quanto incomprensibile. Cosa si erano detti quei due?

52

Dopo una giornata più che convulsa, Puzzy dormiva nella cuccia davanti al letto matrimoniale come un sasso. Ammesso che i sassi russino. E scorreggino. E rincorrano conigli in sogno. O scoiattoli. O mucche. O salsicce volanti. Quantomeno, pensò Angela sotto il piumino singolo, il carlino non la guardava più così severo. Che cosa aveva? Ma quell'interrogativo, assieme a molti altri, doveva aspettare. La priorità per Angela era capire cosa, nel discorso di Martin, l'aveva messa in agitazione, come quando non ti viene in mente il nome di una persona e più ti sforzi di ricordarlo peggio è. Le era già successo una volta alla fine del suo mandato con il presidente Hollande a un ricevimento in ambasciata. Che imbarazzo.

Accanto a lei nel letto Achim leggeva il libro di un filosofo quantistico intitolato *Esisto se nessuno mi guarda?* Come sempre aveva ridotto il piumino a un grumo. Suo marito aveva la straordinaria capacità di trasformare il letto in pochi secondi in un campo di battaglia. E contro ogni logica Angela si inteneriva. Cosa non ti combina l'amore.

Achim non si accorse che lo guardava rapita. Sembrava teso. Era fermo da cinque minuti sulla stessa pagina che spiegava come mai, secondo la teoria delle stringhe, il nostro universo non può esistere. Angela dubitava che Achim non andasse avanti perché faticava a capire. Suo marito era in grado di comprendere in un batter d'occhio le teorie più complesse. Forse gli pesava non poter condividere con lei il suo interesse per i quanti, come a lei dispiaceva non potergli parlare di Shakespeare. Così provò a impegnarsi. «Quindi l'universo per come lo conosciamo non esiste?» gli chiese.

«Cosa?»

«Certo, se non esistesse,» proseguì ironica «avremmo tutti meno problemi.»

«Mmm» borbottò lui e si girò sul fianco. Dandole la schiena.

«Cosa c'è, Cicci?»

«Niente.»

Qualcosa c'era.

E forse, pensò terrorizzata, aveva a che fare con quello che gli aveva detto Mike. Era arrivato il momento di dire la verità.

«Achim?»

«Sì Ciccina?» Il nomignolo non suonava tenero come al solito.

«Niente, niente, Cicci.»

Dire la verità, come invecchiare, non è roba da codardi.

Entrambi restarono per un po' in silenzio. Poi Achim chiese a bassa voce: «Chi è Kurt Kunkel?».

Ad Angela si strinse la gola. Con voce appena udibile rispose: «L'altro impresario».

«Ed è cotto di te?»

«Mike te lo ha...» Angela si interruppe tossendo.

«Solo perché gliel'ho chiesto.»

Angela era furiosa.

«Non prendertela con lui, l'ho messo alle strette.»

«Mmm.» Adesso era angosciata al punto da non provare nemmeno più rabbia nei confronti di Mike. Solo timore per il suo matrimonio.

«Cotto. Che vuol dire? Come si cuoce uno? In padella, alla piastra, al forno? Non fa male?»

Proprio quello che si era chiesta Angela. Anche se non riuscivano a comunicare bene su certi argomenti, tipo Shakespeare e la teoria dei quanti, per il resto erano sulla stessa lunghezza d'onda.

«E anche tu sei cotta di lui, qualunque cosa significhi?»

Evidentemente Mike aveva parlato ad Achim solo dell'interesse dell'impresario nei confronti di Angela. Per metterlo in guardia. Magari addirittura per salvare il loro matrimonio?

In quel caso l'indiscrezione gli faceva onore perché dimostrava quanto il bodyguard tenesse a lei e ad Achim. Comunque era arrivato il momento di dire la verità e la verità era purtroppo, a essere totalmente sincera, che non lo sapeva. Le aveva fatto piacere parlare con Aramis, aveva desiderato stare con lui mano nella mano, lo aveva persino abbracciato e consolato, però non sapeva dire cosa provasse per lui. Con Achim stava assieme da decenni. Aramis lo conosceva da pochi giorni. Non c'era paragone!

«Stai impiegando troppo a rispondere.»

«Sì...» ammise Angela.

«Troppo per una risposta sincera.»

«Sì...» tornò ad ammettere Angela.

«Chiarisciti le idee per favore. Fallo per te. Per me. E anche per questo Kunkel.»

Per Kunkel? Anche in una situazione del genere Achim pensava agli altri. Era così buono. Non arrabbiandosi, non facendole una scenata, mostrava una grandezza d'animo incredibile, come nessun altro al suo posto. Achim era proprio un uomo straordinario. «Ti amo» gli disse Angela.

«Lo so. Anch'io.»

Che bello sentirselo dire.

«E proprio per questo devi chiarire la questione al più presto.»

Achim si voltò sul fianco per concentrarsi di nuovo sul paragrafo che prospettava l'inesistenza del nostro universo. E Angela capì che ora era in gioco l'esistenza del suo.

53

Avevano finito di fare colazione, pur non avendo quasi toccato cibo. Angela e Achim non avevano appetito ed erano rimasti per lo più in silenzio, a parte dire: «Mi passi il pane per favore, Cicci?». Prima Achim avrebbe fatto seguire a una richiesta del genere una frase scherzosa, tipo: "Come se fosse facile trovare pane per i tuoi denti, Ciccina".

Come avrebbe potuto andare avanti senza quelle battute che solo lei, per amore, riusciva ad apprezzare? Già al loro primo appuntamento Achim ne aveva tirata fuori una particolarmente infelice: «Sai qual è la mia canzone preferita? Si intitola *Ho ancora la tua blusa*».

«Mai sentita» rispose Angela.

«Forse la conosci in inglese.»

«E sarebbe?»

«*I've still got the blues for you.*»

Era un genere di umorismo che Angela non trovava particolarmente divertente, ma l'assenza di battute quella mattina le era pesata. Tutto per via di Aramis. Doveva chiarire la questione definitivamente.

Angela si alzò da tavola e annunciò: «Adesso vado da lui».

«Sì, è giusto» rispose Achim a bassa voce, ma deciso.

Angela si avviò verso la porta, ma Puzzy le si parò ringhiando davanti. Finalmente capì: il carlino non voleva che vedesse Aramis. «Amo tanto anche te, piccolo dolcissimo coniglietto» gli disse. Avrebbe voluto aggiungere "andrà tutto bene" per rassicurarlo, ma non era abituata a fare promesse che non era certa di poter mantenere. Neppure a un carlino. Così lo guardò triste e lui fece lo stesso. Come se avesse capito.

Uscendo diede ancora uno sguardo al suo amato marito e al suo amato coniglietto. Impossibile dire chi somigliasse di più a un cane bastonato. Puzzy. Achim. O lei stessa.

Inoltre, con la coda dell'occhio, Angela vide Mike che usciva dal suo alloggio in giardino per fare colazione. Sembrava imbarazzato, ma come poteva essere arrabbiata con lui? Se ce l'aveva con qualcuno, allora era con se stessa, perché aveva messo in pericolo tutto ciò che aveva di più caro e prezioso.

Angela attraversò la piazza del mercato, sorpresa che il banco di Fruttangela fosse chiuso, costeggiò la chiesa, e si diresse al cimitero. Guardò di nuovo la tomba della piccola Juliana Blume, morta bambina secoli prima. Se non avesse mai letto l'iscrizione sulla lapide non sarebbe entrata in crisi pensando alla monotonia della sua vita. Una bimba scomparsa da tanto tempo aveva fatto vacillare il suo mondo.

Angela proseguì e passò davanti alla casa del giardiniere defunto. Peter Kunkel stava tirando fuori uno scaffale che sembrava distrutto quanto quello di Ikea che Angela e Achim avevano rovinato montandolo quando si erano trasferiti nella casa nuova. Il giovane aveva gli occhi segnati, forse per le lacrime versate per Charu. Stavolta indossava jeans neri e una maglietta nera con sopra il logo del suo shop online in lettere rosse fiammeggianti: SATANAZON.

«Quindi alla fine ha comprato la casa del giardiniere?» chiese Angela.

«Il comune me l'ha offerta a 15.000 euro. Il notaio sta preparando l'atto. Comincio a sistemarla.»

«Sistemarla per cosa?»

«Diventerà un ruolo di pellegrinaggio per i satanisti di tutto il mondo. Vi si terranno conferenze sul mercante Hachert e seminari sul corretto stile di vita del satanista. Inoltre sarà un punto vendita per i nostri prodotti. Saremo, come Amazon, una azienda di e-commerce con un flagship store, solo che in nostro non sarà a Seattle, ma a Freudenstadt. Ma i soldi veri li faremo diversamente.»

«E come?»

«Con le orge di scambisti.»

«Ritiro la domanda.»

«Organizzate apposta per satanisti di tutto il mondo. Piacerà moltissimo, orge al cimitero...»

«Non voglio sapere altro.»

«Verrebbe con suo marito? Le do un invito.»

«NO!»

«Peccato, per noi sarebbe stata una buona pubblicità.»

«Con noi intende lei e Martin?» disse Angela collegando l'intenzione dell'allievo commissario di intraprendere un'altra carriera professionale.

«Esatto.»

«Prima voleva farlo con Charu?»

«In effetti sì, ma adesso so che lei non è mai stata realmente interessata» disse triste Peter. «Voleva andarsene da Freudenstadt.»

«Glielo ha detto lei?»

«Charu aveva trovato il modo di fare un sacco di soldi, ma non voleva svelarmi come. Diceva solo che non avrebbe mai investito in Satanazon.»

«E i soldi arrivano invece...?»

«Da Martin. Qualche mese fa ha ereditato.»

«Cosa dice suo padre del progetto? Vorrà di certo che il primogenito gli subentri a capo dell'agenzia funebre, secondo tradizione familiare.»

«Lo farà Jessica. Lo desidera da sempre. Così potrà portare la ditta al fallimento.»

«Come al fallimento? Non ha fiducia in sua sorella?»

«Non abbiamo liquidità e vista la concorrenza di Borscht dubito che entreranno soldi.»

«Martin le avrà certo detto che Borscht è in stato di arresto.»

«Ma ci penserà Merle a portare avanti l'agenzia. E nella vita ha sempre seguito le orme paterne. Una vera cocca di papà.»

Peter Kunkel evidentemente ignorava che le due ragazze prima di lasciarsi avevano in programma di fondere le due aziende.

«Borscht finirà all'inferno per quello che ha fatto a Charu» disse Peter scaldandosi. «I demoni lo arrostiranno sulla brace, poi lo faranno a fette e lo daranno in pasto ai cani infernali, che poi sventreranno per recuperare tutte le sue membra e ricostruirlo, risvegliarlo e ricominciare tutto da capo.»

Alla faccia dei satanisti che non conoscono odio.

«Adesso vado» disse Angela.

«Anch'io devo andare alla cappella per preparare il funerale della vecchia signora Krawinkel.»

«Allora buon lavoro.»

«Non vuole fare un pensierino su quell'invito...»

«NO! ASSOLUTAMENTE NO.»

Angela si allontanò lasciando Peter Kunkel perplesso. Ne aveva sentite abbastanza. Le indagini dovevano aspettare, il suo piccolo universo aveva la priorità.

54

Dopo essersi lasciata alle spalle la casa del giardiniere e il mausoleo del mercante Hachert, Angela vide Aramis su una passerella protesa sullo stagno del cimitero. Aveva accanto la cartella dei disegni ma stava seduto immobile a guardare l'acqua che, sotto il tappeto di alghe, scintillava al sole, solcata da una famiglia di anatre. Sembrava profondamente assorto nei suoi pensieri.

Angela imboccò la passerella, Aramis la vide e le rivolse un sorriso inusitato: intenso, ma al contempo fragile. Il sorriso di un uomo che, pur consapevole di poter essere ferito nei sentimenti, apriva il suo cuore. Non c'era dubbio: provava qualcosa per lei!

Angela sentì le ginocchia tremare, lo stomaco contrarsi.

«Si sieda qui accanto a me» la invitò Aramis.

Angela non riusciva a mettere un piede davanti all'altro.

«È sicuro,» disse Aramis con un sorriso ironico «la passerella è più solida della panchina di ieri.»

Angela non riuscì a trattenere a sua volta un sorriso, che però subito si spense. Stava pensando che sulla panchina e anche dopo, a terra, stavano per tenersi la mano.

Sarebbe successo di nuovo se si fosse seduta accanto ad Aramis?

Naturalmente.
Voleva correre il rischio?
Sì.
Ma anche no.
Le venne in mente una barzelletta di Achim: «È indeciso? Risposta: Sì, ma anche no».
Achim.
Voleva che lei chiarisse la situazione.
«Venga» sorrise Aramis e Angela, pur indecisa, arrivò in fondo alla passerella e si fermò a un metro da lui. Da lì si godeva una splendida vista dello specchio d'acqua.
«Qui» disse Aramis spostandosi di lato e posando la cartella dei disegni dietro di sé per farle spazio. Angela si sedette lasciando penzolare le gambe sull'acqua accanto alle sue, consapevole di quanto erano vicini: li dividevano solo pochi centimetri.
Entrambi tacquero per un po', ma era un silenzio diverso da quello calato tra lei e Achim a colazione. Angela avvertiva un'effervescenza eccitante, ma anche minacciosa. Temeva di perdere il controllo, cosa per lei insopportabile.
«Sa quali sono i versi di Shakespeare che...»
«Vuol dire di Emilia Bassano?» lo interruppe Angela.
«Sì, di Emilia,» rise Achim, ed era bellissimo quando rideva «insomma, sa quali versi preferisco?»
«Devo indovinare?»
«*Il canto del giullare.*»
Angela lo aveva imparato a memoria come altri versi che amava particolarmente. Per fortuna non era in piedi, perché le vennero le gambe molli. Erano parole d'amore.
«*L'amore che cos'è? Non è il domani*» prese a declamare Aramis con la sua bella voce profonda. «*La gioia d'oggi ha oggi il suo sorriso, ché del domani non v'è mai certezza e nell'indugio non c'è mai ricchezza.*»
Aramis tacque e Angela capì che voleva evitare di recitare la strofa successiva: *Baciami, o mia dolcezza!*
Ma la sua intenzione era comunque chiara.

«*Giovinezza...*» proseguì Aramis, ora con una malinconia nella voce che Angela condivideva «*...finché dura.*»

La giovinezza era finita.

La vita stava finendo.

E con lei l'amore.

Aramis le prese la mano.

La strinse.

Forte come mai nessun uomo prima.

Neppure e tanto meno Achim.

Ora Angela sapeva con quale uomo voleva condividere la vita e l'amore fino alla fine.

55

Seduto al tavolo della colazione Achim cercava di concentrarsi sul suo libro e sulla esistenza o meno dell'universo, ammesso che cambiasse poi qualcosa. Ma continuava a fissare le pagine, senza leggerle. Era distratto da Mike che già da un po' cercava inutilmente di liberarsi di un pezzo di salame che gli era rimasto incastrato tra i denti. Ma più che altro lo distraeva il pensiero che Angela fosse assieme a un altro.

Naturalmente aveva sempre immaginato che prima o poi un'altra persona avrebbe suscitato in lei un'infatuazione passeggera. Però si sarebbe aspettato che avvenisse quando la moglie era in politica, in fin dei conti la sua Ciccina era quasi ogni giorno in contatto con personaggi affascinanti. Invece le era successo da pensionata. Adesso Achim poteva solo contare sul forte legame che li univa.

Lo stesso si struggeva. Da scienziato sapeva che negli esperimenti esiste sempre il rischio di imbattersi in risultati inattesi. Se così fosse stato al momento, avrebbe davvero preferito che l'universo non esistesse.

Cercò di tirarsi su con una canzoncina: «*Choor op, sloopo Joon, oh whot con ot moon to o doydroom boloover ond o homocomong qooon?*».

Mike lo fissò allibito.

«È una bella canzone» spiegò Achim al bodyguard. «Mette di buon umore, al posto delle vocali si mettono altre lettere.»

«Quali altre lettere?» biascicò Mike, ancora impegnato a trafficare con le dita in bocca.

«Sì, puoi cantarla con la O, con la A, anche con la F.»

«La F?» Mike lo guardò come se Achim non avesse più tutte le lettere di Scarabeo a posto.

«Chffr fp, slffpf Jffn, fh whft cfn ft mffn tf f dfydrffm bflffvfr fnd f hfmfcfmfng qfffn?»

«Ah ok...» Mike era visibilmente provato.

«Si può fare anche con la virgola.»

«Ma spero bene che adesso non la canti.»

«Chvirgolar virgolap, slvirgolapy Jvirgolan, virgolah...»

«Ho capito» lo interruppe Mike.

«Vuole cantare con me?» chiese Achim. Forse gli sarebbe stato d'aiuto.

«No grazie.»

«Peccato.»

«Sa, signor Sauer, io sono un idiota.»

Achim fu sorpreso da quella manifestazione di autocoscienza che non volle confutare, anche se avrebbe piuttosto definito Mike un amabile sempliciotto.

«Sono troppo timoroso.»

«Lei?» Achim era sorpreso. Ai bodyguard non dovrebbe mancare il fegato.

«Non ho il coraggio di dichiararmi a Marie.»

«Perché teme una delusione d'amore?»

«Esatto! D'altra parte oggi ci sei, domani chissà.»

Achim non aveva mai pensato molto alla morte. Chiaro, sapeva che in teoria si può morire da un momento all'altro, ma era uno che viveva nel presente e non si preoccupava mai inutilmente.

«L'ho sperimentato ieri» disse Mike scosso.

Achim capì immediatamente che si riferiva alla bomba.

«Sarei morto senza aver mai guardato *Guardia del corpo* assieme a Marie.»

«Temo di non capire» disse Achim perplesso.

«Marie deve sapere chi sono.»

Anche questa affermazione risultò piuttosto criptica.

«Vado subito da lei» disse Mike alzandosi.

«Mi sembra un'ottima idea.»

«Grazie.»

«Avrei però un'altra cosa da dirle.»

«Cioè?»

«Farebbe bene a pulirsi il collo della camicia, l'ha tutto sbavato mentre si trafficava in bocca.»

«Ah, sì.» Mike si mise subito all'opera.

«Spero che lei e Marie siate uniti come me e mia moglie.»

«Sarebbe bello» sorrise Mike.

Stava quindi nascendo un nuovo amore. Achim avrebbe dovuto esserne felice, invece aveva il cuore gonfio. Poteva solo sperare che non ne nascesse anche un altro. Il pensiero lo angosciò al punto da esclamare: «E ora con la F!», per poi mettersi a cantare: «*Chffr fp, slffpf Jffn, fh whft cfn ft mffn...*».

«Signor Sauer» lo interruppe Mike.

«Sì?»

«Anch'io avrei una cosa da dirle.»

«Che non le piace come canto?»

«Be', a essere sincero anche quello, ma in realtà volevo dirle un'altra cosa e cioè...»

«Ho anch'io della saliva sul collo della camicia?»

«No...»

«Qualcosa tra i denti?»

«No...»

«E cosa allora?»

«Se mi fa parlare glielo dico.»

«D'accordo.»

«Signor Sauer...»

«Ho forse il moccio al naso?» Achim ricordava che gli era successo al primo incontro con Michelle Obama.

«No!»

«Mi sono di nuovo sporcato di marmellata i pantaloni?» Quello gli era capitato al primo incontro con il pontefice.

«SIGNOR SAUER!»

«Sì?»

«Mi ascolti per favore!»

«Cosa deve dirmi allora?»

«Invece di cantare scemenze farebbe meglio a combattere per il suo amore.»

«Come scusi?» esclamò Achim stupefatto.

«La vita è troppo breve per sprecare occasioni!»

Senza dire altro Mike si incamminò verso casa di Marie.

Achim ebbe due pensieri: 1) dunque non si era sporcato in nessun modo e 2) forse Mike non era un sempliciotto. Bisognava davvero combattere.

56

Tenersi per mano. Forse non c'è nulla di più intimo che due persone possano fare. Fuori dalla camera da letto, almeno. Da decenni Angela era stata mano nella mano solo con Achim. A volte però serve un termine di paragone per capire quello che si ha, che non si ha, e che si vorrebbe avere. La stretta di Aramis era forte e dimostrativa: ti tengo, non ti lascio più andare. E ti proteggerò sempre.

Ma Angela non voleva protezione!

Non voleva un uomo che si considerasse più forte di lei. Ne voleva uno di cui potersi fidare e che per lei fosse un libro aperto. Un uomo così aveva un'altra stretta di mano. Non forte, intensa, e quindi – anche se da parte di Aramis non era intenzionale – dominante. L'uomo giusto aveva una stretta accogliente, che lasciava spazio, pur essendo salda. Solo così Angela poteva sentirsi unita a un uomo. Con Aramis non si sentiva una cosa sola. Con Achim sì, da tutta una vita.

Angela aveva fatto il confronto e ora sapeva cosa voleva, cosa non voleva e cosa voleva per il futuro.

Aramis per quel breve momento sulla passerella era il presente, ma scegliere lui avrebbe significato un futuro privo di un'unione armoniosa. Lui avrebbe sempre fatto l'uomo forte. E poteva finire male, come un tempo, quando aveva fatto a botte con il rivale, Ralf Borscht, causando l'incidente in cui la moglie aveva perso la vita.

Nessuna donna ha bisogno di un uomo forte.

Una donna ha bisogno di un uomo che le dia forza.

Uno come Achim.

Lui era il passato di Angela e il suo futuro.

Angela ritrasse la mano. Per un attimo Aramis cercò di riprenderla ma lei, decisa, si alzò in piedi. Lui si tirò su in fretta e disse: «Mi perdoni, sono andato oltre».

«Tutti e due siamo andati oltre» rispose Angela. Anche lei aveva fatto la sua parte.

«Posso essere sincero?»

«La prego» rispose lei senza sapere cosa aspettarsi.

«Avrei tanto voluto che ci fossimo spinti ben più in là.»

Angela aggrottò la fronte.

«No, no, non fisicamente,» si affrettò ad aggiungere Aramis «intendo quando... noi due...»

«Mi spiace, non avrei dovuto lasciare che le cose arrivassero fino a questo punto» disse Angela sentendosi in colpa.

«È bello» ribatté Aramis con un sorriso malinconico «che siano arrivate almeno fin qui.»

Era bello davvero. Perché ora Angela si sentiva legata ad Achim più che mai.

Aramis prese la cartella e di nuovo ne sfuggì un foglio con un disegno a carboncino. Angela si chiese se fosse il suo ritratto, ormai terminato. In ogni caso questa volta non le venne il batticuore, segno che aveva davvero deciso.

Il foglio finì in fondo alla passerella e stava per cadere in acqua, ma Aramis lo acciuffò appena in tempo. Angela poté guardarlo bene. Il disegno non ritraeva lei, bensì la moglie defunta dell'impresario. Sembrava recente. Aramis l'aveva fatto quando già conosceva Angela? Avrebbe voluto chiederglielo, ma ormai le era chiaro che un futuro in comune con quell'uomo sarebbe sempre stato all'ombra del passato.

«Mi serve subito una nuova cinghia» imprecò Aramis. Poi si

accorse che Angela aveva visto il disegno e le chiese: «Mi accompagnerebbe alla tomba di Anja?».

«Se lo desidera.»

«Sarebbe la prima volta che non devo stare lì da solo.»

«Allora la accompagno volentieri.»

Aramis parve grato. I due scesero dalla passerella. Non come amanti, ma buoni conoscenti. Con il potenziale di diventare amici.

57

Avvicinandosi alla tomba di Anja, Angela e Aramis si accorsero sorpresi che c'erano visite: Luise, la mucca, era di nuovo scappata. Stava ritta accanto alla statua di Anja Kunkel e si guardava attorno apatica.

«Di nuovo! Ma roba da matti!» imprecò Aramis.

Angela rise sotto i baffi.

«Non è divertente!»

«Certo che no» rispose cercando di controllarsi, ma era dura, proprio come la volta che Armin Laschet le aveva dichiarato a tu per tu di avere la stoffa del cancelliere.

«È già la seconda volta che la trovo qui!» esclamò Aramis scocciato e la sua irritazione crebbe quando Luise iniziò a strappare i fiori e le erbe sulla tomba per mangiarli: «Smettila, bestiaccia!».

La mucca pezzata rimase impassibile.

«Ho detto smettila!» Aramis era paonazzo di rabbia.

Ad Angela venne in mente di dirgli, per calmarlo, che forse Luise era la reincarnazione della sua amata moglie, ma Aramis era talmente furioso che non le parve il caso. Pensò allora di posargli la mano sulla spalla come aveva fatto per consolare sua figlia Jessica, ma all'ultimo momento si trattenne. Il tempo del contatto fisico con quell'uomo era finito per sempre, al di là di una potenziale amicizia.

«Te la faccio vedere io!» urlò Aramis scagliandosi contro la mucca. Una reazione del tutto eccessiva, probabilmente scatenata dal dolore per la perdita della moglie e dal senso di colpa. O forse anche dal fatto che Angela lo aveva scaricato?

«Sparisci!» Aramis colpì la mucca sul dorso, non le diede una pacca, ma un pugno forte, quasi brutale. Luise non si mosse di un millimetro. Angela era sbalordita. Per la prima volta Aramis le apparve ripugnante. Mai e poi mai aveva trovato Achim tanto sgradevole.

«Vattene via! Sparisci!» urlava Aramis rosso in viso, continuando a colpire l'animale. Angela capì che stava sfogando in quel modo brutale il dolore e il senso di colpa.

Alla fine Luise si mosse, prima trotterellando, poi prese a correre. Dritta verso Angela.

«Si tolga di mezzo!» gridò Aramis.

Un ottimo consiglio perché Luise andava a tutta velocità.

«Via, via!»

Più facile a dirsi che a farsi. Perché Angela alla vista della mucca si era come paralizzata.

«Forza, si scansi!» gridò Aramis angosciato.

Angela ordinava alle gambe di muoversi, ma non le davano ascolto, come i primi ministri in pandemia.

«Forzaaaa!»

Era una situazione surreale, tanto che le vennero in mente i pensieri più assurdi: se Aramis fosse stato davvero un eroe dei film di azione con scatto felino sarebbe saltato sulla mucca e l'avrebbe energicamente bloccata. Ma l'impresario non fece nulla del genere.

Quindi lei sarebbe morta, pensò Angela. Calpestata da una mucca di nome Luise. C'erano dipartite più eleganti. Ma almeno non era lontana dalla tomba.

E se si fosse reincarnata in una mucca?

Oppure il suo karma non le consentiva di andare oltre la formica?

Il massimo sarebbe stato reincarnarsi come carlino di Achim. Così avrebbe potuto stare con il suo coniglietto, veder crescere il piccolo Adrian Ángel e consolare il povero Cicci, di sicuro addolorato, accoccolandosi accanto a lui nel letto e leccandogli amorevolmente il viso.

Ma guarda cosa si va a pensare quando ci si sente vicini alla morte.

«Si sposti!» L'urlo di Aramis le arrivava da un'infinita distanza. Angela vedeva solo il bianco degli occhi di Luise.

Interessante, pensò, non sapeva che le mucche avessero il bianco negli occhi. Quante cose non sapeva. Nessuno restava al mondo a sufficienza per capirlo del tutto. O anche solo in parte. Ad Angela spiaceva più che altro dover rinunciare a scoprire chi fosse il complice di Borscht.

La mucca ormai era così vicina che ne sentiva il fiato in faccia. La fine era prossima.

In ogni finale alberga un incantesimo. Per lo più cupo. Ma a volte luminoso: ecco che appare in scena un eroe! Non un francese che salta in groppa alla mucca. Né un americano al galoppo che la prende al lazo. Un semplice tedesco che trascina via Angela al grido: «Ciccina!».

Angela cadde a terra, Achim addosso a lei, e gli zoccoli di Luise li sfiorarono. A pericolo scampato Achim ansimò: «Stai bene Ciccina?».

«Mai stata meglio» rispose Angela, e anche se le doleva dappertutto era la verità. Non solo perché aveva visto la morte da vicino, ma anche perché avrebbe potuto trascorrere il resto della vita accanto al suo eroe. Era così felice che fece una cosa che da trent'anni almeno non faceva più in pubblico: baciò sulla bocca il suo Cicci.

58

La mucca si fermò una trentina di metri più in là. Aramis si tamponò la fronte sudata e Angela si rimise in piedi assieme al marito. Quest'ultimo si tirò su le maniche della camicia guardando l'impresario in cagnesco.

«Che cosa vuoi fare, Cicci?»

«Battermi per te!»

Angela lo trovò ancor più tenero del solito.

«Io non voglio perderti!»

«Non mi perderai mai, Cicci!» esclamò Angela prendendogli la mano, e subito si sentì di nuovo una cosa sola con lui. Due persone che assieme erano più della somma delle loro individualità.

«Uff, meno male!»

«Sei contento perché così non devi più fare a botte con lui?»

«Avrei preso una bella batosta» ammise Achim.

«Probabile» sorrise Angela e guardò Aramis che, esausto, si era accasciato su un masso accanto alla tomba della sua defunta moglie, proprio dove, giorni prima, Angela aveva visto seduta Merle Borscht. In quelle condizioni l'impresario non sembrava più un ex attore francese di film d'azione.

«Ma mi solleva molto più il pensiero di non perderti.»

Angela stava per dare al suo Ciccieroe un altro bacetto

quando udì una voce gridare: «Oh, Luise, stupida bestia!». Era la sua omonima, la fruttivendola del mercato, venuta a recuperare la vacca. Angela e Achim le si avvicinarono mentre legava una corda attorno al collo dell'animale ripromettendosi di riparare la recinzione il giorno stesso.

«Ecco, mi sembra un'ottima idea» disse Angela.

«La sua mucca ha quasi travolto mia moglie» imprecò Achim.

«Non ci sarà una terza volta, Luise non scapperà mai più. Niente paura.»

Ancor prima che Fruttangela terminasse la frase, Angela capì finalmente cos'era che le girava per la testa da quando aveva parlato con l'allievo commissario Martin. Tutte le tessere del puzzle d'improvviso andarono a posto ed emerse chiaramente chi erano le due persone che avevano ucciso il giardiniere e Charu Benisha.

Eccitata, Angela si parò davanti alla fruttivendola e le chiese: «Diceva sul serio quando si è proposta di darmi una mano nelle indagini?».

«Ma certo.»

«Allora ho una grossa cortesia da chiederle.»

59

Seduto nel piccolo, confortevole, soggiorno di Marie, Mike guardava assieme a lei *Guardia del corpo.* All'inizio Marie si era stupita: perché un film a quell'ora di mattina? Ma il piccolo Adrian Ángel dormiva nella culla e lei era troppo stanca per protestare.

Mike aveva notato con soddisfazione che la giovane non si era subito appisolata, anzi, era sempre più sveglia ogni minuto che passava e, a partire dal secondo tempo, davvero presa. La scena più emozionante era verso la fine, quando Kevin Costner rischiava la vita per salvare la sua amata Whitney Houston (naturalmente i personaggi avevano altri nomi, ma gli spettatori vedevano solo Kevin e Whitney). Poi venne la scena clou del film: i due innamorati si dicevano addio davanti alla scaletta di un aereo, apparentemente per sempre. Poi però partivano le note di *I will always love you,* per Mike la più bella canzone d'amore di tutti i tempi, lei correva tra le braccia di lui e si baciavano appassionatamente. Nella scena conclusiva, Kevin non era più la guardia del corpo di Whitney, proteggeva un politico, e la canzone andava in crescendo. Quando si spensero le note e il film terminò, Mike si sforzò di trattenere le lacrime senza riuscirci del tutto. Anche Marie era molto commossa. Ma anche un po' irritata. «Ci tenevi tanto che lo vedessi?» disse spegnendo la tv.

«Sì» disse Mike tirando su col naso e asciugandosi le lacrime sulla manica della camicia.

«E perché?»

Mike si spaventò, aveva pensato che il film parlasse da solo, togliendogli il peso di dire quello che provava per Marie. Lui con le parole non ci sapeva fare.

«Io» balbettò «speravo che avresti capito.»

«Ora ti dico cosa ho capito, va bene?»

«Okay» rispose incerto Mike.

«Tu sei la guardia del corpo.»

«Mmm...»

«E io la cantante magra che vince un Oscar.»

«Mmm...» La voce di Mike era appena percettibile.

«Perché sono nera come lei?»

«Cosa? Ma no!» si affrettò a rispondere Mike; non ci aveva nemmeno pensato! Non aveva mai considerato il colore della pelle una discriminante. Né quello di Whitney Houston né quello di Marie.

«Mi pareva strano» disse Marie senza infierire.

«Infatti» concordò Mike.

«Quindi provi qualcosa per me?»

A Mike si chiuse la gola.

«A questo punto una risposta ci starebbe.»

Lo sapeva anche Mike. Ma non riusciva a darla, tanto era agitato.

«Adesso ti dico una cosa.»

Mike non sapeva bene se voleva sentirsela dire.

«La vita non è un film.»

Mike annuì.

«Io non sono magra come Whitney Houston. Ho appena partorito. Con tutta probabilità non avrò mai più il fisico di nove mesi fa, e già ero sovrappeso.»

Mike ritrovò la voce: «Non me ne importa niente».

«E non sono una cantante, sono una che ha interrotto gli studi.»

«Anche questo non conta» disse Mike con voce più ferma.

«E non sono una superstar, ma una madre single.»

«Non mi importa» ribadì Mike in tono addirittura deciso.

«E non ho nemmeno bisogno di una guardia del corpo!» disse Marie senza mezzi termini.

«Questa cosa non mi dispiace affatto» rispose Mike meravigliandosi di se stesso. Per tutta la vita aveva avuto l'idea sbagliata di dover proteggere una Whitney, come Kevin. Solo ora, accanto a Marie sul divano, capiva il senso dell'ultima scena del film, in cui Kevin è assegnato alla protezione di un politico a un congresso: i due potevano avere un futuro solo a partire dal momento in cui lui avesse smesso di volerla proteggere a ogni costo.

«Davvero non ti dispiace?» Marie era sorpresa.

«Tu sei una donna forte. Non hai versato una lacrima neanche quando ci hanno lanciato contro una granata. Inoltre, anche se nella vita hai dovuto affrontare molte più difficoltà della media, sei una persona solare.»

«Allora sei capace di mettere due parole assieme» disse Marie.

«È merito tuo.» Mike ora la guardava dritto negli occhi.

«Tu... tu però non mi vuoi davvero.» All'improvviso Marie suonò insicura, una novità per Mike.

«Perché non dovrei volerti?»

«Perché sono un casino» rispose la giovane, mostrandosi più impaurita di lui qualche minuto prima.

«Chi non è incasinato in questo mondo?»

«Sono finita sulla cattiva strada.»

«Avrai avuto i tuoi motivi.»

«Sì.»

«Ecco, vedi.»

«Ma non erano motivi validi.»

«Posso farmene una ragione.»

«E ho già un figlio.»

«E questo che c'entra?»

«Può spaventare molti uomini.»

«Solo degli idioti. E poi anch'io ho una figlia.»

«Non mi spaventa.»

«Infatti non sei un'idiota.»

«Mi spaventa qualcos'altro.» Marie si mostrò all'improvviso fragile.

«E cioè?»

«Lasciamo stare.»

«Non esiste proprio.»

«Ma tu» chiese Marie a voce bassissima «mi faresti mai del male?»

«Mai.» In tutta la vita Mike non era stato più sicuro di così.

«Davvero?»

«Fidati.»

«Io... io... ho un altro problema...»

«E cioè?» Mike era certo che qualunque cosa Marie avesse detto non lo avrebbe smosso.

«Dopo il parto mi scappano le puzzette.»

Mike rimase di sasso.

«Ora come ora non mi viene in mente altro per impedirti di baciarmi.»

Mike rise. Marie anche. Si abbracciarono e rimasero a lungo stretti stretti. Poi, finalmente, si baciarono. Con più foga di quanto avrebbero mai potuto fare Whitney e Kevin.

Con tale foga che Mike non si accorse che gli suonava il cellulare e sul display lampeggiava la scritta BOSS.

60

Accompagnata dal suo amato Cicci e dal quasi altrettanto amato carlino Puzzy, Angela giunse alla piccola cappella del cimitero, dove giaceva in una bara di quercia il cadavere di Elsa Krawinkel, una donnina in pelliccia di visone che dava la netta impressione di aver usato spesso, per esprimere il suo disappunto, il bastone col pomello d'avorio che le era stato messo accanto. Seduta a gambe incrociate su uno dei banchi, Jessica Kunkel dava gli ultimi ritocchi all'elogio funebre, mentre suo fratello Peter stava sistemando su un cavalletto la foto della defunta. I fratelli Kunkel guardarono sorpresi la coppia Merkel/Sauer. Jessica fu la prima a rompere il silenzio stupefatta: «Che cosa ci fate qui?».

«Devo fare due chiacchiere con voi» rispose Angela.

«E a che proposito?»

«Ve lo dico quando arrivano gli altri.»

«Quali altri?»

«Ho convocato un paio di persone.»

«Eccone una» disse Achim indicando Aramis all'ingresso della cappella, palesemente a disagio. Anche Angela era tesa alla prospettiva di rincontrarlo. Nulla di strano, si erano tenuti per mano. Non era passata neanche un'ora. Eppure sembrava un'eternità.

Puzzy corse verso Aramis ringhiando. L'impresario parve irritato. Angela riacchiappò il carlino e, tenendolo stretto al petto, disse: «Va tutto bene coniglietto, non devi ringhiare a quell'uomo».

Il coniglietto la pensava diversamente e ringhiò ancora più forte.

«Davvero. Mamma e papà non ti lasceranno mai» gli sussurrò Angela teneramente all'orecchio e il cagnolino si calmò.

«Tecnicamente non sono io il papà» si intromise Achim. «Il suo vero padre è il campione William di Carlindoro, figlio a sua volta di Jürgen di Carlindoro, tra l'altro cugino di Martha del Carlino Nero, a sua volta capostipite della linea di Elizabeth di Carlington. No, aspetta, quella non era Jeannette du Carlin blue...?»

«Cicci?»

«Sì?»

«Non confondere questa bestiolina.»

Prima che Achim potesse ampliare ulteriormente l'albero genealogico del carlino, dall'ingresso della cappella risuonò una voce femminile: «Perché mi ha fatta venire?». Era Merle Borscht, che ammutolì appena si accorse della presenza di Jessica. Le due donne incrociarono gli sguardi e subito li distolsero senza salutarsi.

«Che sta succedendo?» chiese spazientito Peter. «Tra un quarto d'ora arrivano i partecipanti al funerale della signora Krawinkel.»

«Certi saranno ben felici di non essere più minacciati col bastone in fila dal panettiere» fu il commento beffardo di Merle.

«Tra poco lo saprete tutti» disse Angela sorridente posando a terra il carlino, che iniziò subito ad annusare in tondo. Angela si augurò che non facesse la cacca proprio mentre lei rivelava il nome degli assassini.

«E perché non subito?» chiese Peter Kunkel spazientito.

«Perché manca ancora qualcuno» rispose Angela cortese.

Era molto brava a prendere tempo, in caso contrario non avrebbe fatto quella carriera in politica.

«E chi è, maledizione?»

«Accomodatevi tutti nella prima fila di banchi, per favore» disse Angela. Jessica era già seduta. Peter e Merle all'inizio rimasero in piedi e si sedettero solo quando Aramis ubbidì per cortesia nei confronti di Angela. Trascorse un minuto. Poi un altro. Mentre Angela li lasciava sulle spine compiaciuta, la tensione nella cappella crebbe al limite del sopportabile. Anche Achim cominciò a innervosirsi. Tanto da mormorare tra sé e sé «E adesso con la U», per poi cantare a bassa voce «*Chuur up sluupy Juun...*».

«Cicci» sorrise dolcemente Angela.

«Dimmi, Ciccina.»

«Non adesso.»

«D'uccurdu.»

«D'uccurdu?»

«D'accordo.»

«Cicci.»

«Sì?»

«Ti amo...»

«Anch'io...»

«...ma adesso concentriamoci per chiudere la questione.»

«Oh, scusa.» Achim fece con le dita la mossa della cerniera lampo, a indicare che avrebbe tenuto la bocca chiusa, ma non essendo un campione di destrezza inserì anche il naso.

«Quale questione vuole chiudere?» chiese Aramis.

«Vi dirò chi ha ucciso Galka e Charu Benisha.»

Jessica aveva l'aria spaventata, Merle abbassò gli occhi, lo sguardo di Aramis si fece vuoto, solo Peter Kunkel si alzò gridando: «Chi è stato? Chi ha fatto saltare in aria la mia Charu? Me lo dica, che lo ammazzo!».

La porta della cappella tornò ad aprirsi e apparvero l'allievo commissario Martin e Ralf Borscht, in manette.

«Papà!» gridò Merle scattando in piedi.

«Vi prego, tornate a sedere» disse Angela con ferma cordialità. Merle e Peter ubbidirono. Jessica lanciò alla sua ex uno sguardo solidale, mentre Peter Kunkel tremava di rabbia. Ma la sua furia non era minacciosa quanto la freddezza del padre: sembrava che Aramis non vedesse l'ora di mettere il rivale nella bara accanto alla signora Krawinkel.

«Sedetevi vicino a Merle, per favore» disse Angela ai nuovi arrivati, che accolsero l'invito. Così sulle due prime panche della cappella si fronteggiarono due gruppi: la famiglia Kunkel a sinistra e la famiglia Borscht con il giovane poliziotto a destra. Per il gran finale mancava solo Mike a presidiare l'ingresso impedendo fughe e a proteggere Angela, Cicci e il carlino se le cose si fossero messe male.

Ma dov'era finito? Dopo una chiamata persa Angela gli aveva mandato un sms, rimasto anch'esso senza risposta. Sarebbe stato saggio aspettare il bodyguard, ma i partecipanti al funerale della signora Krawinkel, anche quelli che volevano solo sincerarsi che la vecchia scorbutica fosse morta davvero, sarebbero arrivati nel giro di un quarto d'ora. C'era tempo per celebrare la soluzione del caso, come amavano fare Sherlock Holmes e Hercule Poirot, ma non a sufficienza per tergiversare.

Così Angela prese la parola: «Ralf Borscht è stato arrestato...».

«Mio padre è sospettato ingiustamente!» intervenne Merle.

«E non ha ancora reso una confessione» la placò Angela, per poi proseguire: «Per chi di voi non è colpevole sarà una novità: gli assassini sono due». Tutti, a parte Martin che era già in possesso dell'informazione, si mostrarono stupiti. Ma Angela sapeva bene che due di loro facevano solo finta. Proseguì: «Ralf Borscht non può quindi aver ucciso da solo».

«Mio papà non ha ucciso nessuno!» gridò Merle Borscht.

«Stavo per dirlo anch'io» spiegò il padre.

«Tu hai Charu sulla coscienza!» gridò Peter furibondo.

«Calmati, Peter!» esclamò Martin.

«Calmati Merle!» esclamò Jessica, che evidentemente provava ancora un sentimento forte per la sua ex. Tutti presero a confabulare tra di loro, solo una persona nella cappella non aveva detto una parola dopo l'annuncio che gli assassini erano due: Aramis.

61

«Ralf Borscht condivide con uno dei presenti un terribile segreto» disse Angela sopra il brusio, riportando tutti al silenzio. «E anche una colpa pesante. Ralf Borscht e Aramis...»

«Chi è Aramis?» chiese Aramis, che si era di certo atteso di sentir pronunciare il suo vero nome e sembrava sollevato di udirne un altro.

«Lei mi ha detto che è il suo bodyguard, ma in realtà non si chiama così» intervenne Jessica.

«Si chiama Mike» ammise Angela, tornando a guardare l'ingresso. Ormai la sua guardia del corpo avrebbe dovuto comparire. Non era da lui non rispondere al telefono.

«E allora chi è Aramis?» insistette Aramis. Sembrava proprio che sperasse di non essere l'unico a portare assieme a Ralf Borscht il peso della colpa.

«È lei» dichiarò Angela.

«Io?»

«Mentalmente la chiamo così.»

«E perché?»

«Perché mi sembrava un attore francese» disse Angela, rendendosi conto che il suo Cicci pareva molto sollevato dal fatto che lei avesse usato il verbo al passato.

Ralf Borscht rise beffardo.
«Non si preoccupi, non c'è niente di male» disse Aramis con un sorriso dolce. «Anch'io le ho cambiato nome.»
«Ah sì?» chiese Angela stupita.
«Spero non sia Ciccina!» sospirò Achim.
«No, è Cenerangela.»
«Cener...» Angela era senza parole.
«Devo ammettere che non è male come nome» disse Achim contrito.
«Cenerangela?» Angela ancora non capiva.
«Sì» rispose Aramis quasi tenero. E il carlino riprese a ringhiare.
«Cos'è, una presa per il culo?» esclamò irritato Peter Kunkel, e Jessica gli diede man forte: «Manca poco a un funerale e voi sparate queste idiozie!».
«Mi spiace» disse Aramis in affettuoso tono di scusa, ma lei non gli diede retta. Chiese invece ad Angela: «Di quale colpa stiamo parlando?».
«Saperlo sarà un dolore per lei.»
«Mi ha promesso» gemette Aramis «che i miei figli non l'avrebbero mai saputo!»
«I suoi figli sono più forti di quanto lei possa pensare.»
«Ma la mia Jessica...»
«È una donna che ha affrontato i suoi problemi e quindi da tempo non è più a rischio di suicidio» spiegò Angela, e chiese conferma all'interessata: «Vero, Jessica?».
«Sì, anche se nessuno lo vuol capire» rispose la ragazza lanciando uno sguardo pieno di rimprovero a Merle, che abbassò gli occhi.
«Di quale colpa si tratta, allora?» chiese Martin alzandosi in piedi.
«Kurt Kunkel e Ralf Borscht sono entrambi responsabili della morte di Anja Kunkel.»
«Sono infami calunnie!» imprecò Merle. «Papà, non permettere che ti incolpino.»
«Sai bene che è vero, Merle» sospirò il padre, che pareva

esausto quanto Aramis. Nel dolore, i due litiganti all'improvviso si somigliavano molto.

«I signori» spiegò Angela «erano ubriachi al volante e si sono picchiati, causando l'incidente. Hanno tenuto le circostanze nascoste per sfuggire alla legge.»

I figli dei due impresari sembrarono scossi da questa rivelazione.

«A bordo dell'auto viaggiava anche Fred Galka, che era a conoscenza di tutto. Dopo la morte della sorella si è dato all'alcol. Prima del pensionamento, volendo cambiare vita e trasferirsi alle Maldive, ha deciso di ricattare entrambi. Sapeva che, pur non rischiando il carcere poiché il reato era caduto in prescrizione, i due non avrebbero sopportato che i figli venissero a sapere la verità. E quando Charu ha trovato il taccuino di Galka ha cercato a sua volta di estorcere loro del denaro.

«Quindi» chiese Martin tornando a sedersi «i due impresari sono complici negli omicidi?»

«No, la cosa non è così semplice» sorrise Angela.

«Ah no?»

«L'obiezione più debole da opporre a questa tesi è che, essendo rivali, i due non avrebbero mai collaborato.»

«Appunto» sbuffò Borscht.

«Esatto» gli fece eco Kunkel.

«E la più valida?» chiese Martin.

«La lettera di ricatto non era sulla scrivania di Kurt Kunkel, bensì su quella di Peter!»

Tutti guardarono il figlio di Aramis. Che impallidì.

62

«Sarei io» balbettò Peter «il complice di Ralf Borscht?»

«Potrebbe aver aperto lei la busta arrivata in ufficio. E, conoscendo la casa del giardiniere, avrebbe potuto entrarvi di soppiatto e scoprire che era stato lui a ritagliare le lettere per comporre il testo. Sapendo da chi proveniva il ricatto, ha agito assieme a Ralf Borscht.»

«Io con quel pazzo satanista?» rise Borscht.

Senza staccare gli occhi da Peter, Angela aggiunse: «Anche lei avrebbe subito un danno se suo padre avesse pagato il prezzo del riscatto».

«E quale danno?»

«Mi ha detto lei stesso che l'Agenzia funebre Kunkel è a un passo dal fallimento. Galka chiedeva un milione di euro, 500.000 a ciascuna impresa. La Kunkel non sarebbe sopravvissuta. Una ditta di cui lei avrebbe assunto la guida dopo il pensionamento di suo padre, come da tradizione di famiglia.»

Peter non credeva alle sue orecchie.

«L'agenzia di Ralf Borscht si sarebbe trovata nelle stesse difficoltà. Mi ha detto Jessica che, nonostante il successo sbandierato sulla stampa, il discount non era redditizio per via dei bassi margini di guadagno.»

Borscht bofonchiò, senza replicare.

«Il vostro comune movente sarebbe stato quindi il denaro.»

«Io non avrei mai fatto del male a Charu!» esclamò Peter.

«Anche se sapeva che lei non ricambiava il suo amore?»

«No!» gridò Peter affranto, e Puzzy si mise a guaire in perfetta sincronia.

«Si calmi.»

«Come faccio a calmarmi, come!» si lamentava Peter, rosso in volto e madido di sudore.

«Perché io le dico che lei non nutriva alcun interesse per l'agenzia.»

«Cosa?»

«Non aveva la minima intenzione di subentrare a suo padre.»

«È vero.»

«Tu non vuoi che la nostra ditta passi a te?» esclamò stupefatto Aramis.

«No e poi no! Me ne frego della tradizione. Dalla a Jessica!»

Aramis guardò la figlia, che si limitò ad annuire, lasciandolo sgomento. Angela riprese il filo del discorso: «E proprio perché non le importava nulla dell'agenzia il pagamento del riscatto l'avrebbe lasciata indifferente».

«Sì, infatti.» Peter si terse il sudore sul viso con la manica della giacca.

«Ma il suo movente poteva essere un altro.»

«E cioè?»

«Voleva impossessarsi della casa del giardiniere per Satanazon, il suo progetto satanista.»

«Ma» intervenne Martin «a Ralf Borscht non sarebbe importato nulla.»

«Certo, a lei invece sì.»

«A me?»

«Esatto, perché lei voleva gestire Satanazon assieme a Peter Kunkel.»

«È vero» ammise Martin con un filo di voce. «Il progetto mi attira di più che una carriera in polizia.»

«Io sono sempre partita dal presupposto che gli assassini provengano da una delle due agenzie funebri. Ma non è necessariamente così. Può essere che Peter Kunkel le abbia parlato della lettera di riscatto e che entrambi abbiate deciso di uccidere Fred Galka.»

L'allievo commissario si fece bianco in viso più del suo amico satanista pochi minuti prima.

63

«*Discipuli enim sola est veritas. Et infidelium est mendacium*» declamò Angela. «La verità è solo per i discepoli. La menzogna per i non credenti.»

«Eh?» chiese Ralf Borscht.

«È il motto dei satanisti.»

«Quelli sono tutti fuori di testa.»

«Può darsi, ma sono anche assassini?»

«No che non lo siamo!» gridò Peter Kunkel.

«Però la dichiarazione di innocenza resa da un satanista a dei non credenti equivale a una ammissione di colpa, giusto?»

«Sì, in teoria, ma non è così!»

«Gli assassini indossavano i guanti quando hanno seppellito Galka a testa in giù. E lei, Martin, indossa sempre i guanti, per via della neurodermite.»

«Ma sono sottilissimi e si rompono facilmente» obiettò il giovane poliziotto alzando nervoso le mani guantate. «Se fossi stato io, i guanti si sarebbero strappati e avrei lasciato delle impronte.»

«La notte della morte di Charu lei indossava altri guanti, neri, spessi. Avrebbe potuto usarli quando è stato ucciso Galka.»

«Nelle processioni porto sempre quelli più pesanti, impermeabili, perché maneggiamo fiaccole, e io ho il compito di spegnerle. Li indosso solo per quelle occasioni, se no sono troppo scomodi» rispose Martin angosciato.

«Quei guanti neri di certo non lasciano impronte.»

«Io non sono un assassino!»

«Ma un bugiardo sì?»

«Cosa devo dire, che sono stato io? Così lei penserà che io menta e crederà nella mia innocenza?» Martin prese a tremare.

«Sarebbe un po' macchinoso.»

«Ma lei mi crede o no?»

«Oh, sì che le credo.»

«Mi crede?» esclamò Martin meravigliato.

«Crede a un satanista?» disse adirato Ralf Borscht, nella palese speranza che Martin e Peter fossero dichiarati colpevoli e lui venisse così rilasciato.

«Gli credi?» Era stupito anche Achim, con cui Angela non aveva condiviso tutti i passaggi del suo ragionamento. Neppure Sherlock li rivelava a Watson, tantomeno Miss Marple a Mister Stringer. Da lettrice di gialli, Angela trovava sempre un po' crudele che i grandi detective tenessero così all'oscuro i loro assistenti. Ma ora capiva il perché: era semplicemente troppo bello essere l'unica persona nella stanza in grado di vederci chiaro.

«Lei, caro Martin, non è capace di una menzogna così sofisticata.»

«Cosa glielo fa pensare?» chiese Ralf Borscht, ma Angela lo ignorò e proseguì rivolta al giovane poliziotto: «Lei considera il commissario Hannemann un uomo in gamba?».

«Sì, è stato un grande esempio per me, e lo sarebbe ancora se io non mi licenziassi a breve.»

«Vedete?» disse Angela rivolta agli altri. «Solo un ingenuo potrebbe considerare in gamba il commissario.»

«Ma è in gamba!» protestò Martin.

Sorridendo, Angela spiegò agli astanti: «Uno come Martin non sa mentire con disinvoltura. Figuriamoci se è in grado di compiere un efferato omicidio».

«È una tesi plausibile» commentò Achim.

«Non so se devo considerarlo un complimento» disse Martin disorientato.

«E sarebbe questa per lei la prova della sua innocenza?» sbuffò Borscht.

«Non una prova, ma un indizio, che scaturisce dalla conoscenza della natura umana.»

«Ma è ridicolo!»

«Vuole delle prove concrete?» chiese Angela all'uomo in manette.

«Mi sembra il minimo, visto che ha messo su questo teatrino.»

«Ne citerò alcune a dimostrazione della colpevolezza di una delle persone presenti qui.»

«Vuole darmi altre colpe? Grazie a lei ho già passato una notte in prigione da innocente!»

«Non voglio incolpare nessuno.»

«A no? E allora cosa vuole?»

«Tornare sul movente economico. Lei ha intenzione di cedere presto l'agenzia funebre a sua figlia, vero?»

«Sì, certo.»

Angela si rivolse quindi a Merle Borscht: «Allora lei avrebbe avuto tutto da perdere se il tentativo di ricatto da parte di Galka fosse andato a buon fine».

«È vero, ma non per questo ammazzerei una persona.»

«Lei, Merle, è l'unica qui che mi ha mentito senza batter ciglio. Tutti gli altri mi hanno sempre detto la verità, non tutta intera però, con i problemi che questo ha comportato. Ma lei, Merle, ha mentito spudoratamente.»

«E quando l'avrei fatto?»

«Mi ha raccontato che la lettera di ricatto che si trovava nel suo ufficio era indirizzata a Charu. È invece chiaro che riguardava suo padre e Aramis...» Angela si accorse che il suo spasimante la guardava come a dire "Ahiahi Cenerangela...", e si corresse subito: «Kurt Kunkel. Quindi non poteva essere indirizzata a Charu. Eppure lei lo ha sostenuto».

«Le ho detto la prima cosa che mi è venuta in mente per farla smettere, le sue domande mi innervosivano.»

«Invece no. Voleva allontanare da sé i sospetti. È andata così: quando la lettera è arrivata all'agenzia l'ha aperta e l'ha messa sulla sua scrivania. Poi ha parlato con suo padre, che dopo tutti quegli anni le ha confessato quale era stata la vera causa dell'incidente.»

«È un'idiozia!»

«No, niente affatto. Quando pochi minuti fa ho fatto cenno alla colpa che suo padre porta sulle spalle lei ha protestato dicendo che erano infami calunnie, ma suo padre ha obiettato: "Sai bene che è vero".»

Merle chiese con lo sguardo al padre di venirle in aiuto. Ma lui non sapeva come fare.

«Lei è una cocca di papà.»

«Come scusi?»

«Si capisce da come l'ha guardato ora. Nonostante tutto, suo padre è per lei un modello. Al contrario di sua madre, che l'ha abbandonata.»

«Non sono dell'umore giusto per la sua psicologia da quattro soldi» sibilò Merle.

«Non serve del resto. Che lei è cocca di papà non me lo ha detto solo Peter Kunkel, ma anche la sua ex ragazza.»

Jessica, imbarazzata, distolse lo sguardo.

«Lei ama suo padre, Merle, e lo ha emulato in tutto, come mi ha detto Jessica. Come lui, è entrata nelle forze armate.»

«Io ero nell'esercito della Repubblica federale, lui in quello della DDR.»

«Sì, e anche lei era in un corpo speciale, vero?»

«Esatto.»

«Suo padre era nei Pionieri?»

«Dove vuole arrivare?» Merle sprizzava rabbia da tutti i pori.

«Dico solo che anche lei è un'esperta di esplosivi.»

«Non è mica reato!»

«Se andassi a controllare nel registro delle imprese chi è il proprietario della Esplosivi Pionier, scoprirei che è lei a dirigerla e non suo padre, vero? La foto sulla scrivania dell'ufficio che lo mostra in divisa da Pioniere ci ha inizialmente portato a credere che l'impresa facesse capo a lui.»

«Anche questo non è un reato» disse Merle, senza peraltro smentire che l'ufficio fosse il suo.

«Lei ha imbottito di esplosivo la fiaccola di Charu e ha lanciato una granata contro la mia guardia del corpo, la mia amica, il mio carlino e un neonato.» La voce di Angela tremò pronunciando le ultime parole. La sua freddezza da detective provetta non reggeva a fronte di quell'orrenda azione.

«Ho un alibi!»

«Sì» le fece eco Jessica. «Merle non può aver commesso i delitti! Abbiamo trascorso la notte della morte di Galka nello stesso letto. Se fosse uscita, me ne sarei accorta.»

«Ci arriveremo.»

«Puah!» esclamò Merle disgustata incrociando le braccia.

«Se la sua tesi è corretta,» chiese cauto Martin «chi è allora il complice di Merle? Suo padre?»

A quel punto ci sarebbe stata bene una pausa ad arte, come quelle tanto amate dai detective dei romanzi gialli. Magari riempita da un monologo declamato camminando su e giù per la cappella che esplorasse la relazione tra Dio, il mondo e i due omicidi, prima di arrivare a rivelare chi fosse il complice. Ma l'imminenza delle esequie della signora Krawinkel non glielo consentiva. Perciò Angela chiese al marito: «Cicci, secondo te chi di queste persone, a parte Merle Borscht, è capace di uccidere?».

«Be',» rispose Achim «metterei al primo posto la vecchia nella bara.»

«E all'ultimo?»

Achim passò in rassegna tutti i possibili complici di Merle: Ralf Borscht, Aramis, Peter Kunkel, Jessica Kunkel, persino Martin, l'unico di cui Angela aveva escluso la colpevolezza. Alla fine sentenziò: «Jessica».

«Ed è proprio lei che ho visto nei pressi del cimitero la mattina dopo l'omicidio del giardiniere.»

Jessica non impallidì come Peter Kunkel e Martin in precedenza. Si limitò a guardare verso l'uscita.

64

Mike si chiese se oltre il settimo cielo ce ne fosse un ottavo, un nono o addirittura un decimo. In quel caso era lì che si trovava: lui e Marie si stavano baciando sul divano da più di venti minuti ormai. Avrebbe potuto andare avanti così in eterno e scoprire se esisteva anche un undicesimo, un ventisettesimo e un trecentottantatreesimo cielo, ma Marie gli sussurrò: «Ho un'idea».

Il suo fiato nell'orecchio gli diede una scarica elettrica facendolo balbettare: «Qua... quale?».

«Inizia per L.»

«L?»

«E finisce con etto» sussurrò Marie ancor più a bassa voce.

Mike si sentì avvampare: «Letto?».

«Così mi piacciono gli uomini» disse Marie mordicchiandogli il lobo dell'orecchio. «Muscolosi,» continuò «onesti.» Poi lo guardò sorridendo: «E svelti di comprendonio».

«Tu... vuoi... fare...»

«Un aiutino: fa rima con cuore» disse Marie riprendendo a mordicchiargli l'orecchio.

Mike si guardò attorno sperduto. Naturalmente provava desiderio per Marie, ma si sentiva insicuro. Da quanto tempo non andava più a letto con una donna? Talmente tanto che così su due piedi non si ricordava nemmeno in che anno fosse successo.

«Sto andando troppo veloce?» chiese Marie staccando la bocca dall'orecchio.

«Sì... no... non so...»

«Come a scuola» rise Marie.

«Cioè?»

«Quando si scriveva su un foglietto "Vuoi metterti con me", con sotto tre quadratini da barrare: "Sì", "No" e "Non so".»

«Voglio mettermi con te» disse Mike con una certezza che da tempo non provava in nessun ambito della sua vita.

«Ma non a etto con la L davanti?»

Mike non sapeva cosa rispondere. Evitando gli occhi di Marie si guardò attorno, vide il cellulare e imprecò: «Merda».

«Non è proprio il massimo del romanticismo» disse Marie con lieve irritazione.

«Mi ha chiamato la signora Merkel!» esclamò Mike saltando in piedi. Prese il cellulare, lesse il messaggio e deglutì: «Mi chiedeva di andare da lei con urgenza, già mezz'ora fa!».

«Merda!» imprecò a sua volta Marie.

Mike guardava sbalordito il cellulare: «Non mi è mai successo, mai al mondo, mai...».

«Mike.»

«Non mi è mai successo...»

«Mike!»

«Non mi è...»

Marie gli schioccò le dita davanti al viso. Lui la guardò terrorizzato e lei disse: «Devi andare».

«Hai ragione.» Mike scattò, prese la fondina della pistola, la giacca e corse alla porta. Aveva il cuore a mille e si odiava: per una donna aveva trascurato il suo dovere! Non doveva succedere mai più. Mai. Doveva lasciare Marie o il suo incarico. Non c'erano alternative.

65

«C'è qualcosa là fuori» disse Jessica indicando l'uscita. Quindi non aveva guardato verso la porta in cerca di una via di fuga.

«Lo so» annuì Angela, e tutti a quel punto udirono un calpestio dietro la porta chiusa della cappella. Passi pesanti.

«Sono arrivati i partecipanti al funerale?» chiese incerto Peter Kunkel.

«No, altri ospiti che ho invitato io.»

«E chi?»

«Lo saprete presto.»

La risposta non piacque a Peter, ma Angela lo ignorò e si rivolse a Jessica: «Lei e Merle volevate realizzare un grande progetto una volta diventate titolari delle rispettive agenzie».

«Come scusi?» chiese stupefatto Ralf Borscht, e anche Kurt Kunkel guardò meravigliato la figlia.

«Le vostre figlie avevano intenzione di fondere le due imprese.»

I due uomini sbarrarono gli occhi increduli. Jessica tentò di spiegarsi col padre: «Poteva venirne fuori una cosa fantastica, in grado di dare speranza alle persone, riconciliarle con la morte, e soprattutto con la loro vita». Kurt Kunkel diede l'impressione di vedere la figlia all'improvviso con altri occhi.

«E sarebbe stato anche redditizio» mormorò Merle rompendo il suo silenzio e richiamando l'attenzione del padre.

«Quindi entrambe avevate un movente per uccidere i ricattatori, Galka e Charu.»

«Per denaro?» chiese Jessica.

«Per il vostro sogno comune.»

«È follia.»

«Ogni delitto è folle. Ma, come ho già detto, la mattina dopo l'omicidio di Galka io ho visto Jessica sulla piazza del mercato.»

«Le ho già spiegato che avevo dormito a casa di Merle» disse la ragazza.

«Quindi voi due vi fornite reciprocamente un alibi?»

«Esatto» confermò Jessica risoluta.

«E davvero, nonostante vi foste lasciate, lei ha dormito dalla sua amica?» chiese Angela incredula.

«Quante volte devo ripeterglielo?»

«Altre persone in una situazione del genere preferirebbero passare la notte nel loro letto.»

«Avevo pianto tantissimo, ero sfinita...» rispose Jessica con un fremito negli occhi. Stava perdendo la sua sicurezza.

«Io penso che lo abbia fatto per un motivo diverso.»

«E cioè?»

«Prima di dormire non ha preso la pillola bianca che prende di solito e che è molto leggera, come mi ha spiegato, tanto che basta il canto di un gufo a svegliarla. Merle l'ha sostituita con un'altra più potente, che le era stata prescritta quando ancora era sotto psicofarmaci.»

Jessica era visibilmente sconvolta.

«Come mi ha detto lei stessa, Jessica si destreggiava bene con le sue medicine e ha sfruttato la cosa per sgusciare via dal letto inosservata, procurandosi così un alibi.»

Jessica guardò inorridita la sua ex, che tenne imbarazzata gli occhi bassi. Fu quindi chiaro a tutti i presenti nella cappella che Merle Borscht era colpevole dei delitti. Dopo un attimo di silenzio generale, Martin osò prendere la parola: «Mi scusi, signora Merkel».

«Sì?»

«Chi ci dice che Jessica e Merle non abbiano ucciso assieme?»

«Lo dico io.»

«E perché ne è tanto sicura?»

Angela si rivolse a Jessica: «Ama ancora Merle?».

«Sì, nonostante tutto...» rispose la ragazza a voce bassa.

«E Merle ama lei.»

Le due donne si scambiarono uno sguardo malinconico.

«E questa è la prova che Jessica non può essere stata complice di Merle.»

«Perché no?» chiese Achim.

«Te l'ho già detto: i giovani innamorati sono sempre innocenti.»

«E tu sei una romantica, Ciccina.»

«Te ne accorgi solo adesso?» sorrise Angela.

«Dentro di me l'ho sempre saputo.»

«Tu mi conosci bene» sorrise Angela, profondamente grata.

«Io ti leggo dentro, bambina» disse Achim esibendosi in una sorta di imitazione ironica di Humphrey Bogart in *Casablanca*. Angela era l'unica donna al mondo a trovarla adorabile. I due coniugi si guardarono innamorati come i protagonisti del film. Così a lungo che Borscht sibilò: «Mi viene da vomitare!». E Martin protestò subito dopo: «Con tutto il rispetto, signora Merkel, il fatto che Jessica sia innamorata non è una valida prova della sua innocenza!».

«Nel suo caso parla il cuore ed è sufficiente.»

«Perché?»

«Perché ho anche una prova razionale per indicare chi in questa cappella ha ucciso assieme a Merle Borscht.»

Angela aveva già escluso Martin e Jessica dalla rosa dei possibili assassini. Restavano Ralf Borscht, Aramis e il figlio Peter, che si mostravano tesissimi.

«O meglio, ho una testimone.»
«Una testimone?» esclamò Martin stupefatto, e anche gli altri presenti erano palesemente sconcertati.
«Cicci, puoi andare alla porta e farla entrare?»
«Faccio qualunque cosa per te» le sussurrò Achim.
«E d'ora in poi lo farò anch'io» promise Angela. Aveva capito che anche lei poteva condividere di più le sue passioni.
«Anche giocare a Scarabeo?»
«Sì, Scarabeo incluso.»
Achim era raggiante e Angela felice di vederlo così. Poi si rese conto che i presenti non ce la facevano più ad aspettare. Non serviva un monologo in cui mettere in relazione Dio, il mondo e gli omicidi per aumentare la tensione all'inverosimile. Achim si avviò, spalancò la porta e...
Fruttangela entrò nella cappella assieme alla mucca Luise.

66

«Quale delle due vacche sarebbe la testimone?» disse beffardo Borscht.

«Chiudi quella boccaccia, o ti faccio fischiare la *Paloma Blanca* a suon di schiaffi!»

«Non vorremo mica metterci a litigare» disse Angela conciliante.

«Ciascuno parli per sé» brontolò la fruttivendola.

«Sono d'accordo» brontolò Borscht a sua volta, ma entrambi si acquietarono.

«La *Paloma*» rifletté Achim «si potrebbe cantare benissimo anche con la U. *Unu pulumu bluncu...*»

«È la versione in turco?» chiese Fruttangela perplessa.

«Cicci, la cantiamo dopo, ok?»

«Intendi noi due?» chiese Achim meravigliato.

«Sì, assieme!» promise Angela.

«Ci divertiremo!»

«Dove la metto la mucca?» chiese un'Angela all'altra.

«Davanti alle panche, in modo che tutti la vedano bene.»

Una volta che Luise fu in posizione, Angela si rivolse al gruppo: «Senz'altro vi chiederete tutti perché questa mucca si trova qui».

«Eccome» rispose Borscht. «E mi chiedo anche come ho

fatto a essere così idiota da votare per lei alle elezioni quattro volte di fila.»

«Luise scappa volentieri.»

«Piacerebbe anche a me, ma ho ancora le manette ai polsi» disse Borscht.

«Gentile signora,» chiese Angela alla sua omonima «quante volte le è scappata Luise?»

«Due, perché?»

«Ci arriviamo subito. Quando è stata la prima volta?»

«Quattro sere fa.»

«La notte dell'omicidio di Galka» puntualizzò Angela. «E dove l'ha ritrovata?»

«Al cimitero. E anche la seconda volta. Ma non succederà più, ho fatto riparare la recinzione.»

«Dato che Luise era al cimitero la notte dell'omicidio, gli assassini l'hanno vista. Vero, Merle?»

Merle tacque.

«Io so chi altri ha visto la mucca quella notte. E so quindi chi è il secondo assassino.»

«Chi?» chiese Martin.

«Avrei dovuto arrivarci molto prima, la prova c'era già. Ma io ero distratta, perché dovevo fare una videochiamata con mio marito.»

«Dovevi?» sorrise Achim.

«Volevo» disse Angela sorridendo a sua volta. «Ero solo preoccupata per il ritardo, se no avrei fatto caso a una frase da lei pronunciata, signor Kunkel.»

«Non sono più Aramis?» chiese l'impresario, e non si capiva cosa lo disturbasse di più: l'aver perso il soprannome o essere di nuovo al centro dell'attenzione.

«No, non lo è più» disse Angela con fermezza.

«E quale sarebbe questa frase?»

«Ha detto: "Topi, istrici, persino una mucca ho visto in questo cimitero".»

«Non capisco» rispose Kunkel, e anche gli altri parvero perplessi.

«Mi ha detto di aver visto una mucca al cimitero. Dato che all'epoca la mucca era scappata solo una volta, poteva averla vista esclusivamente la notte dell'omicidio di Galka. Perché Luise era al cimitero quando io ho rinvenuto il cadavere.»

«Ma potrei aver inserito la mucca nell'elenco così, per estremizzare» obiettò Kurt Kunkel.

«Può essere. Glielo concedo.»

«Grazie» disse Kunkel accennando un sorriso fascinoso, che però Angela non ricambiò. Invece proseguì: «Tuttavia, quando ha trovato Luise sulla tomba di sua moglie, ha urlato "Di nuovo!", e non c'è possibilità di equivoco: lei ha visto la mucca la notte dell'omicidio!».

L'impresario ammutolì, impietrito.

«Però lei ha appena detto» intervenne Martin «che a uccidere non può essere stato il signor Kunkel perché la lettera di ricatto si trovava sulla scrivania di Peter.»

«Sì, l'ho detto, ma solo per farlo sentire ancora per un po' al sicuro. In realtà, la lettera è sfuggita dalla sua cartella dei disegni finendo sulla scrivania di Peter.»

L'impresario continuò tacere.

«Succede spesso che le cadano i fogli, vero? L'ho visto con i miei occhi, una volta davanti alla sua agenzia e oggi sulla passerella dello stagno.»

Kunkel continuava a tacere.

«Avrebbe proprio fatto bene a comprare una cinghia nuova.»

Kunkel ruppe infine il silenzio e disse freddo: «Ma questo prova soltanto che anch'io sono stato ricattato. E comunque lo sapeva già».

«Qui siamo nell'assurdo,» esclamò Borscht, sempre più irritato «mia figlia e quel tizio sarebbero quindi complici negli omicidi?»

«Era stata la mia prima ipotesi. All'epoca avevo addirittura pensato, a torto, che tra loro ci fosse del tenero.»

«E come le è venuto in mente?» chiese Kunkel gelido.

«Subito dopo il nostro primo incontro vi ho visti assieme al cimitero. Lei teneva Merle tra le braccia e la consolava. Forse la ragazza le aveva raccontato che suo padre le aveva detto la verità sull'incidente quando gli aveva chiesto spiegazioni sulla lettera di ricatto. Così voi due avete concepito il piano per uccidere Galka.»

«Per evitare di pagare e salvare così le due agenzie?» chiese Achim.

«Sarebbe stato un effetto collaterale, ma il vero movente non era il denaro.»

«E qual era?»

«L'amore.»

«Non ho una relazione con lei!» sbottò Kurt Kunkel, mentre Merle frugava nervosa nella tasca della giacca. Il cambio repentino da ghiaccio a fuoco che Angela aveva osservato in Kunkel in altre occasioni rendeva ai suoi occhi plausibile che quell'uomo, altrimenti colto e raffinato, avesse ammazzato una persona a badilate.

«Certo che no» rispose calma.

«Allora non capisco cosa c'entri l'amore!» gridò Kunkel scattando in piedi.

«Lei e Merle amate la stessa persona. In modo totalmente diverso.»

«Quale persona?» chiese Martin.

«Jessica.»

«Jessica?» Il giovane agente era stupefatto.

«Lui la ama da padre. E Merle da compagna di vita.»

A Jessica mancò il respiro.

«Quanto devo restare ancora qui con Luise?» li interruppe Fruttangela. «Voglio dire... prima che succeda un guaio.»

«Può andare via subito. Mi dia solo il tempo di spiegare il suo ruolo nella vicenda.»

«Il mio ruolo? Pensavo che c'entrasse solo Luise.»

«No, c'entra anche lei. Prima, al cimitero, lei mi ha detto: "Luise non scapperà mai più. Niente paura".»

«Già. E allora?»

«"Niente paura", quello che mi ha detto anche lei, Martin. Si ricorda quando?»

«Ehm... no.»

«Ha detto: "Niente paura, i due non lo sapranno mai". Si riferiva a Peter e Jessica, che dovevano restare all'oscuro del terribile segreto legato alla morte di Anja Kunkel.»

Martin annuì.

«E la stessa cosa, più o meno, l'ho sentita da lei, signor Kunkel, il giorno stesso dell'omicidio del giardiniere. Ha gridato a Merle: "Niente paura, lei non lo saprà mai".»

L'impresario si accasciò sulla panca.

«Si riferiva a sua figlia. Voi due presumevate che Jessica si potesse fare del male, forse persino arrivare al suicidio, apprendendo che il padre, ubriaco alla guida, era il responsabile della morte di sua madre.»

All'interno di Kurt Kunkel il fuoco si era completamente spento. Sedeva immobile.

«È vero?» gli chiese sconvolta Jessica.

«Ero così preoccupato per te» spiegò l'uomo con voce rotta.

«Anch'io» ammise Merle.

«Voi... voi...» Jessica era senza fiato.

Rivolta ai due assassini, Angela disse: «Se aveste riconosciuto che Jessica è cambiata, che ora è molto più forte e sarebbe riuscita a reggere questo colpo senza rischio di togliersi la vita, non avreste ucciso il giardiniere. E neppure progettato assieme l'omicidio di Charu. Merle, grazie all'esperienza maturata nel corpo degli artificieri, ha imbottito di esplosivo la fiaccola e, sempre lei, ha lanciato la granata contro i miei assistenti che avevano trovato l'arma del delitto, la pala, nell'ufficio della sua ditta».

Jessica tratteneva le lacrime. Merle frugava nella giacca in cerca di qualcosa. E Kurt Kunkel guardava supplichevole Angela mentre diceva: «Non sapevo nulla della bomba. Non avrei mai voluto farle del male mettendo a rischio la vita dei suoi amici e del suo cane».

«E io le credo.»
«I miei sentimenti per lei erano sinceri.»
«Credo anche a questo.»
«E i suoi per me?» chiese Kunkel speranzoso.
«Nascevano da falsi presupposti.»
La risposta ferì profondamente l'impresario, che davvero doveva aver provato qualcosa per lei. Angela invece era stata attratta dall'idea sbagliata che si era fatta di quell'uomo.
«Voi due» disse l'allievo commissario Martin piazzandosi davanti ai colpevoli «starete in prigione per un bel po'.»
«Io no!» rispose Merle saltando in piedi.
«Oh sì invece!»
«Oh no! Ho ancora questa!» Merle tese il braccio destro in alto. Nella mano teneva inequivocabilmente una bomba.
«Se non mi lasciate andare faccio saltare in aria tutti!»

67

Mike entrò in volata al cimitero. Sudava talmente che, correndo, si era tolto la giacca e l'aveva gettata a terra. In passato era più in forma. Era colpa di tutte le prelibatezze che gli venivano servite quotidianamente a casa della sua capa. Aveva pensato che a Freudenstadt avrebbe avuto meno da fare e si sarebbe potuto risparmiare un po' negli allenamenti, ma aveva sottovalutato Angela Merkel. Quella donna non era capace di condurre una vita tranquilla. Adesso c'era addirittura il rischio che fosse in balia di assassini. E questo solo perché lui aveva trascurato il suo dovere per stare con Marie.

L'idea gli era insopportabile, non solo perché sarebbe stata la prima volta nella storia della Repubblica federale che un politico di alto profilo moriva per la negligenza della sua guardia del corpo, ma perché quella donna testarda e refrattaria a ogni consiglio gli era incredibilmente cara. Nelle poche settimane trascorse a Freudenstadt, Angela, il suo eccentrico marito, Marie, Adrian Ángel e persino il carlino erano diventati per lui quasi una famiglia.

Nessuno di loro doveva morire!

Mike aumentò ancora la velocità nonostante le fitte al fianco, che si sarebbero potute meglio definire, visto il contesto, stilettate.

Raggiunse il vialetto di ciottoli che portava alla cappella e vide la porta aperta e... una mucca davanti all'altare?

Aveva le traveggole per mancanza di ossigeno? Anche Merle Borscht con una bomba in mano era un'allucinazione? Perché la giovane minacciava di farsi saltare in aria? Semplice, perché Angela Merkel l'aveva smascherata come assassina!

Con le ultime forze, Mike irruppe nella cappella. Valutò se strappare in corsa la granata dalla mano di Merle, ma giunse alla conclusione che era troppo rischioso per gli astanti. Anche se si fosse immolato gettandosi sopra la bomba per smorzarne l'effetto devastante, le persone sotto la sua protezione sarebbero state in grave pericolo. Così, sempre correndo, Mike escogitò un altro piano. Al fine di minimizzare il rischio per la sua capa, superò le panche e la mucca, afferrò l'ex cancelliera stupefatta, la trascinò alla bara, ce la infilò dentro e chiuse rapido e deciso il coperchio.

68

Angela finì addosso alla vecchia signora Krawinkel che, con le sue ossa appuntite, non era esattamente un comodo giaciglio. Inoltre, dentro la bara, era buio pesto e c'era un odore sgradevole, che non veniva dal legno ma dalla defunta, un misto di formalina e Acqua di Colonia 4711. Al di là del coperchio, Angela sentì Mike urlare: «Getti a terra la bomba o sparo!».

«Non vorrà davvero che la getti a terra!» rispose Merle.

«Sì invece!»

«Ho già tolto la sicura.»

«Ok, allora meglio di no.»

Angela sentiva anche guaire il carlino da sotto la bara. E Luise muggire in sincrono. E Fruttangela lamentarsi: «Non prometterò mai più a nessuno di aiutarlo nelle indagini».

«Merle» supplicò Jessica. «Lascia perdere!»

«Voglio solo uscire di qui!»

«Non te la caverai, ti prenderanno!»

«Allora faccio esplodere la bomba. Non mi avranno viva!»

«Ossignore,» brontolò Fruttangela «era proprio necessario dirle che non se la caverà?»

«Fuori tutti!» gridò Merle.

«Ecco, ottima idea» disse Fruttangela, e Angela la udì allontanarsi assieme alla mucca. Anche gli altri parvero precipitarsi verso l'uscita. Borscht, Peter Kunkel, Martin, forse anche Kurt Kunkel? Jessica era senza dubbio rimasta per calmare la sua ex, e Mike e Achim, Angela ne era più che certa, non l'avrebbero mai piantata in asso.

Dalla porta giunsero le frasi di nuovi arrivati. «È qui il funerale Krawinkel?» chiese una voce femminile, e una maschile ironizzò: «O meglio, è qui la festa?». Evidentemente il tizio era stato più volte accarezzato dal bastone dell'anziana signora.

«Fuori, fuori, ha una bomba!» urlò Mike.

«Chi? La signora Krawinkel?» chiese meravigliata la donna.

«La credevo morta stecchita» disse l'uomo.

«Sarà uno zombie?»

«Se è così, morde, mica lancia bombe.»

«FUORI!» urlò Mike.

Angela udì i nuovi arrivati allontanarsi in fretta e la porta chiudersi.

«Merle...» La voce di Jessica si fece all'improvviso calmissima.

«Vai, non voglio farti del male!»

«Me lo farai se non ti arrendi.»

Angela fu colpita e commossa dal coraggio di Jessica Kunkel.

Merle però tacque, un silenzio carico di tensione.

Nel primo caso che Angela aveva affrontato da detective era stato Puzzy a sopraffare l'assassina. Ora l'ex cancelliera sperava che questa volta il carlino non intervenisse, col rischio che la bomba potesse cadere ed esplodere.

Sollevò con cautela il coperchio della bara e sbirciò fuori: Merle le dava la schiena e aveva di fronte Jessica, Kurt Kunkel, Achim e Mike, che teneva la pistola puntata contro la giovane.

«Butti a terra il ferro!» intimò Merle al bodyguard.

«D'accordo» rispose Mike e ubbidì. L'arma cadde sul pavimento di pietra della cappella con un suono metallico.

«Merle, ti prego, se mi ami, metti via la bomba» disse Jessica con voce calma e chiara.

«Mi ami ancora, nonostante tutto?» Merle aveva le lacrime agli occhi.

«Non vorrei, ma è così.»

«Ti amo anch'io» disse Merle col volto rigato di pianto.

«E allora» intervenne Achim «deve rimettere la sicura all'ordigno.»

Merle lo guardò confusa.

«L'amore deve vivere, non morire.»

«Come faremo a vivere noi due dopo tutto quello che è successo?» chiese Merle disperata.

«C'è una canzone moderna del 1978...» si illuminò Achim.

«E la chiama moderna?»

«È dei Pablo Cruise...» continuò imperterrito.

«Mai sentiti.»

Merle era visibilmente irritata dall'intervento di Achim e Angela pensò: "Probabilmente neppure Pablo si ricorda più che è esistito un gruppo con quel nome".

«La canzone ha un titolo meraviglioso.»

«Che sarebbe?»

«*Love will find a way.*»

Angela era commossa. Il suo Cicci aveva un'indole ancor più romantica della sua.

Merle guardò Jessica e quest'ultima disse, ora con voce carezzevole: «Chissà, forse tra dieci o vent'anni potrei perdonarti. Ma se tu lanci quell'affare non lo sapremo mai».

Questa prospettiva bastò a far desiderare a Merle di continuare a vivere. Mise la sicura alla bomba e la consegnò a Mike, mentre Angela si contorceva per tirarsi fuori dalla bara e Puzzy osava uscire dal suo nascondiglio. Tutti i presenti tirarono un sospiro di sollievo e il carlino, a dimostrazione del proprio, fece pipì contro una delle panche. Solo Kurt Kunkel sembrava pensieroso. Infine prese da terra la pistola di Mike e disse calmo: «Adesso io vado e nessuno me lo impedirà».

Era a neanche un metro da Angela e le dava le spalle. Lei non poté fare a meno di sorridere: Kunkel aveva detto nessuno, non nessuna!

Afferrò il bastone della signora Krawinkel e colpì.

69

Angela era seduta in veranda, con il carlino che le russava in grembo, a godersi il sole del tardo pomeriggio e, più ancora, la partita a Scarabeo con suo marito. Naturalmente non era facile competere con un grande maestro come Achim, ma non era ancora in svantaggio irrimediabile. Aveva fatto centro con parole astruse ma esistenti, tipo *schecchereccherebbe*, meravigliandosi di quanto potesse essere divertente quel gioco. Quasi quanto fare torte, cucinare o addirittura giocare al detective.

Si chiese se Achim sarebbe mai tornato sull'argomento Aramis. Fino a quel momento non lo aveva fatto, sembrava che volesse galantemente ignorare l'accaduto, ma Angela sapeva, grazie alla sua esperienza politica, che su molte cose si può temporeggiare, su altre invece, come il cambiamento climatico o la digitalizzazione, questo può comportare effetti successivi devastanti. Non voleva assolutamente che tra lei e il marito si frapponesse qualcosa che potesse un giorno scaricarsi su di loro. Così prese il coraggio a due mani e disse: «Dobbiamo parlare dell'elefante nella stanza».

Achim, che sembrava aver capito perfettamente a cosa – o meglio a chi – lei si riferisse, cercò di svicolare: «Sì, però dovremmo essere al chiuso, dentro una stanza».

«Si può fare anche all'aperto, qui in veranda.»

«Allora però sarebbe l'elefante in veranda.»
«Cicci, ti prego.»
«Smetto di tergiversare?»
«Ne sarei molto lieta.»
Achim fece un gran respiro, prese coraggio e le chiese: «Sapevi che era lui l'assassino quando mi hai baciato al cimitero?».
«No, non lo sapevo ancora.»
«Bene.»
«Sì» disse Angela che capiva perfettamente il senso della domanda che le aveva posto il marito: non aveva scelto il suo Cicci perché l'impresario era un poco di buono, ma perché davvero lo preferiva all'altro uomo. «Mi spiace moltissimo averti ferito.»
«Lascia stare, è colpa mia» disse Achim.
«Colpa tua?»
«Avrei dovuto interessarmi di più a Shakespeare.»
«Ma no!»
«No? Pensavo di non bastarti per certi versi.»
«L'ho pensato anch'io.»
«Ma?»
«Non devi per forza conoscere Shakespeare. È molto più bello che tu conosca i Pablo Cruise.»
«*Love will find a way*?» sorrise Achim.
«*Ours found a way*» confermò Angela con la sua pronuncia non proprio perfetta, sorridendo a sua volta. «Mi fai ascoltare qualcosa di questi Pablo Cruise?»
«Sono terribili.»
«Troppo moderni?» rise ironica Angela.
«Del 1978!»
«Meglio i Flying Burrito Brothers?»
«Molto meglio!» rise Achim. In quel momento arrivarono Mike e Marie, che portava il bebè nel marsupio. Angela si accorse subito che il suo bodyguard era accigliato e la sua amica altrettanto. «Che succede?» chiese.
«Io» Mike si schiarì la voce «devo dirle una cosa.»

«E sarebbe?»
«Devo dare le dimissioni da sua guardia del corpo.»
«Come mai?» chiese Angela stupefatta.
«Ho trascurato i miei doveri mettendo in pericolo la sua vita.»
«Sì, è vero» annuì Angela. «Ma presumo che avesse una valida ragione.»
«Dipende dai punti di vista» nicchiò Mike.
«Cioè?»
«Be'... io... io...» Mike non osava dirlo, così intervenne Marie: «Noi ci siamo baciati».
«Anche noi ci siamo baciati oggi» esclamò Achim raggiante. L'informazione lasciò Mike e Marie interdetti.
«Allora è tutto chiaro» disse Angela rivolta al bodyguard.
«Vuol dire che accetta le mie dimissioni?» Mike cercava di darsi un contegno, ma era mogio.
«Che corbelleria!»
«In che senso?»
«Nel senso che il suo non era un motivo valido...»
«Appunto.»
«Era più che valido! Il migliore che si possa avere. Per cui resta al mio servizio» disse Angela sorridendo.
Marie rise felice e Mike sembrava incredulo.
«Festeggiamo subito con un analcolico per Marie, uno spumante per noi e poi mangiamo il mio famoso sformato di cavolfiore.»
La novella coppia si rabbuiò di botto.
«Non vi piace il mio sformato?»
«Noi due» rispose Marie «in realtà volevamo fare un picnic al tramonto con Adrian al lago Muffo.»
«Splendido, allora veniamo anche noi e portiamo lo sformato.»
Lo sguardo di Marie e Mike restò spento.
«Il mio sformato proprio non vi piace» sentenziò Angela.
«Ciccina, non piace a nessuno.»
«Non me lo hai mai detto, Cicci.»

«Era come l'elefante in veranda. Inoltre credo che loro due preferiscano stare soli.»

Angela guardò i ragazzi che sorridevano imbarazzati.

«Come noi un tempo,» spiegò Achim «quando facevamo il bagno nudi.»

Angela si accorse degli sforzi che Marie e Mike facevano per mantenersi seri. Poi disse in tono affettuoso: «Divertitevi al picnic. E vi prometto che non vi propinerò mai più lo sformato».

«Sei la migliore» le disse Marie baciandola sulla guancia.

«È proprio vero» confermò Mike.

I due si allontanarono felici e sollevati che Mike potesse mantenere il posto di lavoro e di non dover più trovare scuse in futuro per evitare lo sformato di Angela.

«Sei sul serio la migliore» disse Achim.

«Grazie, ma stavo per dirti che tu sei il migliore!»

«Soprattutto a Scarabeo!» rise ironico Achim.

«Faresti meglio a non cantar vittoria troppo presto. Mi resta ancora qualche lettera.»

«Dovresti trovare una parola di cinque lettere con due U.

«Eccola!» rise Angela e scrisse "Cuccu".

«Cuccu?» chiese Achim.

«Cicci con la U.»

Achim rise di cuore: «Tu sei pazza».

«E ho vinto!»

«Sì, hai vinto!» esclamò Achim e subito le chiese: «Allora che dici, adesso cantiamo assieme *Pulumu bluncu*?».

«Preferirei un'altra canzone.»

«E quale?»

«Una dei Beatles» disse Angela tutta felice.

«E quale?»

«*All yaa naad as lav!*»

Achim rise ed entrambi si misero a cantare: «*Lav, lav, lav...*».

E il carlino, spaventato, dopo la terza strofa si mise a ululare in un modo che ricordava vagamente *All together now.*

Ringraziamenti

La mia gratitudine va, come sempre, a Michael Töteberg: agente, mentore, amico. A Ulrike Beck: cosa posso dire di questa magnifica editor oltre a quello che ho già infinite volte ribadito? Che è stata un colpo di fortuna nella mia vita, ecco. E grazie a Olf, l'illustratore che disegna col cuore, con l'augurio che le nostre strade tornino spesso a incrociarsi in futuro.

Questo volume è stato stampato nel mese di dicembre 2022
presso ELCOGRAF S.p.A. - stabilimento di Cles (TN)